大师风雅

钱锺书、夏志清、余光中的作品和生活

黄维樑

著

九州出版社 JIUZHOUPRESS | 全国百佳图书出版单位

图书在版编目（CIP）数据

大师风雅 ：钱锺书、夏志清、余光中的作品和生活 / 黄维樑著. -- 北京 ：九州出版社，2021.7
ISBN 978-7-5225-0351-6

Ⅰ. ①大… Ⅱ. ①黄… Ⅲ. ①中国文学—当代文学—文学评论 Ⅳ. ①I206.7

中国版本图书馆CIP数据核字(2021)第155741号

本书中文简体字版由香港中文大学出版社授权出版
北京市版权局著作权合同登记：图字01-2021-3442

大师风雅：钱锺书、夏志清、余光中的作品和生活

作　　者	黄维樑　著
丛书策划	李黎明
责任编辑	郑闯琦
封面设计	吕彦秋
出版发行	九州出版社
地　　址	北京市西城区阜外大街甲 35 号（100037）
发行电话	(010)68992190/3/5/6
网　　址	www.jiuzhoupress.com
印　　刷	三河市兴博印务有限公司
开　　本	880 毫米 ×1230 毫米　32 开
印　　张	10
字　　数	220 千字
版　　次	2021 年 9 月第 1 版
印　　次	2021 年 9 月第 1 次印刷
书　　号	ISBN 978-7-5225-0351-6
定　　价	78.00 元

博采雅集，文苑英华
——《大观丛书》缘起

作为知识的一种载体，延续千年之久的印刷图书正面临挑战，甚至有夕阳之忧，越来越多的人正在疏远纸书。然而，我们相信，纸书是不会消亡的，精品总会留下来。当前出版界看似繁荣，却多为低质量重复，好书仍然缺乏，原创的有分量的作品更少。因此，我们逆流而上，披沙拣金，竭诚出版优质图书，为读书人提供一种选择，遂有此《大观丛书》。

这是一套开放式丛书，于作者和作品不拘一格。

作者可以是作家、学者、撰稿人、读书人，可以是名家，也可以是名不见经传者，尤其欢迎跨界写作者。但求文字流畅，无学术腔，拒绝无病呻吟，表达必须精彩。

体裁以随笔为主，不拘泥于题材和内容，包罗文学、历史、思想、艺术……可以观自我，观有情，观世界；只要有内涵，有见地，言之有物，举凡优秀之作，皆文苑英华，即博采雅集。清人周中孚《郑堂札记》云："博采群书，洋洋乎大观哉！"

冀望这套丛书，能给读者提供新知识、新思想，以及看问题的新角度，唯愿您在愉快的阅读中，得到新的收获。王羲之《兰亭集序》称颂的境界，也是我们的追求："仰观宇宙之大，俯察品类之盛，所以游目骋怀，足以极视听之娱，信可乐也。"

亲爱的读者，期待您与这套丛书相遇！

本书作者

黄维樑，香港中文大学中文系一级荣誉学士，美国俄亥俄州立大学文学博士。

1976年起担任：香港中文大学中文系讲师、高级讲师、教授；台湾佛光大学文学系教授；美国威斯康星大学客座副教授；台湾中山大学外文系客座教授；美国 Macalester College 韩福瑞客席讲座教授；四川大学文学与新闻学院客席讲座教授。

有学术论著《中国诗学纵横论》《香港文学初探》《壮丽：余光中论》《文心雕龙：体系与应用》《中西新旧的交汇》等，散文集《突然，一朵莲花》《大湾区敲打乐》等，共约三十种。曾任香港地区作家协会主席、中国文心雕龙学会顾问等。

目 录

钱锺书篇

夏志清篇

余光中篇

综合篇

附　录

自序：对博学、卓识、壮采的向往

上篇：本书香港版序言

阅读钱锺书、夏志清、余光中诸位先生的作品，始于我的大学时期。读钱先生的《围城》后，难免对自己的一些老师“另眼相看”。读夏先生的《爱情·社会·小说》等文，乃知文学评论不能守在一隅，而应中西兼顾。读余先生的《左手的缪思》和《逍遥游》，惊讶于中文的光彩，以及古今六合神思的天地如此宽广。修读《文心雕龙》一科，发觉这部文论经典可助我把钱、夏、余三人的杰出加以阐释。

读其书，想见其人？1969我大学毕业那年，春天，在香港中文大学的一个讲堂听了余光中先生的演讲后，约二十个文艺青年集体在九龙拜访这位名诗人名散文家，我是其一；我们沐在春风里，沐在春阳的光中。毕业后从香港到美国读研究院，寒假里千里迢迢到了纽约；冬天，立雪夏门，进而登堂入室，拜访了志清教授。拜晤钱锺书先生，则是十五年后的事。1976年我从俄亥俄州立大学取得博士学位，回母校香港中文大学教书。1984年初到北京旅游，心血来潮突发拜访大学者之念，临时唐突叩门，竟蒙迎入；会晤时请教，我小叩，钱先生小鸣，甚至大鸣。

读钱锺书、夏志清、余光中三位的著作，析论他们的著作，和他们三位书信来往，会晤他们，以至与三位中一位成为大学里的同事，是我数十年里极为重要的文学活动。钱、夏、余三位各有其杰出的成就：钱锺书有“文化昆仑”之誉，夏志清的《中国现代小说史》和《中国古典小说》二书获经典之称，余光中笔璨五彩，为诗文宗师。三位都是博雅之士，就其最凸出之处简而言之，则钱博学，夏卓识，余壮采。钱锺书的博学，充分表现于他的《谈艺录》和《管锥编》二书。他谈论人文学科的众多议题，征引中外大量典籍，发表意见，成其“东海西海，心理攸同”的学说，与一千五百年前刘勰的“至道宗极，理归乎一；妙法真境，本固无二”理论遥相呼应。夏志清研读中西文学经典，聚焦于中国现代小说，有如《文心雕龙·知音》说的“圆照之象”，发现和评审卓越的作品（他所说的 the discovery and appraisal of excellence）。他超越“政治正确”的环境，高度评价钱锺书和张爱玲的小说，加上其他种种卓见，《中国现代小说史》成一家之言，影响深远。余光中手握彩笔七十年，金色笔写散文，紫色笔写诗，黑色笔写评论，蓝色笔翻译，红色笔编辑书刊；他“藻耀而高翔，固文笔之鸣凤也”（《文心雕龙·风骨》语）。如果借用古代的“三达德”形容，则钱先生“文智”、余先生“文仁”（注）、夏先生“文勇”；采用西方文学史的术语，则他们都是中华近世文学史的 major writer 或 major critic；个别评价甚至可以更高。

数十年里我阅读他们的作品而获益至大，与他们交往而启发感悟甚多，这本《文化英雄拜会记：钱锺书、夏志清、余光中的作品和生活》是我获益因而说明益处、感悟因而记录经验的文章结集，可说是一个学生上课听讲和课余向导师请益的笔记——郑重其事记下来且经过润饰的。李白诗句“交乃意气合，道因风雅存”，说的是他与一位文友的交往，交往的大概是个平辈。我已届“从心所欲”之龄，但年岁与心情，一直是钱（1910—1998）、夏（1921—2013）、余（1928 年出生）三位的晚辈。钱锺书和夏志清两位如果仍然在人间，则钱、夏、余加上我，年龄成有趣的递减：一百后、九十后、八十后和七十后。我是后学，不敢言论交，但“意气合”是确然的事；见贤思齐，因为他们的“风雅”，我的文学事业得以长进。

他们三位几乎合而为一，成为 the Holy Trinity（神圣的三位一体）——应该改称 the Sage Trinity（贤能的三位一体），因为他们不是神。在本书的多篇文章中，如标题之作《文化英雄拜会记》，以及《记余光中的一天》，他们三位都出现。事实上，他们惺惺相惜：夏先生盛赞钱先生的小说和文学评论；余先生指导过研究生写成钱氏作品评论的学位论文，且在 2009 年台湾的钱锺书百年诞辰研讨会上，发表论文析评其《围城》。《围城》是夏、余悦读高评之书；钱先生则敬重夏先生这位知音，读过余先生的作品。三位文学大家这样的组合，更可说是两岸文学的中华一体。钱锺书原籍江苏无锡；夏志清出生于上海浦东；余光中原籍福建永春，归属台湾作家，曾在香港任教十年；

如果连我这个“撮合”者的香港身份也计算，则两岸的中华一体特色更为明显。

本书收录的文章分为钱、夏、余三部分。每部分开头的若干篇，如第一部分的《大同文化 乐活文章》、第二部分的《博观的批评家》、第三部分的《璀璨的五彩笔》等，一般谓之论文；其他如《杨绛就是锺书》《春风秋月冬雪夏志清》《记余光中的一天》等，谓之散文。本书于是可谓论文与散文的合集。其实对我而言，本书的文章类别可分而不可分。在“论文”中，我力求文字活泼，有姿彩有个性，像美文一样；在“散文”中，我力求内容有学问有见识，有论文的思维。换言之，于前者，我“以文为论”；于后者，我“以论为文”。“以文为论”是余光中先生的个人主张和风格，我演绎其意，即论文应该“言资悦怿”（《文心雕龙·论说》语），也就是古罗马贺拉斯 (Horace) 的“有益又有趣”之意。综合而言，不论是论文或是散文，都应该做到钱锺书先生要求的“行文之美，立言之妙”，也就是刘勰主张的情采兼备；三位先生最为凸出的品质——博学、卓识、壮采——都要拥而有之。这是我大半辈子为文“虽不能至”的向往，就像对三位大师学术和创作境界的向往一样。

本书得到母校出版社青睐，社里黄丽芬、叶敏磊、杨彦妮诸位在行政和编辑等多方面的支持与襄助，我非常感谢。还要多谢母校前任校长金耀基教授，他题写书名，为本书增添金光；耀基先生是著名的学者、散文家和书法家，一向为我所敬佩。母校多有钱先生的知音，更曾决定授予他荣誉文学博士学位；近年在刘绍铭教授的协助下，母校出版社推出了夏先生的《中国现代小说史》等多种著作；余先生在母校教学十年，桃李满香港，创作大丰收。三位先生与母校有这样的渊源，或许还可以加上我是中大的校友也是曾经的教授这个元素，这本记述三位先生的文集由母校出版社出版，如此背景，还有更深厚更强势的?

此外，我要感谢数十年来发表本书篇章的两岸诸位编辑先生女士，以及台湾的九歌出版社：九歌 2004 年出版了拙著《文化英雄拜会记：钱锺书、夏志清、余光中的作品与生活》一书，后来我取回本书的版权，极大幅度增删此书的篇章，成为目前这本同名的文集。新增加的很多篇文章，都是九歌版以外的近年书写，包括近至今年 7 月所撰的《到高雄探望余光中先生》。本书所附的多张珍贵图片，也包括新近的照片。最近（10 月 25—28 日）我在高雄参加中山大学举行的“余光中书写香港纪录片发表会暨庆生茶会”。余先生 1985 年 9 月离开香港到高雄任教，是年 11 月他写道：香港十年是他“一生里面最安定最自在的时期……这十年的作品在自己的文学生命里占的比重也极大”；他本人对这部纪录片十分重视。本书的《记余光中的一天》正是这位诗文宗师香港时期作品和生活的一个抽样记录。

【注】余光中《破画欲出的淋漓元气——梵谷逝世百周年祭》说梵谷（通常译作梵高——编者注，下同）是“艺术的传道者，最后更慷慨成仁，做了艺术的殉道者”；余先生一生从事文学，是文学的传道者，鞠躬尽瘁，我认为是个慷慨的仁者。顺便指出，历来我评论余先生作品的文章，在三位中是最多的，有专著《壮丽：余光中论》（香港：文思出版社，2014）等。

——2017 年 11 月 2 日（重阳节后五日）写毕

下篇：本书内地版序言

《文化英雄拜会记》书稿多年前蒙台北的九歌出版社接纳，于 2004 年出版了。后来拙著获母校香港中文大学出版社厚爱，并得“九歌”授权，于 2018 年推出香港版。先后两个版本，内容有增删。北京九州出版社的李黎明先生读到本书(香港版)，颇感兴趣，决定推出内地版本。通过选题审议、授权等程序，加上内容的再一次增删，“文化英雄”要在广袤的华夏九州出现了。

本书所记述，无论哪个版本，都是钱锺书、夏志清、余光中三位，而不同版本中都有记述钱锺书的《文化英雄拜会记》一文。有“文化昆仑”等崇高称谓的钱先生，聪颖刚毅、敦品力学异于常人。他学问极为渊博，通晓七种语言，勤奋著述，作品丰硕杰出；更为中国文化发声，让中国文化与西方文化“平起平坐”；他提出“东海西海，心理攸同”的卓论。他是个“文化英雄”(西方所谓的 culture hero)。书中另外两位也都是诗杰文豪，可以“文雄”称之。

怎知“英雄”（原来的书名）过不了“九州”编辑的关。李先生与我就书名多番讨论，双方都有新书名的建议，我提出的非常多，却始终没有共识。书稿藏在黑暗的电脑里，一拖就是几百个漫长的日子，等待“黎明”。4 月下旬，李先生提出建议，把书名定为《大师风雅》，我同意了。春暖花开，排好版的校对稿也从北京快递而来。

我校对书稿，等于“黄维樑读黄维樑”，有敝帚自珍之喜，也有时光飞逝之叹。本书“九歌”版面世时，钱锺书先生已去世六年，夏志清和余光中两位都健在。夏公读到新书，来信表示很高兴；一再称赞我记述得体，我对他的评论全面、细致、中肯。待到香港版面世时，夏公去世五年了。此书序言（上篇）写于 2017 年 11 月 2 日，想不到四十二天之后，仅存的硕果余先生也衰萎了。

诗翁的作品多有晚霞、壮丽一类字眼。他逝世后，我有文章题为《满天壮丽的霞光》，讲述他最后的一个重要公开活动（此文收于李元洛与我合著、九州出版社 2018 年 7 月出版的《壮丽余光中》一书）。壮丽的霞光消失了，但壮丽的诗文没有消失。这几年间出现了不少纪念余光中的活动，最近的包括台湾出版的《华人文化研究》将于 6 月推出“余光中教授纪念专辑”（由我任客席主编），同月中旬重庆则将举行“悦来新诗力”系列活动。余光中曾在重庆的悦来场度过他的中学阶段，这系列活动包括研讨会和“光中杯”诗歌创作比赛，都直接或间接和余光中有关。夏志清 2013 年仙逝后，报刊多有悼念文章，学术机构也有为纪念他而办的会议。夏教授与兄长夏济安的通信六百多封，经编辑和注释后于近年先后出版了五大卷，备受重视。本月 7 日复旦大学就为这“二夏”书信举行了个盛大的学术研讨会。至于钱锺书，这位大师的生活、学术等记叙或论述，近两三年来就出版了四五本书。“钱学”和“余学”已建立了名目，“夏学”之立可能为时不远。

这次推出本书的简体字版，相对于前此两个版本，内容有增有删。保留的和新加上的篇章，我自信有研习的心得可贡献。不懂钱锺书，或对他有偏见的人，认为他只有学问知识的铺排罗列，而无中心学说和理论体系。我要清晰告诉读者的是：“东海西海，心理攸同”就是钱锺书的中心学说；体系吗，是有“潜体系”的，“钱学”学者可在研究后建立一个宏伟的“钱体系”。（我认为蔡田明著的《〈管锥编〉述说》，北京中国友谊出版公司1990年出版的，分门别类梳理、引述钱锺书的各种观点、说法，可供建立“钱体系”者参考。）“钱学”中，钱锺书在牛津大学得了个 B. Litt 学位，这是个什么等级的学位，是学士、硕士还是所谓副博士，引起争辩。我对此做的小小考证当可释疑。

关于夏志清，不仔细读其书的人，以为他把张爱玲“捧”得比鲁迅还要高，说张爱玲比鲁迅伟大，因而批评夏志清。其实夏志清没有这样的“扬张抑鲁”，我从夏著中举出事实辨明之。夏志清的《中国现代小说史》有经典之誉，究竟夏先生为什么能卓然成家，我有文章剖析其治学方法、其成功之道。刚才提到最近为“二夏”书信举办研讨会的事，“二夏”书信的文学文化等诸多方面的价值，我是极早（若非最早）注意到并为文推介过的人。

至于余光中，文学界称我为“余学”的创立者。几十年来我析评其作品，记述其生活，本书中诸多篇章，都是细心经营而后写成的，题材、角度、主题都多元化；我还力求写的评论文章，无愧于余光中作品的文采。余氏读者读后应有所收获。

本书的“综合篇”是钱、夏、余三位的“忧患意识”论述，是最新的文章，三位大师紧密连为一体了。

说回“英雄”难过编辑关的事。“英雄”遇难先后有两次，上面说的属于第二次。首次是2017年香港中文大学出版社本书的责任编辑讨论书名时，认为要改用新的，建议用有典故的

“道因风雅存”——李白有诗句“交乃意气合，道因风雅存”。都几乎要拍板了，编辑诸君最后认为还是保留原来的书名好。这次的“九州”版，原名保留不了，却冥冥中用了当年可能成为书名的“风雅”二字。

本书的首版出版者是“九歌”，现版的出版者是“九州”。关于三位大师的书，台北、香港、北京三地先后推出三版，三三得九，出版者非“九歌”与“九州”莫属了。在多谢三地约稿、刊稿的刊物编辑，以及三个版本的三地编辑之际，在再三多谢读者阅读本书之际，我不奢望本书是畅销书，但希望本书在不太小的“小众”间成为长销书，长长“九九”有相当的销量。书名“风雅”，我相信读者们也是风雅君子，请诸君子雅正。

——2021 年 5 月 20 日写于深圳

钱锺书篇

大同文化　乐活文章

一　钱锺书：才子、昆仑、英雄

钱锺书（1910—1998）学问渊博，著述宏富。知钱深者、尊钱重者如汤晏更誉他为“民国第一才子”，舒展誉他为“文化昆仑”，汪荣祖誉他为“横跨中西文化之文史哲通人”。1984年我在北京拜访钱先生，亲聆教益，多年后写了《文化英雄拜会记》一文，我称他为文化英雄。今年是钱先生百岁诞辰纪念年，我们特别要仰望这座文化昆仑、敬重这位文化英雄。钱锺书钟于书，他一生读书、读书、读书，还是读书，要读尽世间该读的书；一生著书、著书、著书，还是著书，要著作生平该著的书。我认为他读书后著书的目的，是打通中西文化，打通后提出“东海西海，心理攸同”的学说。为了这个目标，他专心致志，悉力以赴，常人的富贵名利之欲，减至近乎零，这是异于凡人的英雄行为。

他不但博极中西典籍，而且勤写笔记。年前由商务印书馆出版的《钱锺书手稿集》，又名为《容安馆札记》，三巨册，共二千多页的这套大书，每页都是钱先生观书后写下的笔记；中文、英文、法文、德文、意大利文、西班牙文、拉丁文，都是莎士比亚笔下丹麦王子所说的“文字,文字,文字……”,是字林，是字的森林、丛林、热带雨林，其“繁密”超出古代诗评家钟嵘的想象。《手稿集》中,从《诗学》到《二十年目睹之怪现状》，都是“急管繁弦”般密密麻麻的钢笔字、毛笔字，是钱老年轻时就开始写的——20 世纪 30 年代留学英国时，在牛津大学的图书馆“饱蠹楼”（Bodleian Library；“饱蠹楼”音义兼顾，是钱锺书的雅译，就像徐志摩之译 Firenze 为翡冷翠）。饱蠹楼的书不准外借，钱先生于是天天在楼中“蛀”书、抄书；这只不餍的蠹虫，被喂饱了诗书。札记有一条记爱尔兰诗人叶芝的话：耶稣最容易受诱惑。锺书先生只受书的诱惑，不受别的诱惑，包括名的诱惑。他不求名而成大名后，曾婉拒多所大学要颁给他的荣誉博士学位。据钱夫人杨绛女士说，已出版的这三巨册《手稿集》，其篇幅大约只有钱氏全部笔记手稿的二十分之一。这些手稿是这位文化英雄的一部文字传奇。

先略述其生平。钱锺书，字默存，1910 年 11 月 21 日出生，江苏无锡人。他出自书香门第，幼受庭训，记忆力惊人，酷爱文艺，又极用功。1933 年毕业于清华大学外文系，1935 年得奖学金赴英国牛津大学深造，1937 年得 B.Litt 学位，再留学法国一年。1938 年归国，先后任教于多所大学。1949 年任清华大学外文系教授，后改任中国社会科学院文学研究所研究员。80 年代任该院副院长。钱氏兼通中西七种语文，其文学论著如《谈艺录》《旧文四篇》《管锥编》等旁征博引，中西比较，议论卓越。钱氏另有杂文集《写在人生边上》，短篇小说集《人·兽·鬼》及长篇小说《围城》，后者被译成多种外文。钱氏的作品，无论创作或评论，都文采斐然，其谈话则风趣机智，但他极少演讲或讲学。1980年代起大陆推行开放政策，一般作家学者的文学交流活动甚多，但钱氏在北京寓所与夫人杨绛深居简出，以读书、写字、撰述自娱。1994年因病住医院，1998年12月19日逝世，终年八十八岁。80年代以来，大陆内外研究钱锺书者，由郑朝宗启其端，愈来愈多，形成“钱学”。已刊行的钱氏传记有多部；述论钱氏作品的专著和专刊，有二三十种。向钱看的学者已颇有一群，从多个角度观看到其成就所在，有了累累的钱学成果。本文试就钱氏学说和钱氏文采两方面，提出观察、研习的报告如下。

二　钱氏学说：“东海西海，心理攸同”

中西文化相同？相异？如果是相同，那是全同还是大同小异？如果是相异，那是迥异还是大异小同？中国和西方，地域广大而历史悠久，语言、种族、宗教、民间风俗，等等，一看而知是不同的，中西文化怎会全同？如果说中西文化大同，那么，相同到什么程度才算大同？比较时有什么指数、指标作为根据？还有，文化是人类物质产品和精神活动的总体，包括衣食住行、典章制度、哲学宗教、文学艺术，等等，内涵极为丰富复杂，实在极难概而论之。

中西文化的异同，至少已被讨论了三四百年。举例而言，德国人黑格尔认为西方有哲学而中国无哲学，或者说中国哲学是“史前哲学”；黑氏认为中国的文字不宜作思辨之用。叔本华认为“欧洲人的基本思维方式与亚洲人截然不同”。近代中国学者也侃侃而论中西文化。陈独秀说：“西洋民族以战争为本位，东洋民族以安息为本位……西洋民族以个人为本位，东洋民族以家庭为本位。”梁漱溟说：“西方文化是以意欲向前要求为其根本精神的……西方的文明是成就于科学之上；而东方则为艺术式的成就也……西方的学术思想，处处看去，都表现一种特别的彩色，与我们截然两样，就是所谓‘科学精神’。”钱穆说：“我民族文化常于和平中得进展……欧洲史每常于斗争中着精神……中国史如一首诗，西洋史如一本剧。”20世纪之始，辜鸿铭说：“必须承认，一场斗争现在正在欧洲文化与远东文化之间进行着。人们可以将它看作东亚文化与中世纪欧洲文化间的斗争。”这个世纪之末，亨廷顿（Samuel Huntington）说：“在这个新世界，最广远、重要、危险的冲突，不会是社会阶级之间、贫富之间、或其他经济性集团之间的冲突，而是属于不同文化实体的人民之间的冲突。”上述这些人认为中西文化差异甚大、极大，甚至中西文化迥异。

中国之东有东海。印度和阿拉伯半岛之间有阿拉伯海，沙特阿拉伯和埃及之间有红海，伊朗和俄罗斯之间有里海，欧洲和非洲之间有地中海；阿拉伯海、红海、里海、地中海，都可在中国的古书中称为西海。东海之滨和西海之滨，数千年来栖居着种族、语言、宗教、生活方式不同的人，产生了、发展了不同的文化，形成了不同的文明，而钱锺书说：“东海西海，心理攸同。”他的意思是：中西文化基本上是相同的，有共同的基本信念、核心价值；换言之并引申之：中西文化、中外文化、世界各种文化是大同的。钱锺书的《谈艺录》《管锥编》《七缀集》等著作，举出如长河大海般古今中外的事物和理论，说明“东海西海，心理攸同”，其例证的丰富，我们不知道西方有没有学者的著作可和他相比——也许难以望其背项。钱锺书著述论及的范围，极其广大，人文学科和社会科学无所不包，甚至有涉及科技的。他论述文学的单篇文章中，大概以《诗可以怨》和《通感》两篇最为著名，经常为人引用。这两篇正可用来说明“心同”和“理同”。

《诗可以怨》主要说明“心同”,《通感》主要说明“理同”。这里“心”可译为 heart,“理”可译为 mind;“心”“理”二者有别，但也常常混合为一。不同文化的人，貌异心同，都要抒发感情，特别是心中的悲怨之情。正因为如此,《毛诗序》说“诗可以怨”，而西方有悲剧。钱锺书旁征博引，论述中西同“怨”：在中国，诗的妙诀，“只有销魂与断肠”；在西方，诗人说“最甜美的诗歌就是那些诉说最忧伤的思想的”。在中国,《文心雕龙》说“蚌病成珠”；在西洋则有“诗好比害病不作声的贝壳动物所产生的珠子”之说。

至于《通感》，这说明的是诗文修辞的一个规律、原理。作家创作时，或为了求忠实表现“入神”“迷狂”的情状，或为了求“自铸伟词”“陌生化”的效果，乃打破、打通五官六感，而有“通感”。也因此，天宇静止的星星有行动有声音：苏东坡的诗说“小星闹若沸”，意大利的诗人说“碧空里一簇星星吱吱喳喳像小鸡儿似的走动”。也因此，声音是看得见的：中国的诗人说“风随柳转声皆绿”，西方的诗人说知了在树上“倾泻下百合花也似的声音”。钱锺书对诙谐文字甚感兴趣，其《小说识小》一文引述一笑话，颇能博读者诸君一粲，也可见东方西方心同笑同。钱引《笑林广记》谓南北二人均惯说谎，一次二人相遇，南人谓北人曰：“闻得贵处极冷，不知其冷如何？”北人曰：“北方冷时，道中小遗者需带棒，随溺随冻，随冻随击，不然人与墙冻在一处。闻尊处极热，不知其热何如？”南人曰：“南方热时，有赶猪道行者，行稍迟，猪成烧烤，人化灰尘。”钱氏又引英诗人《罗杰斯语录》（*Table Talk of Samuel Rogers*, ed. A. Dyce）第 135 页记印度天热而人化灰尘之事（pulverised by a coup de soleil），略谓一印度人请客，骄阳如灼，主妇渴甚，中席忽化为焦灰一堆；主人司空见惯，声色不动，呼侍者曰：“取箕帚来，将太太扫去（Sweep up the mistress）。”钱氏曰：较之《广记》云云，似更诙谐。中西文化不同论者亨廷顿，其《文明的冲突与世界秩序的重建》（*The Clash of Civilizations and the Remaking of World Order*）在 1996 年出版，他认为文明不同（宗教是界定文明的重要因素）会引起冲突。此书面世后五年，即有“911”恐怖袭击，不久后美国攻打阿富汗，后来又入侵伊拉克，恐怖分子先后袭击亚、欧、非洲多国，包括近年对英国、埃及的多次行动。同意亨廷顿学说的人说：“这正是文明的冲突，证明了亨廷顿响当当的理论。”且慢这样下结论。不必是美国问题专家，一般关心时事世局的人，都知道美国在外交方面一向偏帮以色列，引起巴勒斯坦等伊斯兰国家的不满，本·拉登才会有“911”的恐怖袭击。而美国入侵阿、伊，报复和消灭“恐怖分子”只是借口而已；实际的原因是获得石油，是控制产油国。

21 世纪的美国“十字军”东征，表面上与宗教、文化有关，实际上是经济导致的，就像 11 至 13 世纪的十字军东征一样。

再举一例。中西文化相异论者，当认为中国和英国文化迥异，迥异引起冲突，乃有 19 世纪的鸦片战争。然而，要提醒中西文化相异论者的是，2010 年 11 月上旬，英国首相率领庞大商贸团访问北京，一副友好敦睦的样子，哪里来的冲突？冲突与否，关键是经济啊，不是文化。我们不是说文化、文明的差异不会引起冲突；而是说文化、文明的差异，不曾是（也不应是）冲突唯一的原因，或最重要的原因。

人与人之间、团体与团体之间、国家与国家之间，冲突的原因非常复杂。虽然，“非我族类，其心必异”这样的论断，可能是冲突成因；同种同文同宗同事同学就一定能和谐相处吗？翻一翻历史，看一看周遭，就可得到答案。

中西文化相同还是相异，东海西海是否同理同心，诚然论说纷纭。西海有相异论，也有相同论。歌德就认为“中国民族是一个和德国很相似的民族，中国人在思想行为和情感方面几乎和我们一样”。西海更西一些，大西洋岸边的奈保尔（V. S. Naipaul），宏观东海西海之后，也有“普世文明”（universal civilization）之说。

奈保尔认为：在文化上，人类汇合在一起；全世界的人，共同的价值、信念、取向、实践、体制愈来愈获得采纳；一个“普世文明”就这样产生了。所谓共同的价值、信念、取向等，就是钱锺书说的“心”“理”。“非我族类，其心必异”？不，“非我族类，其心大同”。我们也可以说，种族肤色、语言文学、宗教仪式、生活习俗这些形式、表层、外貌之“异”，实际上藏着深层的、内心的“同”，是“貌异心同”。最近看到2010年9月16日出版的《社会科学报》,其海外新书栏介绍《心中之火：白人积极分子如何拥抱种族平等》（*Fire in the Heart: How White Activists Embrace Racial Justice*）一书，内有“白人积极分子发现他们与有色人种拥有相同的核心价值观”的说法；由钱锺书来讲，这就是白人黑人心理攸同。诚然，礼义廉耻，或者说，仁义礼智信，这些怎会不是普世价值呢?

中西文化的异同是个极大的议题，涉及诸种学科、诸多角度既深且广的研探，议论纷纷是必然的。笔者绝无才学独力作全面的研讨与判断，对此所能说的，只是比管更狭窄、比锥更尖小的一得之浅见而已；只是震服于钱锺书的海量式论据，进而折服于他之高见而已；只是凭数十年的阅读、观察、体会，认为东海西海事事物物的基本性质或核心价值相同而已。

三 钱锺书平心论中西文化

钱锺书认为东海西海心同理同，这无形中给中西文化优劣论附带来个平议。王国维在一百年前说：

我国人之特质，实际的也，通俗的也；西洋人之特质，思辨的也，科学的也，长于抽象而精于分类，对世界一切有形无形之事物,无往而不用综括（generalization）及分析（specification）之二法，故言语之多，自然之理也。吾国人之所长，宁在于实践之方面，而于理论之方面则以具体的知识为满足，至分类之事，则除迫于实际之需要外，殆不欲穷究之也。

王氏又说：

故我中国有辩论而无名学，有文学而无文法，足以见抽象与分类二者，皆我国人之所不长，而我国学术尚未达自觉（self-consciousness）之地位也。

对王国维这个说法认同的人颇多。年前我在成都讲学，有研究生发表类似的意见，我对他们说："没有分析的头脑，没有科学的思维，诸位不远处都江堰的水利工程建设得起来吗？那是二千多年前的伟大成就啊！你们读古代的经子史集等典籍，它们多的是分析、分类和体系。"

钱锺书平心论中西文化，让中国文化与西方文化平起平坐；他指出东海西海心同理同处，对东方人西方人的品性差劣处同声讽刺针砭。《围城》的序云："在这本书里，我想写现代中国某一部分社会、某一类人物。写这类人，我没忘记他们是人类，只是人类，具有无毛两足动物的基本根性。"钱氏意谓东方人西方人都是"无毛两足动物"，都有它们的"基本根性"。这本小说中的人物，绝大多数都是中国人，钱锺书固然把他们讽个不亦乐乎；一有机会，他也把法国人、爱兰人刺个不亦痛乎，例如："孙先生在法国这许多年，全不知道法国人的迷信：太太不忠实，偷人，丈夫做了乌龟，买彩票准中头奖，赌钱准赢。""他住的那间公寓房间现在租给一个爱尔兰人，具有爱尔兰人的不负责任、爱尔兰人的急智，还有爱尔兰人的穷。相传的爱尔兰人的不动产（Irish fortune）是奶和屁股……”面对西方的一些所谓汉学家，钱锺书的讽刀刺枪十分尖锐。他在《谈中国诗》一文中引述了一个故事，与法国最高学术机构的汉学教授有关的：

让我从戈蒂耶（Gautier）的中篇小说 *Fortunio* 里举个例子来证明中文的难学。有个风骚绝世的巴黎女郎在他爱人的口袋里偷到一封中国公主给他的情书，便马不停蹄地坐车拜访法兰西学院的汉学教授，请他翻译。那位学者把这张纸颠倒纵横地看，秃头顶上的汗珠像清晨圣彼得教堂圆顶上的露水，最后道歉说：中文共有八万个字，我到现在只认识四万字；这封信上的字恰在我没有认识的四万字里面的。小姐，你另请高明吧。

钱锺书讽刺西方汉学家的中文修养，其利箭且直接射向诺贝尔文学奖。在钱氏40年代的小说《灵感》中，中国某位多产作家参选诺贝尔文学奖。衮衮诺奖诸公不懂中文，乃向一“支那学”者请教，“支那学”者严肃地回答：“亲爱的大师，学问贵在专门。先父毕生专攻汉文的圈点，我四十年来研究汉文的音韵，你问的是汉文的意义，那不属于我的研究范围。至于汉文是否有意义，我在自己找到确切证据以前，也不敢武断。我这种态度，亲爱的大师，你当然理解。”

四 钱锺书以“艰深文饰浅陋”为戒

钱锺书通洋学而不崇洋，和百年来很多中华学者不通洋而崇洋，大异其趣。我们读《谈艺录》与《管锥编》，可发现钱锺书以其博渊与睿智，作中西平行、平等的比较，而不是怯于中弱西强，而为西学所惑、所乘。20世纪是所谓文学批评的世纪，学院里的一些文学理论家，为了扬名，或为了保住饭碗（因为不出版就完蛋 publish or perish），于是创新、解构、颠覆，走火入魔，制造了大量术语、话语、新语、深语——深不可测、难不可解的词语。文字的妖魔四处蛊惑人、吓坏人。钱老则入乎迷宫之内、魔障之内，而能出乎其外，不为所蛊所吓，而看破之，超越之。钱老多年前在给我的一封信中，即对现代那些理论挂帅、术语先行的文章表示反感。他说：“一般文艺理论的文章（海外的和外文的，和一些贵同事的，不在例外）都像一位德国哲学史家批评一位英国哲学家所谓 Technical terms are pushed to and fro…, but the investigation stands still。”钱老引述的话，译成中文，其意是：“专门术语搬来搬去，而研究本身原地不动。”换言之，就是只炫耀玄虚术语，而无实质内容。更有甚者，就是所谓的“论文”乃东拼西凑而成，玄虚杂乱，根本不知所云。钱锺书批评过一些中华学者，说他们谈文论艺时，常常以“艰深文饰浅陋”（The elaboration of the obvious），并引以为戒。

1996年夏天，美国人文社会学科学术界发生的“骚哥戏弄事件”（Sokal Hoax），简直像孙悟空大闹天宫，对这类“论文”大加讽刺。让我们回顾这一场恶作剧:纽约的索卡尔（Alan Sokal）——香港一位学者把他戏译为“骚哥”——教授制作了一篇长而艰难的学术论文,投给著名学报《社会文本》(*Social Text*),蒙其编委及评审诸公“青睐”采用,予以发表。发表之日,骚哥预先写好的恶作剧式事件本末声明也在他刊公布了。原来其“大作”弄虚作假、胡说八道，一大堆的术语，一大串的征引，都不过是装腔作势、眩人耳目而已。美国的学术界为之骚动。这篇“论文”的七宝楼台，拆卸下来，不成片段，而且材料大都是赝品。那时钱老在北京入住医院已两年，八十六岁的病弱老人，如知道此事，一定会拿它作话题，与夫人和千金开怀说笑（不过,那时钱瑗大概也因病住院,父女不能聚在一起）。像其他专业一样，文学研究不能没有术语。赋比兴是术语，悲剧与史诗是术语。术语从先秦、从古希腊就存在,而且增益繁衍,而且会和文学永垂不朽。问题是西方20世纪的很多文学研究者，术语用过了头，大大越过了中庸之道。术语、理论挂帅者要登天，建造一座术语、理论的通天之塔，结果自毁之，成为倒塌了的巴别之塔（Towel of Babel）：术语太多太费解，连文学研究者都不能互相沟通。

五　比喻大师钱锺书的乐活文章

钱锺书学问渊博，出入中西七种语言的典籍，肆意征引，而绝不滥用术语，行文绝不晦涩夹缠；反过来说，文笔俊朗活泼，读来乐趣盎然，正是其特色。其小说《围城》讽刺的事物，有知识分子的出国留学热、知识分子的弄虚作假等。例如，作者这样议论文凭：“这张文凭，仿佛有亚当、夏娃下身那片树叶的功能，可以遮羞包丑；小小一方纸能把一个人的空疏、寡陋、愚笨都掩盖起来。”这里说的是学位证书与学问没有必然关系；愈是学问不济的人，愈需要文凭来掩饰。又例如，小说中褚慎明娓娓道及他跟英国哲学家罗素的交往，说罗素请他帮忙“解决许多问题”；原来罗素确实问过褚慎明什么时候到英国、有什么计划、茶里要搁几块糖这一类问题。这里讽刺的是，褚慎明大言不惭、攀龙附凤的虚荣心理。《围城》几乎每页都有幽默可笑的讽刺，它的另一个手法是用比喻，也是几乎每页都有，有时一页中接二连三。

钱锺书是比喻大师，像个嗜“鱼”的饕餮客，他是个无喻不欢的作家。《围城》中的讽刺，常常用比喻的笔法表现出来，上述对文凭的讽刺，以亚当、夏娃的遮羞树叶为比喻，就是一个例子。还有几个对食物的妙喻。方鸿渐和鲍小姐在一家西菜馆进餐，“谁知道从冷盘到咖啡，没有一样东西可口；……鱼像海军陆战队，已登陆了好几天；肉像潜水艇士兵，曾长时期伏在水里……”这里所用的比喻，使人读来喷饭。再举一例，买办张吉民，“喜欢中国话里夹无谓的英文字。他并无中文难达的新意，需要借英文来讲；所以他说话里嵌的英文字，还比不得嘴里嵌的金牙，因为金牙不仅妆点，尚可使用，只好比牙缝里嵌的肉屑，表示饭菜吃得好，此外全无用处。”金牙和肉屑，都是妙喻。

钱锺书的文学论文也文采斐然，令人读之而乐。他的《诗可以怨》《宋诗选注·序》等篇，旁征博引，“弥纶群言，而研精一理”，当然是学术论文。他这些论文在明畅说理之际，讲究用比喻、用对仗，活泼多姿，与一般学术论文的行文平实以至枯燥乏味，大不相同。例如，《诗可以怨》比较司马迁和钟嵘对写作动机的说法，解释道：

司马迁《报任少卿书》只说“舒愤”而著书作诗，目的是避免姓“名磨灭”“文采不表于后世”，着眼于作品在作者身后起的作用，能使他死而不朽。钟嵘说：“使穷贱易安，幽居靡闷，莫尚于诗。”强调了作品在作者生时起的作用，能使他和艰辛冷落的生涯妥协相安；换句话说，一个人潦倒愁闷，全靠“诗可以怨”，获得了排遣、慰藉或补偿。

这样说固然文意清晰畅达，而钱锺书不满足于“辞达而已矣”，乃要在这段话之前，先来一句：“同一件东西，司马迁当作死人的防腐溶液，钟嵘却认为是活人的止痛药和安神剂。”让读者眼前一亮，脑海光波一闪，跟着追读下文。这好比是作战时夜空中先放了个照明弹，然后挥军出击，直捣黄龙。《宋诗选注·序》的辞采更璨亮，比喻一个接一个，如：

诗是有血有肉的活东西，史诚然是它的骨干，然而假如单凭内容是否在史书上信而有征这一点来判断诗歌的价值，那就仿佛要从爱克司光透视里来鉴定图画家和雕刻家所选择的人体美了。……

假如宋诗不好，就不用选它，但是选了宋诗并不等于有义务或者权利来把它说成顶好、顶顶好、无双第一，模仿旧社会里商店登广告的方法，害得文学批评里数得清的几个赞美字眼儿加班兼职、力竭声嘶的赶任务。

还有对仗式语句，在宋代：

又宽又滥的科举制度开放了做官的门路，
既繁且复的行政机构增添了做官的名额。

崇洋的中华学者，往往连西方汉学界的洋学者也奉为崇敬的对象。一位中华学者月前在香港的一个研讨会上说：哈佛大学教授、汉学家宇文所安（Stephen Owen）“将学术思想纳入文学形式，娱吾思及人之思，乐吾趣及人之趣，用兼具叙事、隐喻、拟人等话语方式的文学性言说，拆解既有的研究套路，为中国文学批评贡献‘娱思的文体’（entertain an idea）。”宇文所安的说法（见其《他山的石头记》的自序）是：“我以为，中国古典文学非常需要‘散文’，因为它已经拥有很多的‘论文’了。”他指出“论文”与“散文”的区别：

“论文”是一篇学术作品，点缀着许多注脚，“散文”则相反，它既是文学性的，也是思想性的、学术性的。“论文”于知识有所增益，它希望自己在未来学术著作的注脚中占据一席之地，“散文”的目的则是促使我们思想，改变我们对文中讨论的作品之外的文学作品进行思想的方式。“论文”可以很枯燥，但仍然可以很有价值，“散文”则应该给人乐趣——一种较高层次的乐趣：思想的乐趣。

其实，钱锺书写论文时，正如上文实例所显示，用的正是这样的一种文学性强、予人阅读和思想乐趣的“散文”文体，只是该汉学家及其崇敬者未曾觉察，或虽觉察而不指出而已。当代诗文双璧的文学大师余光中，所写的文学论文也是这样的一种文采斐然、生动活泼、让人乐读的“散文”。余光中指出当前某些文学论文之弊：“文采平平，说理无趣，或以艰涩文饰肤浅，或以冗长冒充博大，更是文论的常态。”“文笔欠佳，甚至毫无文采，是目前评论的通病。”余氏又说：“评论家也是广义的作家，应有义务展示自己文章的功夫。如果自己连文章都平庸，甚至欠通，他有什么资格挑剔别人的文章？……笔锋迟钝的人，敢指点李白吗？文采贫乏的人，凭什么挑剔王尔德呢？”

《文心雕龙·论说》论“论”和“说”两种文体，其中“说者，悦也，兑为口舌，故言资悦怿”；意谓“说”就是喜悦，说话或“说”这种文体，应该令人喜悦、予人乐趣。《文心雕龙》学者解释“说”这种文体，认为它的写作特色，包括用“生动形象的比喻来说服对方”。这使人联想到古希腊大学者亚里士多德在《修辞学》（*Rhetoric*）一书中，教人演说时用具体生动的言辞、用比喻，以达到说服人的目的；古罗马的贺拉斯认为文艺应该有益、有趣，其理相同。

由《论说》篇之“说”体特色观之，则钱锺书氏不过以“说”为“论”，在“论”之外加上了“说”“悦”，增添了文采，不过是“论”“说”合璧而已，其目的在使人“悦读”后“悦服”。

六 文学功业永垂百载千年

2009年辞世的法国人类学者列维-斯特劳斯（Claude Levi-Strauss）在其1955年出版的名著《忧郁的热带》（*Tristes Tropiques*）中，指出亚马孙雨林印第安部族的不同部落，骨子里有相同的深层结构；而原始部族的深层思想体系，跟文明的西方社会并无分别。加拿大文学理论家弗莱（Northrop Frye）在其1957年出版的名著《批评的剖析》（*Anatomy of Criticism*）中，指出不同国家、语言的文学中，有其普遍存在的各种原型（或译为基型archetype）。斯特劳斯和弗莱之说也就是"心同理同"之意。二人的学说获普世重视，影响深远。钱锺书的《谈艺录》在1948年出版，其伸延性巨著《管锥编》则在1979年，钱锺书视野之阔大，大概超过斯特劳斯和弗莱二人。中华学者中仰钱者众，其"东海西海，心理攸同"说得到认同，钱学且已建立起来，但可惜的是其学说尚未有国际地位。

心同理同，中西大同，世界文化大同；全人类应有民胞物与的情怀，尽量消弭争端，促进和谐。钱锺书以英雄式的坚毅，建立其学说，理应获得当世最高荣誉的文学奖或和平奖。钱氏的著作，除了尽显其博学卓识外，还以其灵活笔调、斐然文采，让人读之而乐。他的小说量少而质极优，在学术论文的写作上，则袪除时弊、树立新风，洵为一代文宗、后世楷模。钱老已逝世十二年，在纪念其百岁冥诞时，我们相信他的文学功业，当能百载千年而不朽。

【附记】新近流行“乐活”一词，它从LOHAS而来。LOHAS是Lifestyle of Health and Sustainability的缩写，意为“健康而可持续（台湾译作“永续”）的生活方式”。笔者论钱锺书的文风，以活泼机智、令人乐读形容之，是谓“乐活”。这里的LOHAS可释为Literature of Health and Sustainability，即“健康而可持续（永续）的文学（文章）”；相对于那些以“艰深文饰浅陋”、枯燥无味的“论文”，钱氏的作品自然才是健康而可持续的、可传后的。

——写于2010年

文化的吃

——《围城》中的一顿饭

钱锺书的《围城》有一顿饭，一吃就“吃”了十四页，有九千余字。这顿饭在第三章，据 1980 年北京人民文学出版社的版本，是从页 87 至 101 的。小说的一些主要人物方鸿渐、赵辛楣、苏文纨都在这顿饭中出现。它的主题，也在这里点破。

页 96 写哲学家褚慎明道：“关于 Bertie 结婚离婚的事，我也和他谈过。他引一句英国古语，说结婚仿佛金漆的鸟笼，笼子外面的鸟想住进去，笼内的鸟想飞出来，所以结而离，离而结，没有了局。”女主角之一的苏文纨则说：“法国也有这么一句话。不过，不说是鸟笼，说是被围困的城堡 fortresse assiegee，城外的人想冲进去，城里的人想逃出来。”

主角出现，主题登场。第三章这一顿饭，其重要性可知。钱锺书的小说，可称为“学者小说”。这一顿饭所具备的，正是学者小说的本色。夏志清教授在其《中国现代小说史》（英文原著在 1961 年出版）中，对钱锺书推崇备至。1979 年，厦门大学的郑朝宗教授首倡“钱学”。此后，钱学的成果，如《管锥编研究论文集》(郑朝宗等著,福建人民出版社,1984年)、《联合文学·钱锺书专辑》(黄维樑编,台北,1989年)、《钱锺书研究》第一辑(北京文化艺术出版社,1989年)、《钱锺书论学文选》一至四册(舒展选编,广州花城出版社,1990年)、《管锥编·谈艺录索引》(陆文虎编,北京中华书局,1990年)相继面世。浏览一遍,我发觉从整体去析评《围城》的论文很多,从小处去窥城之一砖一瓦、一衣一饭的绝少。钱学如要开拓,如要向前看,我认为不妨从小处着眼,最好是能够因小识大。本文即尝试从一饭去观看一城,以道出《围城》学者小说的特色。

这顿饭由赵辛楣请客,应邀赴会者有苏文纨、方鸿渐、褚慎明、董斜川。赵辛楣把方鸿渐视作情敌,对方氏不怀好意,希望弄得方氏在众人面前出洋相,从而使苏文纨讨厌方氏而喜欢自己。

方鸿渐一到馆子,看到两个客人,样子就相当滑稽。那个褚慎明"光光的脸,没胡子也没皱纹,而看来像个幼稚的老太婆或者上了年纪的小孩子";董斜川则"鼻子直而高,侧望像脸上斜搁了一张梯"。褚慎明有"光光的脸";董斜川脸上"斜搁"着梯。不知是否钱锺书有意"望文生义",开开玩笑。

钱锺书文学知识广博,对20世纪以亨利·詹姆斯(Henry James)为首的客观叙述式小说理论,自然娴熟于胸,他也自然知道这是当时的一股主流。不过,钱氏我行我素,写小说时用的是较为古老的夹叙夹议手法——弗里德曼(Norman Friedman)所谓的editorial omniscience,[1] 因为非如此,他就不能在文章中"放荡"、[2] 突梯滑稽了。

页88说褚慎明"自小负神童之誉,但有人说他是神经病”；页 89 说他心里装满女人，研究数理逻辑的时候，看见 a posteriori(从后果推测前因)那个名词会联想到 posterior(后臀)，看见 x 记号会联想到 kiss……，这些都是文字上的滑稽。场面的滑稽，则有如页 95 写这位心里装满女人的哲学家，听到苏文纨跟他讲“心”后，“非常激动，夹鼻眼镜泼剌一声直掉在牛奶杯里，溅得衣服上桌布上都是奶，苏小姐胳膊上也沾润了几滴”。页 100 方鸿渐醉酒呕吐，是另一滑稽场面。对此褚慎明有下面的反应：他“满脸鄙厌，可是心上高兴，觉得自己已泼的牛奶，给鸿渐的呕吐在同席者的记忆里冲掉了”。

方鸿渐成了褚慎明的遮丑布。丑要遮掩，美当然要显耀。褚慎明以认识罗素为荣，为美，怎能不借机会炫耀一番。页 95 这样记录褚和方的对话。方问褚“哲学家学家”(philophilosopher）的出处。褚说：“这个字是有人在什么书上看见了告诉 Bertie，Bertie 告诉我的。”方问：“谁是 Bertie？”褚答：“就是罗素了。”按罗素的全名是 Bertrand Russell，是著名的哲学家，当时在英国新袭勋爵，而褚慎明跟他亲狎得叫他的乳名，连董斜川都羡服了，便说：“你跟罗素很熟？”褚答道：“还够得上朋友，承他瞧得起，请我帮他解答许多问题。”看《围城》至此，读者一定对褚慎明另眼相看。就在这里，作者钱锺书发挥了夹叙夹议法的莫大功能，他加评道：“天知道褚慎明并没吹牛，罗素确问过他什么时候到英国、有什么计划、茶里要搁几块糖这一类非他自己不能解答的题。”这样的攀龙附凤、自欺欺人，当然可以和《孟子·齐人有一妻一妾》故事中的齐人看齐了。

虚荣心不分古今，更无别中外。页 88 写褚慎明和外国哲学家的交往，极讽刺之能事，兹整段恭录如下：

外国哲学家是知识分子里最牢骚不平的人，专门的权威没有科学家那样高，通俗的名气没有文学家那样大，忽然几万里外有人写信恭维，不用说高兴得险的忘掉了哲学。他们理想中国是个不知怎样鄙塞落伍的原始国家，而这个中国人信里说几句话，倒有分寸，便回信赞褚慎明是中国新哲学的创始人，还有送书给他的。不过褚慎明再写信去，就收不到多少覆信，缘故是那些虚荣的老头子拿了他第一封信向同行卖弄，不料彼此都收到他的这样一封信，彼此都是他认为“现代最伟大的哲学家”，不免扫兴生气了。

外国的哲学家，如果有机会读到《围城》外文译本这一段，看到“专门的权威没有科学家那样高，通俗的名气没有文学家那样大”的警句，不知作何感想、有何牢骚了。

警句出自作者钱锺书的口，于是也出自“大才子”董斜川的口。页92，赵辛楣和董斜川，都向方鸿渐劝酒。董说：“你既不是文纨小姐的‘倾国倾城貌’，又不是慎明先生的‘多愁多病身’，我劝你还是‘有酒直须醉’罢。”页96写褚慎明的眼镜跌人牛奶中，奶花四溅，后来取出眼镜并把它抹干。董斜川道：“好，好，虽然‘马前泼水’，居然‘破镜重圆’，慎明兄将来的婚姻一定离合悲欢，大有可观。”出口成章，此之谓也。

用比喻是使文章精警的另一手法。钱锺书是比喻大师，早有定论。页97说方鸿渐听到大人物的名字后，暗叫惭愧：“鸿渐追想他的国文先生都叫不响，不比罗素、陈散原这些名字，像一支上等哈瓦那雪茄烟，可以挂在口边卖弄……”页 98 说董斜川即席写了一些诗句，大家看了，“照例称好，斜川客气地淡漠，仿佛领袖受民众欢迎时的表情”，作者借此把当领袖的自大加以讽刺。

董斜川不但写诗，还评诗。当然，诗是作者钱锺书代他写的，诗评也可能反映了钱氏的见解。页 90 这样写董斜川的议论风发：“新诗跟旧诗不能比！我那年在庐山跟我们那位老世伯陈散原先生聊天，偶尔谈起白话诗，老头子居然看过一两首新诗。他说还算徐志摩的诗有点意思，可是只相当于明初杨基那些人的境界，太可怜了。”《围城》中苏文纨和曹元朗都写新诗，可是作者道及他们的新诗时，并无好评。钱锺书向来只写旧体诗，他对新诗评价不高，看来数十年的立场并无改变。新诗作品良莠不齐，如果入眼的都少佳作，也就难怪有这样的看法了。

页 97 又写董斜川的诗观。他先是评东洋留学生只捧苏曼殊，西洋留学生只捧黄公度，却不知有苏东坡和黄山谷。当苏文纨问他近代的旧诗谁算最好时，他说“当然是陈散原第一”，“这五六百年来，算他最高”。按陈散原即陈三立，论者谓其诗以“生涩奥衍”见称。董斜川接着还滔滔讲述唐以后大诗人的“陵谷山原”诸家。吃饭在这里已变成为听讲：董斜川是位诗学教授，而褚慎明当然是位哲学教授了。

褚慎明如果真的教起哲学来，应该开一科语言分析哲学或语意学之类。请听他的高论：

这句话（你研究什么哲学问题？）严格分析起来，有点毛病。哲学家碰见问题，第一步研究问题：这成不成问题，不成问题的是假问题 pseudo question，不用解决，也不可解决。假使成问题呢，第二步研究解决：相传的解决正确不正确，要不要修正。你的意思恐怕不是问我研究什么问题，而是问我研究什么问题的解决。

再听："现在许多号称哲学家的人，并非真研究哲学，只研究哲学上的人物文献。严格讲起来，他们不该叫哲学家 philosophers，该叫'哲学家学家' philophilosophers。"页 95 还有：

褚慎明："方先生，你对数理逻辑用过功没有？"方鸿渐："我知道这东西太难了，从没学过。"褚慎明："这话有语病，你没学过，怎会'知道'它难呢？你的意思是'听说这东西太难'。"

平情而言，褚慎明的议论，都是"慎思""明辨"的成果，有逻辑性，可以接受的。只是很多人都会像赵辛楣一样，吓得口都不敢开了。

这顿饭，众人之口都开得大大的，不过出口超过入口，因为众人都在作"脱口秀"（talk show）。我们看不到众人吃了什么菜，因为作者既不写他们夹菜、吃菜，连侍应端菜都不写——遑论他们叫了什么名堂的菜了。这里写到吃，但只是吃的掌故趣闻：页 93 说外国人"白煮鸡，烧了一滚，把汤丢了，只吃鸡肉"；说"茶叶初到外国，那些外国人常把整磅的茶叶放在一锅子水里，到水燃开，泼了水，加上胡椒和盐，专吃那叶子"；说某个做官的，"有人外国回来送给他一罐咖啡，他以为是鼻烟，把鼻孔里的皮都擦破了"。虚荣心不分中外，对吃的无知亦然。

这一顿饭提到吃的，就只有上面这些。吃的文化没有多少，有的是文化的进餐、文化的吃。这个晚上，方鸿渐被挖苦，被欺负，被灌醉，以至“出丑”。赵辛楣的目的达到了。然而，方鸿渐的窘境只引来苏文纨的怜惜——她用法文低声说“可怜的小东西”，又送他回家——而非讨厌；赵辛楣的“成功只证实了他的失败”。这一顿文化的饭，不但充分显示了学者小说的特色，而且，赵辛楣如此弄巧反拙，造物如此弄人，也正发挥了《围城》的主题。

——写于 1990 年

注释

1 Friedman,“Point of View in Fiction：The Development of a Critical Concept,” in *PMLA*,lxx(1955).

2 简文帝《诫当阳公大心书》:“立身之道，与文章异；立身先须谨重，文章且须放荡。”我这里转引自文内所提的《钱锺书论学文选》第三册页 212。

徐才叔夫人的婚外情

——读《纪念》

婚姻中夫妻不能欢如鱼水，以致发展成婚外情，这类事件今昔中外所在多有，这类题材见于中外文学的甚多。《包法利夫人》《安娜·卡列尼娜》《查泰莱夫人的情人》等，以及中国的潘金莲故事，是一些著名婚姻丑闻的例子。

钱锺书的短篇小说《纪念》，正以婚外情为题材。女主角曼倩才貌双全，但不大活泼，形象颇为高雅，大学毕业时还没有情人。毕业那年遇到徐才叔，两年后结婚。才叔此人实不副名，他是“天生做下属和副手的人，只听吩咐”，“只会安着本分去磨办公室的与天地齐寿的台角”。此外，他有的是乡气和孩子气。曼倩和才叔结婚，女方的家长是反对的；不过，他们从相识相交往到结婚，并没有什么轰轰烈烈的恋情。在抗战的岁月里，男大当婚，女大当嫁，于是二人成家，曼倩不能再苛求什么了。钱氏《围城》里的方鸿渐与孙柔嘉的结合如此，张爱玲《倾城之恋》里的范柳原与白流苏也如此，都是并不浪漫的爱情。气质浪漫的包法利夫人，觉得丈夫性情无趣，语言无味，做爱如饭后吃甜品那样公式化，但不甜不欢不好，于是，红杏出墙成为小说的下一个情节。才叔和包法利至少有一半相似。为什么说一半？因为钱锺书没有提到曼倩与才叔如何行周公之礼。“周礼”如何不必深究，反正白马王子一出场，红杏美人就出墙。

才叔上班，曼倩在家寂寞无聊。在这个四川的山城，新书极为难得，电影又不知所谓；寂寥的曼倩，一遇上飞行员天健，灵魂儿就飞上半天。天健“并不是粗犷浮滑的少年”，比西门庆好多了。天健“身材高壮，五官却雕琢得很精细，态度谈吐只有比才叔安详。西装穿得内行到家，没有土气，更没有油气”。这位不是骑马而是驾飞机的白马王子，瞒着才叔与曼倩多次接触后，终于把曼倩这红杏摘到手了。

《纪念》的时间背景是春天。“红杏枝头春意闹”。曼倩的春意春情，是慢慢地闹的，跟潘金莲和查泰莱夫人不能同春而语。曼倩在和才叔结婚之前，并没有真正恋爱过，遇到天健后，她才成为一个“恋爱中的女人”（英国小说家劳伦斯有作品以此为名）。才貌双全的女人，一生中没有恋爱，可乎？不可！曼倩对天健的恋情，如用弗洛伊德的心理分析学来说，显然是基于一种补偿心理（compensation）。在钱锺书笔下，曼倩的莺莺式等待、迎拒心情，刻画得细腻、微妙极了。钱锺书的小说作品，数量不多，长短篇合起来，其女性角色却也不算太少。《围城》中的苏文纨和孙柔嘉，自是钱氏着力经营的。不过，管见以为钱氏作品所有女性角色中，当以曼倩的心理描写得最精妙入微。胡定邦（Dennis T. Hu）和耿德华（Edward Gunn）在其论著中都提及曼倩的虚荣心。[1] 先于胡、耿二位论著出版的夏志清《中国现代小说史》，论钱锺书的那一章，引了《纪念》

中一段文字，直把曼倩的虚荣心画龙点睛地写了出来。[2]曼倩和天健初次——也是唯一的——幽会之后，曼倩十分后悔，而其原因之一为："假使她知道天健会那样蛮，她今天决不出去，至少先要换过里面的衬衣出去。想到她身上该换下洗的旧衬衣，她此刻还面红耳赤，反比方才的事更使她惭愤！"钱氏探讨曼倩的内心世界，举凡等待、欲迎又拒、焦虑、嫉妒、委屈、羞愤、懊恼等情绪，十分到家，其妙处，《纪念》的读者宜细细欣赏，这里引不胜引。不过，笔者还是忍不住要多举一例：曼倩与天健幽会之后，很懊恼，回到家里，"第一次感到亏心，怕才叔发现自己的变态。所以那晚才叔回家，竟见到一位比平常来得关切的夫人，不住的向他问长问短。"[3]曼倩之懊恼，主要的原因是她只希望有婚外情，而不是婚外"性"，但天健却胜利地得到"性"了。下面这段文字，清楚说明了曼倩的想法：

她鼓励天健来爱慕自己，但是她没有料到天健会主动地强迫了自己。她只希望跟天健有一种细腻、隐约、柔弱的情感关系，点缀满了曲折，充满了猜测，不落言诠，不着痕迹，只用触须轻迅地拂探着彼此的灵魂。对于曼倩般的女人，这是最有趣的消遣。同时也是最安全的；放着自己的丈夫是个现成的缓冲，防止彼此有过火的举动。她想不到天健竟那样直接。天健所给予她的结实、平凡的肉体恋爱只使她害怕，使她感到超出希望的失望，好比肠胃娇弱的人，吃饱油腻的东西。

情场如战场。《纪念》中的战场，并不是三角或四角恋爱那种战场，而是男女二人，很想得到对方，中间并没有什么困难要克服；但双方都不肯一面倒地求爱，恐怕这样一面倒的话，就会失去尊严和矜持；于是只得想办法让对方来爱自己，让自己赢得对方。上引片段的“安全”“缓冲”“过火”等使人联想到战争，和张爱玲《倾城之恋》中“在水底厮杀得异常热闹”一类字眼一样，都告诉读者，情场就是战场，而爱情的胜利，可能就为了满足人的虚荣心。在中国现代小说家中，许地山和沈从文常写人的天真和良善，而钱锺书和张爱玲多写人的机心和丑陋。

读《纪念》，我们看到恋爱中的机心，也看到钱氏作品一贯的机智笔法，且举例如下：

“每一个少年人进大学，准备领学位之外，同时还准备有情人。”

“爱情相传是盲目的，要到结婚后也许才会开眼。”

“女人的骄傲是对男人精神的挑诱，正好比风骚是对男人肉体的刺激。”

“要对一个女人证明她的可爱，最好就是去爱上她。”

“到家平静下来，才充分领会到心里怎样难过。她知道难过得没有道理，然而谁能跟心讲理呢？”

“要最希望的事能实现，还是先对它绝望，准备将来有出望外的惊喜。”

“譬如盗亦有道，偷情也有它的伦理。”

“天健此时，人和机都落在近郊四十里地的乱石坡里，已得到惨酷的和平。一生在天空中活动的他，也只有在地下才能休息。”

钱锺书学贯中西，他的警句，固然常有亚里士多德强调的对比成分，也得力于中国古典文学的对偶手法。钱氏又是比喻大师。用比喻是作家才华的表现，我曾用不带贬义的“浮慧”一词来形容钱氏这种喜用比喻的风格。[4]他的作品里，三行一比，五行一喻，象征却少用了。《围城》的书名，本来可以是一个象征，但作者在小说中解释围城所代表的意义，这就变成明白直接的比喻了。

《纪念》的开始是这样的：“虽然是高山一重重裹绕着的城市，春天，好像空袭的敌机，毫无阻碍地进来了。”句中“春天，好像……”是个比喻，然而，在开首这整个句子中，我却读出言外之意来，因此我认为整个句子是个象征。曼倩是“高山一重重裹绕着的城市”，而天健是“空袭的敌机”，攻占了她的心，赢得了她的情，夺得了她的“性”。曼倩与天健的恋爱，尽管不怎样浪漫，也算给她带来了春天。这篇小说的时间背景是春天，正符合了弗莱（Northrop Frye）原型批评的“春天——爱情——喜剧”的说法。

天健最后死去了，这还是喜剧吗？我认为《纪念》的喜剧性远多于悲剧性。钱锺书对天健的死有这样的“盖棺定论”：“一生在天空中活动的他，也只有在地下才能休息。”这里哪有悲剧的意味？这篇小说的最后一段则如下：“才叔懒洋洋地看着他夫人还未失去苗条轮廓的后影，眼睛里含着无限的温柔和关切。”这简直是喜剧的团圆和谐结局了。曼倩与天健发生关系，怀了天健的孩子，而才叔还以为是他自己的骨肉，甚至向曼倩建议，把将来的孩子命名为天健，以纪念这位在空战中罹难的亲戚。才叔无才，但无才有无才的幸福。才叔是小说中那垛又黑又粗糙的土围墙。人家的白粉墙，敌机空袭时成了投弹的目标，而才叔家的这垛黑墙不会。邻居的白粉墙，有同巷的孩子涂鸦；才叔家的这垛，使他们无用武之地。这垛黑而粗糙的土墙，却发挥了保护和自卫的作用，这是《庄子》的无用之用哲学，而土墙是才叔的象征。

钱锺书的小说，都用夹叙夹议的全知观点（editorial omniscience）写成，议论风发。《纪念》也如此。不过，此篇着实多了些蕴藉与含蓄，因为作者用了象征笔法。[5]春天、空袭的敌机、土墙等象征，都用得高妙。

同为出墙的红杏，曼倩不是淫荡的潘金莲；同样是无用的土墙，才叔也不是遭谋害的武大郎。曼倩得到婚外情，但婚外情的额外事物——婚外“性”——使她懊恼，显然胜利者并不快乐；天健得到才貌双全的曼倩，然而这个胜利者却死于空难。才叔是一般人心目中的“受害者”，但他不知道太太与人有了婚外情，更不知她怀了情夫的孩子；曼倩的婚外情增加了才叔的婚内情——“才叔懒洋洋地看着他夫人还未失去苗条轮廓的后影，眼睛里含着无限的温柔和关切”。天健不健，才叔无才，无才无知却有快乐，这些就如婚外情之祸反变成婚内情之福一样，都是人生的讽刺，也是人生的喜剧。

——写于1989年春

注释

1 胡定邦的意见，引自刘绍铭、黄维樑合编《中国现代中短篇小说选》下册（香港：友联，1987年），页606；耿德华的意见，引自他的 *Unwelcome Muse: Chinese Literature in Shanghai and Peking 1937—1945* (N.Y.:Columbia University Press,1980),p.247。

2 见夏志清原著、刘绍铭等译的《中国现代小说史》（香港：友联，1979 年），页 379。香港中文大学出版社有全新排印版。

3 本文所引《纪念》的文字，乃根据注 1 之《中国现代中短篇小说选》所选的《纪念》，这是钱锺书本人亲自修订过的版本。

4 可参看拙著《中国文学纵横论》（台北：东大，1988，2005 年）中《蕴藉者与浮慧者——中国现代小说的两大技巧模式》一文。

5 同上。

文化英雄拜会记

康拉德去世了，伍尔夫夫人的悼文说："死亡惯于激发并调准我们的回忆。"这句话是余光中先生引用的，在他那篇悼念朱立民先生的文章《仲夏夜之噩梦》中。余先生哀悼这位莎翁专家之逝，心情自然沉痛，《仲夏夜之梦》变为《仲夏夜之噩梦》，如此机智一番，也许可以略减伤感的气氛吧。钱锺书先生在去年12月19日逝世，至今快一个月。死亡诚然激发并调准我的回忆。人必有一死，钱先生以八十八高龄去世，他的逝去，如四季之有春、夏、秋，然后有冬，是一个普通的"冬天的故事"。钱先生之丧，简单到不能再简单，几乎不成其为礼。死后两天，遗体火化，骨灰一撒，就永远地潇洒。冬天之逝，使我的记忆又一次调准在多年前仲夏我拜访钱先生的惊喜。

一　初访钱锺书先生

1984年8月，我第一次到北京，心血来潮想到要拜访钱先生。他住在三里河南沙沟。我地址记得不详，于是向朋友打听，问得座数层数等资料。14 日上午 10 时许出发，心想碰碰运气，晚辈拜访大师，拍摄几张照片，留个纪念，满足凡俗如我的虚荣心。旅途绝不似《围城》中方鸿渐等人至三闾大学那样长途跋涉、迂回曲折，却也经过一番寻寻觅觅，汗流浃背，才抵达钱宅。不敢大声叩门，我轻轻小叩，门开处，赫然出现在眼前的，就是钱先生。我马上自报姓名，钱先生听后即问："你是否从香港来的？"我说是，补充道："唐突造访，十分抱歉。我只希望向钱先生问安，拍几张照片，作为纪念，就告辞，不敢多作打扰。"对我这个不速的独行访客，钱先生面露笑容，极亲切地请我进入钱宅，坐下，和我交谈起来。

钱先生年轻时被目为"狂生"，现在七十四岁，名满天下。他以极其渊博、贯通中外古今、融会文史哲各科著名。他的学问之大，已成为一则传说。此名也包括"不见客""不应酬"之名，"拒人于千里"之名——往往有访客千里迢迢而来，希望登门造访，却被拒诸门外。现在于我面前的，是温文好客的钱先生，还有钱夫人杨绛女士。她坐在钱先生旁边，静静地听着我们谈话。钱先生问我北京之行如何，住在哪里。我据实以告。《围城》里有一个情节，记述主角方鸿渐与几位旧雨新知吃饭聊天。一个研究哲学的褚慎明到了欧洲，攀龙附凤地先用书信恭维罗素，然后拜访他。此事成为他日后津津向人乐道的难忘经历。褚慎明在饭局上叙述此事，以罗素小名 Bertie 称这位哲学大师，说见面时"承他瞧得起，请我帮他解答许多问题"。《围城》用夹叙夹议的全知观点写成，钱锺书充分利用这种叙述法的长处，在褚慎明的话后面加上这样的按语："天知道褚慎明没有吹牛，罗素确问过他什么时候到英国、有什么计划、茶里要搁几块糖这一类非他自己不能解答的问题。”我现在拜访钱先生，“承他瞧得起，请我帮他解答许多问题”，我以后可以像褚慎明一样向人吹牛了。诚然，幸好“我帮他解答”的问题不止于上述的“住在哪里”等几条。

钱先生问我北京之游，也询及香港之友。宋淇（林以亮）先生和钱先生相交，梁锡华先生和钱先生有通讯，都被询及。美国威斯康星大学东亚系的倪豪士（William Nienhauser）教授新近访问过钱先生，也被提及。（如果我记忆无误，则倪氏指导过一篇博士论文，该文以《围城》为研究对象，作者是胡定邦。）钱先生当然也和我谈到夏志清先生。夏先生在他的《中国现代小说史》中对钱先生推崇备至，另外又撰文褒扬他的《谈艺录》。1979 年 4 月，钱先生一行人到美国访问，在哥伦比亚大学与夏先生会面是此行的高潮。钱夏之交外，还有夏黄之交：夏先生对我的鼓励扶掖。1977 年，我的第一本书《中国诗学纵横论》在台北出版，夏先生为我写序，序文发表在销量数一数二的报纸副刊上。我在书中，多处引述钱先生《谈艺录》的观点。就这样“钱—夏—黄”形成了一个老、中、青的三角关系，我理直气壮地向钱先生附凤攀龙了。读过钱先生传记、轶事的人都知道，在清华大学的时代，吴宓教授曾推许其学生钱锺书是人中之龙。钱先生还提到余光中先生。余先生当时是我的前辈同事，写过不少恋土怀乡的诗篇。钱先生说《人民日报》刊登了余先生的《乡愁》一诗，肯定了他，使他在国内知名。钱、夏、余三位，都是我极钦佩的前辈。我研究余光中作品有年，更被称为余学专家。余先生在 70 年代曾指导过一篇硕士论文，讨论对象是钱锺书的作品。有了上述种种，三角关系增为四角关系，我与钱先生的谈话内容自然更为丰富了。

二 向钱先生“猎狮”与“攀龙”

1980年，我和钱先生开始通讯。事缘刘绍铭教授与我合编《中国现代中短篇小说选》，拟收录钱先生的《灵感》和《纪念》两篇作品，我先写信给钱先生，征求他同意。到了1984年夏天，我唐突拜访钱先生时，我们一直有通信。这次见面之前，他至少曾先后写过五封信给我。钱先生的《管锥编》在1979年秋冬出版，翌年春天，我据此书论比喻部分加以引申发挥，写成《与钱锺书论比喻》一文。收此文章的拙著《清通与多姿》曾寄给钱氏请教。有了以上的渊源和因缘，我如此这般向钱先生“猎狮”（lion-hunting）与“攀龙”，也就顺理成章、理直气壮了。其实我一向极少向文坛学苑的巨子名公猎狮、攀龙。虽然渊源如此，我恐怕占用钱先生太多时间，曾三番两次说打扰已久，要告辞了，而钱先生屡次说不要紧。外面没有下雨，主人依然留客。钱宅的书房兼客厅不大，共约有二十平方米，布置简朴，书不多。钱先生穿着丝质短袖衬衣，架黑色粗边眼镜，高额头，双目炯炯而温煦，头发白了一半，面色光润，虽然已经七十四岁了，却如五十多不到六十。钱先生通中、英、法、德、意、西班牙和拉丁七种语言，“在七度空间逍遥”（黄国彬语），非常“渊博与睿智”（柯灵语）。如今我得以亲炙这位传奇式的文学大师，幸何如之，幸何如之。钱先生咳唾珠玉，语调适中，谈锋甚健，向他请益、和他晤谈真是一大享受。

我们谈到彼此认识的诸友近况，又谈到人文科学者的地位。钱氏说在这个科技时代，我们都成了二等公民。他又说目前国内极重视国外学者，在 court 他们（奉承他们，向他们献殷勤）。我心想钱先生大概怕应酬，有时又不得不“奉命”和某些国外名流会面，乃有此牢骚。钱先生年轻时“狂”，晚年“狷”。狷者有所不为，拒见访客是常事。80 年代后期，钱先生在给我的一封信里，就说某某外国人求见，而他拒绝。

三　艺术与现实的关系

杨绛女士坐在旁边听着，偶然加插一两句话。钱氏伉俪，真是一对恩爱相亲的夫妻啊！我感受着，又想着杨绛女士《干校六记》中所写的夫妻生活。我于是问道：“大家都说你们是一对标准恩爱的夫妻，不过您的大作《围城》所写的恋爱与婚姻却不美好，恋爱不浪漫，夫妻常吵架。小说的结局是男女主角大吵一场，女主角离家出走。究竟文学作品怎样反映作者的经验？”

钱先生于是大谈艺术与现实的关系。艺术往往出诸想象，和作者生平没有必然的关系。研究文艺的人，不要把作品当作传记。杜甫咏马，“所向无空阔，真堪托死生”，李贺诗句“石破天惊逗秋雨”，这些都是想象的驰骋，不必是作者亲历的记录。钱先生又引述康德哲学，以及莎剧《麦克白》的评论，进一步说明这个艺术与现实的问题。1979 年钱先生访问美国几间著名大学，在柏克莱加州大学时，水晶先生就座谈会情景写了一篇《侍钱抛书杂记》，描述钱先生旁征博引、舌粲莲花的畅谈。可惜 1984 年仲夏拜访钱先生后，我没有详细记下钱先生的讲话，否则把记录稍加整理，就是一篇谈艺的佳作了。近代的中国，在政治经济文化多方面都落后于西方。钱先生的出现及其成就，向全世界说明中国有这样一位文化强者、文化超人，实在为民族争光。

我在美国读研究院时，对当代学者弗莱的渊博甚为佩服。弗莱影响深远的《批评的剖析》在1957年出版，其声名最盛的六七十年代，中国大陆正当“文化大革命”。我不知道钱先生读过弗莱的书没有。我即问他对弗莱的看法。钱先生说弗莱还不错，然而弗莱太注重类型（type），而且只分析归纳作品，不加以评价，是其不足处。我也有这样的看法，钱先生所说，于我心有戚戚然。他的博学，这又是一例。

四　夫妻二人甚少旅游何以故

印象中,钱先生伉俪好像多年来没有“衣锦荣归”故乡无锡。我问他何以故。他说夫妻二人都甚少旅游。如果因公出差，活动都有人安排，失却自由。如果自己出门，则买票、订旅馆要人帮忙，费时失事。根据我和钱先生交往的经验，他大概凡事都亲力亲为。十多年来我们通信，他写过三十余封信给我，信笺和信封，都是他的亲笔。他寄过几本书给我，邮包上的地址也都是他自己写的。后来我读到钱先生的一则隽语如下。有人问钱先生为什么不找助手帮忙？钱先生答曰：助手不一定懂几种语言。而且老年人容易自我中心，对助手往往不当是“手”，而当是“腿”——只是用来跑腿。

略为涉及时局，钱先生数次提到“四人帮”。临告辞时，杨绛女士问我一个问题：“刁蛮是什么意思？”我颇感奇怪，略谓这大概是粤语词汇，有刁钻、蛮不讲理之意。我反问钱夫人为何有此一问。她说曾有人用“刁蛮”来形容钱锺书。

刁蛮也好，狂狷也好，这一个小时，我完全感受不到。钱先生一片温文敦厚，我小叩而他大鸣，使我喜出望外。我们拍了几张照片，他还题签赠我《广雅疏证》一书。他坚持送我到楼下。我们一起离开钱宅，在楼下又拍了一照。在南沙沟这个高级住宅区的大门口，我和钱先生道别，钱先生步履轻快地回家，我回头拍了一张他的背影。水晶的《侍钱抛书杂记》这样形容 1979 年的钱先生：“白皮肤，整齐的白牙，望之俨然四十许人，简直漂亮齐整得像晚年的梅兰芳先生。”1984 年夏天所见，钱先生依然年轻健朗。我一共见过钱先生两次，第二次在 1994 年夏天，即十年后，那时钱先生生病，身体差多了。那年秋天，钱先生住院，而且好像一直住院（也许中间回过家），以至四年后逝世。钱先生多次向人说，包括在给我的一封信中：“衰老即是一病，病可治而老难医，病或日减而老必日增。”豁达淡泊、睿智通透的钱老，一样难免于对生老病死的慨叹。

五　华夏的文化英雄

十多年前那个夏日，我离开钱宅后，乘车到香山饭店喝茶，把与钱先生谈话的要点记下来。回到香港后，我写信给钱先生，说要把晤谈内容整理，写成文章，望他允许。不久即收到他 9 月 6 日的来信，向我大泼冷水。他说报刊记者“乍见一人，即急走笔写成报道，譬之《镜花缘》中直肠国民，食物才入口，已疾注肠胃，腹雷鸣而下洞泄。岂雅士所屑为哉！”

为了做雅士，我把精神佳肴在脑袋里咀嚼了十多年，不断回味其甘香。有人说年轻时的钱锺书恃才傲物，是一狂生。我接触到的晚年钱老，即之而温，非常醇厚。那次晤谈时，他对我多所鼓励；在先后给我的书信中，也常常如此。“文人最喜欢有人死,可以有题目做哀悼的文章。”钱先生在《围城》中说。他是不会喜欢我现在写这篇悼念性文字的。悼念钱老之外，还有自我标榜之嫌，钱老可能更会责怪我这样的后辈。不过，我怎能抹去对钱老的回忆？当时钱先生风华仍茂，我得睹“文化昆仑”，亲炙一位证明“东海西海，心理攸同”的大学者，自应把音容言谈记述下来，为“钱学”增加一篇文献。

余光中先生为文悼念朱立民先生，对着他年轻时的照片发怔，他“身影修颀，风神俊雅，……有一种逍遥不羁的帅气”。余先生跟着问：“为什么如此昂藏的英挺，要永远冷却而横陈了呢？”余先生这次是明知故问了。人怎能不是这样呢？十多年前的钱先生，风神俊雅，我得以晤见，真有杜子美“干气象”的兴奋与自豪。钱先生在生时，已是一则传说，现在作古，他将成为一位华夏的文化英雄（culture hero），成为一则神话了，在昆仑山上。

——写于 1999 年 1 月 16 日

钱锺书婉拒荣誉文学博士学位

“不知道你老远从香港来到北京，这样，就劳驾你来舍下吧！”钱锺书先生在电话中说。我听后大喜，立刻离开酒店，“打的”直奔钱府。北京三里河南沙沟第几栋第几门第几号，这个地址我早已记熟了。

这次专程来京，怀有重要的任务，但这个任务完成的机会不大，几乎是个 mission impossible。我抱着试一试的态度，心情与北京夏天闷热的天气一样，颇为不安。我的任务是：亲自拜访钱锺书先生，呈上香港中文大学校长高锟教授的函件，向钱老表示，请他同意接受中大颁予他荣誉文学博士学位。半个世纪之前，英国的牛津大学要礼聘钱老——那时他是“钱少”——当教授，香港大学和台湾大学也都要请他当教授，钱先生都婉拒了。1979 年春天，钱先生访问美国，所到之处，谈文说艺，英语法语德语意语等，当然还有汉语，一个人“七嘴八舌”并用，舌粲莲花，中西打通，古今博引，把一群群的硕士生博士生助理教授副教授正教授讲座教授都听呆了，自此钱锺书成为西方汉学界争相谈论的一个学术文化传奇，加上夏志清《中国现代小说史》一书早已对钱先生及其《围城》经典化、谥圣化，拜金崇钱（钱、锺二字都从金）、向钱看的人愈来愈多了。据说在八九十年代，美国东岸西岸的若干名校，都想聘请钱老担任客座教授，或授予荣誉学位，钱先生都没有接受，而拒绝的理由之一，是人老了，不想跑江湖了。钱老人在北京。哈哈，这是身在魏阙，心不存江湖。钱老是山，坐镇在北京，不为风雨风云风光所动。

举世滔滔，非为名则为利，例外者只有圣人吧。钱老极为淡泊名利，这已是文坛学院中人的共同认知。曾有人出高价请他接受访问，拍摄电视专辑。钱可通钱（没有写错字，是“通钱”，不是“通神”），不是吗？钱老不为所惑，说：“钱？我已姓了一辈子的钱了！”不过，向钱看的人，仍然希望他会破例。何必曰利？利太俗了，名应该是雅一点的。荣誉学位涉及的只是荣名。

我专程赴京之前，校方曾致电钱老，说明“拟奉学位敬祈笑纳”之意。钱老婉拒之。校方见拒，但未气馁。校方知道我尊敬钱老，且认识他，于是高校长嘱我带着函件，亲趋钱府拜访致意，这样或许会打动他。我自知赴京之事，很可能有辱校长之命。我并无如簧之舌，即使有，原则性极强的钱老，不需三言两语，就可使我语塞而耳赤了。成功的机会甚微，但我仍愿一试。万一成功了，钱老莅临香港，领受荣誉学位之余，登坛讲学，那岂非学术文化界的头等大事？

钱锺书留学欧洲归国后，四五十年间，只去过意大利、美国和日本；以及我国台湾——那是 1948 年，此事知之者甚少，台湾的林耀椿先生对此有详尽的考证。钱先生是来过香港地区的，但只是在 1938 年从欧洲回国时路过而已。如果《围城》主角方鸿渐在香港的勾留能折射作者的心情，那么，香港的那段旅程，并不愉快。如果钱老答应莅港接受荣誉学位，他来时应在该年也就是 1994 年的金秋十月。是 1994，不是阴森可怖的《一九八四》，也不是 1997 金融风暴后金光不闪的愁郁岁月。1994 是金色的，香港的金融兴旺，香港中文大学所在地吐露港滨的金秋华美，与吐露港滨有因缘的宋淇、余光中、梁锡华、黄国彬、潘铭燊等，又都向钱看，甚至是钱迷，而且香港还有众多的《围城》爱好者和《管锥编》高山仰止者，钱老如驾临，必将是香港学术文化界的一大荣幸。

1994 年 6 月的一天，我到北京，入住酒店后，即致电钱府，接电话的是钱夫人杨绛女士，交谈了几句，我的美丽新世界般的想象马上被解构了。杨绛女士这位《称心如意》的作者，使我失望失意，但这又似乎是意料中事。杨女士说：钱先生已婉拒过类似的荣誉多次，包括美国某某大学的。钱先生不想破例，况且，他身体不好。他需要休息，不便接待客人了。杨女士这样说，那我连趋府拜谒的机会都没有了。二三千公里迢迢，夏日三十多度高温炎炎，我与钱老缘悭一面，而且连电话上的谈话也免了，心情何其怅怅。

回想十年前的夏天，我不请而至，直闯钱府，蒙钱先生接见，把上午谈成为中午，才依依告别，我怎能没有今昔之比呢？近年闻说钱老身体欠佳，一定传言属实了。也许，钱老不见客，与钱夫人悉力护夫有关。杨女士有短文曰《钱锺书手不释卷》，说她“遵奉大夫嘱咐，为他谢客谢事，努力做‘拦路狗’，讨得不少人的嫌厌，自己心上还直抱歉”。钱氏伉俪同心，而且同调，拦路狗云云，应是夫唱妇随，钱夫人步趋了钱老的幽默与自嘲。

钱先生在学生时期已被誉为人中之龙。我这次不能登龙门，不能攀龙，自然戚戚怏怏，对北京的郁闷天气也怨起来了。算了，就乘坐港龙班机回港吧。总觉心有不甘，翌日，我又拨了一次钱府的电话，碰碰运气，如能与钱老通话，那可能有转机呢，至少算是尽了努力。拨电话之前，我不无犹豫，因为恐怕这样会使钱老二人耳根不得清净。在钱老还是“钱少”时期，他的小说《围城》就写道：“他在家时休想耳根清净。他常听到心烦，以为他那未婚妻就给这电话的‘盗魂铃’送了性命。”余光中先生对电话之烦人扰人，有同感焉，曾有妙文《催魂铃》夸夸而谈论之。

按了号码，接通了电话，接听者是钱老。我简略地道明来意，又说早一天曾与杨女士通了电话，跟着就是钱老的话：“不知道你老远从香港来到北京，这样，就劳驾你来舍下吧！”我大喜，告诉钱老马上就来。我想起《围城》主角方鸿渐的大名。鸿渐者，鸿渐于干，鸿运将至、鸿鹄将至？

“打的”到了三里河南沙沟，6 月中旬空气素质欠佳的北京街道，仿佛飘起一阵颇为宜人的清风，我还好像嗅到南沙沟住宅小区白色茉莉花丛散发的一股芬芳。1984 年，北京城小餐厅的桌子铺的是一张张又黄又油的塑料桌布，寻寻觅觅，呼叫不到出租车。现在酒家餐厅都收拾得干干净净，麦当劳肯德基举头即是，而从北京机场走四环路到北京大学，不到三十分钟车程，“的士”一“打”就有。1984 年，钱老七十四岁，穿着白色丝质短袖衬衣，望之五十许人，在住宅小区里健步如飞。现在，十年之后……

我按着地址，像 1984 年一样，到了钱宅门口。那一年，唐突、不速之客，未经预约就来了，在钱府门口按了电铃。现在，我在钱府门口按了电铃。那一年，来开门的是——那么巧，就是——钱锺书先生，上面说的望之五十许人的钱先生。现在，现在来开门的，是钱夫人。杨绛女士迎我入室。客厅是十年前的客厅，水泥地板，书桌、书架、椅子和茶几，一切依旧，朴素而清爽，而杨女士呢？十年的光阴，在她的身体上、面孔上，增加了年轮与年纹。1984 年的夏天，是年轻的夏天。现在，杨女士说：钱先生身体不好，在一个房间里休息；她自己也不行，心脏有毛病。我呈奉高锟校长的信，以及我自己准备的小小礼物，恳切地表示希望钱老同意接受学位，这将是学校的荣耀，也是香港的荣耀。我恳切陈辞，而杨女士坚决辞谢。我知道任务完成不了，转而想谈一些别的。1984 年钱老一谈就是个把小时，杨女士也坐在旁边一直听着，现在她说遵从医生吩咐，要尽量休息。

我想我得告辞了，但钱老呢？他是知道我来的。而且，1984 年初见，现在正好十年后，十年一面是整数，特别有意思。杨女士有点不由分说把我送到门口，我在过道看见一个房间里，椅上坐着人，那一定是钱老了。我该不该进去和他打个招呼呢？一代以至一世纪的文学宗师、文化昆仑，小说和杂文中对世人挖苦讽刺不遗余力、现实中对后生晚辈鼓励奖掖也不遗余力的钱老，八十四岁了，我该不该进去和他再见一面呢？

钱老是豁达的，但是他说“衰老即是一病，病可治而老难医，病或日减而老必日增”。钱老已老，十年就老病了这么多？钱老几乎不出门，几乎不参加活动（后来看了杨女士写的书《我们仨》，2003 年 7 月三联书店出版，就更清楚了），但访客多，来信多。“不好诣人憎客过，太忙作答畏书来。”钱老不免有这样的牢骚。原来书信是会催人老的，这样，我就更应该回头再见一面，并向他致歉的。我恋恋不舍将要离开钱府，探头到房间里说了声好，而这时杨女士已为我开了门，我只得说一声谢谢和再见。

回到香港后，我收到钱老寄来的信，内容如下：

维樑博士大鉴：

弟暑蒸夜不成眠，老病之躯，愈觉躁闷，畏客如虎。不意大驾远临，遂未迎晤。事后知之，疚歉无已。贵校锡以殊荣，二月前早由有关方面长途电话通知，弟一向于此类，皆自觉受之有愧，当即坚决辞却。以为已可作罢。不意高校长复委兄亲临劝诱，愈觉“罪孽弥重”，但橛老头儿不识抬举，仍乞收留成命。“God says ‘So so’ but the Devil (The Spirit that denies, says Goethe’s Mephistopheles of himself) says ‘No, no!’”一笑。已专函高校长，并力疾作书，向兄谢无礼不见之罪。书不成字，即颂

俪安

弟钱锺书拜上

六月十五日

厚贶佳蒴名笔。谢谢！

杨绛同候

在香港冷气开放的办公室，读到“暑蒸夜不成眠”一句，甚为诧异。北京冬寒夏热，众所周知。1984 年第一次访京，宾馆没有冷气，我赤条条对着电风扇，吹来的是比鲁迅“热风”更甚的蒸气风。翌日读报，乃知道当天气温高达三十七度，天人合一，大气与人体同温同热。几天后鲁莽拜访钱老，气温稍降，不过仍然热力逼人。当时在钱府躬聆钱老谈文说艺，如沐春风，真的不感到炎热。当时凝神恭听，我来不及细心观察钱家的家庭电器有哪些了。十年后重登钱府，我恳切陈情，而杨绛女士不能久留客人，我心难旁骛，更注意不到钱家的“家电”设施。1984 年内地改革开放才几年，冷气机（内地叫“空调”）不是热门家电。到了 1994 年，十年中经济建设丰硕，冰箱电话空调彩电等家电，中等人家户户都有，钱府应不例外才对啊！

钱老应是怕热的人，而且敏锐地注意到别人怎样怕热。年轻时的“钱少”，夏天和父亲钱基博在院子里读书、背诗，是赤着上身的。《围城》一开始，就是夏日海上船舱的人“一身腻汗地醒来”,海风含着燥热,胖人身体“蒙上一层汗结的盐霜”。后来写曹元朗、苏文纨结婚，新郎“忙得满头是汗，我看他带的白硬领圈，给汗浸得又黄又软。我只怕他整个胖身体全化在汗里，像洋蜡烛化成一摊油”。二十世纪三十年代曹、苏结婚时礼堂已有冷气，难道九十年代北京的钱府竟然没有空调。海尔、康佳、格力、美的、春兰各种空调品牌在家电店铺竞争客户，难道争取不到（我认为）怕热的钱老？还是钱老患有哮喘，冷气对他不宜？暑蒸而钱老不能消暑，此事令人困惑，应该是“钱学”一件小小的公案。钱老此函所写日期是 6 月 15 日，但信封的邮戳分明是6月14日，难道热浪袭人，老人家一时热昏而写错了？

钱老给我的信，先后有三十封左右，什九用毛笔书写，而此封用钢笔，且笔力显然逊于从前，涂改也多，唉，宝笔老矣。看到“力疾作书”四字，我不安非常。不过，喜的是钱老风格依旧，仍然用典且自嘲。他引了歌德《浮士德》的典故，并把自己说成魔鬼（The Devil）。钱老力疾作书，在给我写信之前已专函致高校长。我回港后向高校长报告钱老婉辞事，他理解并尊重之。高锟教授是光纤（optical fibre）之父，1999年一本著名杂志选出“二十世纪亚洲最有影响的五位人物”，高校长与邓小平、甘地、黑泽明和松下电器创办人松下幸之助同时当选。高教授是风范可佩的科学家，他自然不以钱老为忤。

钱老的书信，我一直珍藏着。1998年12月19日钱老久病逝世，在其前后，报道钱老消息的文字很多。钱老是在1994年夏天入院治病的，而且入院后就再也没有回家，没有下病床。他入院是在1994年的何月何日？杨绛女士的《我们仨》是记叙他们一家最权威的文字，她只说：“锺书于一九九四年夏住进医院。”哪一天呢？我又翻查多种资料，何晖等编的《一寸千思：忆钱锺书先生》，其所附年表说钱老于7月住院，然则6月中旬这封信，可能是钱老入院前最后一批挥写的文字中的一篇了。

力疾作书。钱老不接受采访，不拍特辑，生命中最后的二十年，不出门外游，社交活动减至最少。钱老讳锺书，字默存。他默默地存在，一生钟意钟爱于书，读书破万卷，《管锥编》

所引书多至数千种；他所写的书信，应该在千函万笺之数，锺书也是钟爱写书信之意。6月中旬这一婉拒函，应该属于同类“不识抬举”书函中的最后一批，甚至是最后一封。钱老“不识抬举”而学术界文化界把他标举到与昆仑同高。这是一生锺书者的超然成就。

【附记】近日重阅珍藏的钱老书信，并追记此事。此事距今已九年，钱老逝世已四年多，我离开吐露港滨的校园也已两年多了。接受荣誉文学博士学位，本为俗世中的雅事，如铜臭社会中书香飘送，如红尘闹市里绿树怡神，只要领受者名实相副就行了。钱老与众不同，他“愈隐而声名愈显”（关国暄语，见其《一寸千思》中文章）。

——写于 2003 年 7 月

钱锺书“改变”了东方和西方文学

——无锡“钱锺书纪念馆”参观记

5月的无锡之行，不是为了欣赏太湖的春色，而是参观泰斗的故居。一千年前苏东坡贬居广东惠州，当地人曰：“一自坡公谪南海，天下不敢小惠州。”惠州的东坡纪念馆，至今是文化人必游的景点，它使惠州比邻近的南方富裕大城深圳更具文化。无锡自古多名人，而无锡有钱，在我看来，它的声价大增。这个钱是钱锺书。到无锡之前，我们向当地旅游局和文化局打听过，钱锺书纪念馆已落成开放了。它位于学前街，其附近有薛福成故居。

按着无锡市区地图而索居，不得其门。问学前街头的行人，行人或说不知，或举手一指，说就在不远某街巷。不知道的人占大多数，顺手指点的则所示不具体、不详明。在学前街上，文君和我像学前的童蒙一样，茫然失所。5月9日，天气和暖以至有点热了，昏昏然我想起十多年前在伦敦市郊寻觅英国诗人济慈的故居。大街小巷上问人不下五六次，而那些现实的英国百姓，不知道百多年前浪漫诗人的故宅。江山不空，故宅应在，而文藻无人知道。储君查尔斯王子在八十年代曾批评英国年轻一代不读莎士比亚。连莎翁都不读或少读，遑论非国宝级的济慈了。

如今在无锡寻觅钱翁故居，是国宝级学者作家的旧宅，而茫然无所得，我仍旧感到难过。薛福成故居赫然出现，钱翁旧馆在哪里呢？文君举目看见中国农业银行的招牌，要知道钱宅所在，向钱问吧。但管钱的人，也不知道钱宅在何方。钱翁的故居既新辟成为景点，为什么故居附近没有竖挂若干指示牌呢？在学前街上来回往复，小巷进进出出，终于在一名为睦亲坊巷的深处，给我们找到了。小巷深藏着一座平房，“钱锺书故居”的牌匾厘然可见。

踏进门口，迎人的是钱先生的头胸铜像。像顶是“钱锺书纪念馆”五个毛笔字匾额，啊，是人瑞顾毓琇老先生写的，笔力尚劲。像后则为一株槐树的木刻长板，树侧是钱老喜欢的诗句“枯槐聚蚁无多地，秋水蛙鸣自一天”，意思谦逊自适，是为钱老写照。再进去，是一天井，然后就是正堂“绳武堂”。此堂为钱锺书祖父建置，有国画、对联、宫灯装饰其间，堂不大而有清雅之气，具现诗礼家风。介绍纪念馆的折页说：“钱锺书在这里度过了童年、少年、青年时期，绳武堂敦厚质朴竞志奋进的门风，都在他心里留下不可磨灭的印象。”绳武堂的后面及其左右，有钱锺书的卧室兼书房，以及五六个展室。

展室展览的是钱锺书杨绛伉俪的生活照片、钱老手迹，以及附加的文字说明。电视连续剧《围城》的剧照也是重点展览材料。

据纪念馆工作人员说，此馆是新建的（已落成大概一年吧），看来一切陈列的物件，眉清目秀，称得上净雅。然而，使我们惊讶惋惜的是书香不浓郁。馆内存放的钱氏著作不齐全。学术界研究钱氏作品生平的资料，已因“钱学”日显而日多，可充架以至充栋了，然而馆内这类资料极少。锺书先生一生钟爱书籍，且钟爱书信，馆内陈列的书籍已少，书信更寥，而且连一件真迹也没有。虽说钱先生自青年时期赴北京读大学后，迄于逝世，极少回无锡钱家，但是既然名为纪念馆，对钱老一生文物的展示，怎能如此寒伧，甚至惨白？

不说整个神州大地，只说神州南端的蕞尔香岛，就已飘逸着锺书先生的阵阵书香。其《围城》《谈艺录》《也是集》等书，香港就有数不清的翻版盗版正版。潘耀明 1981 年 4 月在北京访问钱老，记录成文，在香港发表，是八十年代初期报道钱老近况的重要文献。潘氏收藏了钱老的信件；潘氏的《当代中国作家风貌》一书，书名是钱老题写的。香港多的是向钱看的人，陈耀南、潘铭燊和笔者等，都有钱老的墨宝。无锡市要建立钱锺书纪念馆，为什么不向有关人士征集各种文献？国内有的是钱学专家。

纪念馆工作人员说，杨绛女士在建馆前后，没有来过无锡。这当然，因为不论从陆地来或者从空中降，杨绛女士体力已难支持了。钱老去世时，她年已八十七。何况，她秉承钱老的精神与心愿，是连建馆也不会同意的。对研究钱锺书的人的热心、对开会研讨钱锺书的人的热情，钱老一律泼以冷水。曾有大学要为钱基博先生百岁诞辰举办纪念会，钱锺书覆信大学的友人说：“比来纪念会之风大起，请帖征文，弟概置不理。今年无锡为先叔父举行纪念会，弟声明不参预。三不朽自有德、言、功业在，初无待于招邀不三不四之闲人，谈讲不痛不痒之废话，花费不明不白之冤钱也。”这真是钱老的“六不主义”！对建馆之事，我想杨女士当年一定不闻不问，不提供任何支援。然而，筹建纪念馆诸公，只要登报一呼，则关于钱老的书籍书信种种文献文物，必定从意大利、日本、美国，以及我国香港、台湾、北京、上海、云南、黑龙江等五洲三洋大江南北源源而至纷纷而来。

锺书先生的读者，当然要细看纪念馆内的文字书写。一看，好像打开了潘多拉的盒子，问题来了。钱老誉满学术界、汉学界，中外对之好评极众。纪念馆的展板上，摘录一些评语，是好事。然而，被摘录言论的郑朝宗、夏志清、Jonathan Spence、唐弢、荒井健五人中，有两位的名称出了毛病。展板上，Jonathan Spence 译为乔纳塞·斯本斯，不妥。不妥之一为：Jonathan Spence 一般译为“乔纳森”，而非“乔纳塞”。不妥之二为：即使译为“乔纳森·斯本斯”，也有不敬之处。这位学者是研究中国历史的，对“通古今之变”“究天人之际”的司马迁十分景仰，因此把自己的名字汉化地雅译为“史景迁”。展板的文字，应该从之。史景迁在西方汉学界，已和费正清（John Fairbank）、宇文所安（Stephen Owen）、葛浩文（Howard Goldblatt）那样为人所知了。

另一个更大的毛病与夏志清有关。夏教授是钱老的知音，他的《中国现代小说史》（*A History of Modern Chinese Fiction*）专章评论钱锺书的小说，力言《围城》的杰出成就。他和郑朝宗教授一样，是“钱学”的奠基者，其评论自应摘录。展板上摘引的夏氏文句，有一小小的遗漏。而把夏志清介绍为“哈佛大学教授”，则是不可饶恕的错误。夏志清先生拿的是耶鲁大学的博士，在哥伦比亚大学教了数十年的书，其论著或在耶大或在哥大出版社出版，怎会把他列为哈佛教授呢？钱老 1979 年访问美国，在哥伦比亚大学与夏公会晤，夏公有《重会钱锺书纪实》一文为记。只要略为翻查资料，就可得到正确情报，唉！钱老聪颖过人、才华横溢，而且，勤奋用功、治学严谨，如果知道展出的资料有这么多错漏，他怎能瞑目？

最大的毛病出在馆内棕色板上白色字的钱老评介。数百字题为“The Well Known scholar, Writer Mr. Chien Chung-shu”的英文短文，从题目差错到末句，令人不忍读、不忍睹。

钱老是“学者作家”这说法是对的，但这两个词的英文组合，应该是 Scholar-writer 而不是上引的 scholar,Writer。这里的标点错了，大小字母的写法也错了。钱老诚然是著名学者作家，但著名（Well Known）的说法太普通了，不如不用；要加以形容的话，措辞就要和钱老的文化高度相称才行。题目中（内文也如此）Chien Chung-shu 即钱锺书的拼音不伦不类，且不合国情。钱锺书可拼音为 Ch’ien Chung-shu——注意首字 Ch 后那一撇，这是根据 Wade-Giles 的拼音法，夏公《中国现代小说史》用之，茅国权等译《围城》英译本用之。虽小撇，必有可观者焉；少了它，钱锺书可能变成简锺书或者翦锺书（如果不是煎锺书或者溅锺书的话）。即使用了 Ch’ien Chung-shu，还是不对，不合国情也。内地向来用汉语拼音，钱锺书就是 Qian Zhongshu。拼写中有 Q 有 Z，而且名字两个字的拼写是连在一起的，中间没有那一短横画，这是连内地的小学生也知道的。大学者的姓名，竟然被这样乱为拼凑。评介的内文提到钱氏父亲钱基博，用的是汉语拼音。这对了；然而，姓与名三个字写成 Qianjibo，变为连体人，又错了。

或用词不当，或语法不通，这篇评介文字，差错迭出，是语文教学的最佳反面材料之一。钱老在小说《围城》里已慨叹批改学生作文，是痛苦的事。难道纪念馆的主事者，不让钱老安息，要请他从九天上或九泉下回到无锡市学前街，把这篇文字痛加批改一番吗？执笔者说钱先生是“a treasure of the state”。State 字不妥，因为此字的政治意味重，钱老并非政治人物，即使是，也应改为 nation。State 和 nation 都可中译为国家，但其含义不同。执笔者又说钱老是“the son of the Tai Hu Lake”。难道以太湖之大，她只得钱锺书这个令太湖自豪的子民吗？这里的冠词 the 错了。

执笔者把钱老的《谈艺录》译为“On Arts”，意思为“论艺术”；他一定不大清楚《谈艺录》的内容为何。执笔者把《管锥编》译作“An edit of Guan Zhui”，初看时，我吃一惊，哪里来的《管锥的命令》（edict= 命令）呢？咦，又似是《嗜管锥成瘾的人》（addict= 上瘾者；edict 与 addict 都与 edit 形近，前者尤然）！我怀疑自己的近视或老花度数又增加了。把《管锥编》译成“An edit of Guan Zhui”，与钱老小说中故意把 T. S. Eliot 译成“爱利恶德”，和把美国小说 *Gone with the Wind* 译成《中风狂走》，数者不属同一范畴，而其“可圈可点”则一。

评介中差错失误之多，我敢打赌，一定会使“咬嚼派”痛牙坏牙。咬嚼派是新兴的文化名词。金文明咬文嚼字，指出余秋雨笔下的失误，写成《石破天惊逗秋雨——余秋雨散文文史差错百例考辨》一书（书海出版社，2003 年 7 月初版），咬嚼派一词大抵起源于此。闲话表过。评介文字的差错，我还是要再举出一个，哪怕我的牙齿会痛会坏，我的饭会喷出来！

执笔者说钱老在“the transformation of eastern and western literature”方面，取得最大的成功。我的天，这真是变天了，钱老改变、改革了东方和西方（Eastern and Western）的文学！被誉为“文化昆仑”的钱老，不挂比较文学家的招牌，但对中西比较文学研究有卓越的贡献，这是学术界的共识。然而，钱老即使立于东方的昆仑山顶，仿效西方莎翁《暴风雨》那位普洛斯彼罗（Prospero）呼风唤雨，他（或祂）改变得了《诗经》以来荷马以来的东西方文学吗？奥维德写成了长诗《变形记》（*Metamorphosis*），艾略特改变了文学史对约翰·邓恩（John Donne）的评价，然而，谁能改变东方和西方的文学？钱锺书纪念馆在学前街上，执笔者的文学文化知识难道也在“学前”？

国内英语大热，留美留英学生的“海归派”又人多势众。国内岂无英语修养精湛的人，国内机构岂无经济能力聘请母语为英语的高手撰写、修饰文章？杭州重建的雷峰塔的展览厅，其英文说明就甚为清通；中央电视台第九套举办的英语演讲比赛中，去年复旦大学那个参赛女生的表现特别教人喝彩。而钱锺书纪念馆这样的英文，怎能摆出来呢？如果这馆是九十年代某个无锡有钱暴发户捐资兴建的家族纪念馆，则其英文再拙劣，我会摇头一叹后说，由它去吧。然而，这是精通中英文兼通法德西意拉丁文的语言大师钱锺书的纪念馆啊！国内的大城小镇，近年建设文化、提高品味的呼声四处响起，中国加入WTO后，外国友人来到无锡，向大师朝圣，他们看到这样的外文，对国宝级学者所受到的学前级待遇，将有何感想？

5月上旬，我们驾着“神龙”来去无锡市，且驰骋于神州大地六千公里。它是中外合资而国产的房车，性能良佳。我们在国内，也希望见到的中文、外文，是良佳的语文。钱老是改变不了东方文学、西方文学的，现在连他故乡的语文也批改不了。请改变、改善纪念馆的语文吧，为了钱老的在天之灵。

——写于2003年7月

钱锺书是什么“士”

——学士、硕士、副博士？

快到12月19钱锺书先生逝世的纪念日，不禁又想到这位“文化昆仑”的一些事情。钱夫人杨绛曾谈说其名著《围城》，不料文章中一个用词惹来骂名。1985年她的《记钱锺书与〈围城〉》写道：钱氏“1935年考取英庚款到英国牛津留学，1937年得副博士（B.Litt）学位。”一些谈钱锺书的文章和传记，便跟着杨绛这么说。然而，批评钱锺书的人，看来看去看不出B.Litt为什么是副博士，认为是有人牛逼哄哄抬高了牛大这个学位的等级。

一些人考查此事，有以下的发现：钱父基博先生在家谱中说儿子获得的是“文学士学位”；美国哥伦比亚大学夏志清教授在《重会钱锺书纪实》中说钱锺书“拿到文学士 (B.Litt) 学位”；又有人指出“副博士”原本是苏联设置的一种学位，英国的牛津大学不可能颁发；还有，1998年12月19日钱锺书辞世，翌日新华社发的电讯，讲到钱锺书牛津留学一事，只说“获B.Litt（Oxon）学位”，没有给出相应的中文译名。

“副博士”之说错了，钱锺书被“拔高”了？

2001 年 9 月，杨绛向清华大学捐献自己和钱锺书的稿费，设立“好读书”奖学金。仪式中，主持人介绍钱锺书生平，提到他曾获牛津大学的文学副博士学位；杨绛纠正说：“不是副博士，是学士学位。”前此杨绛祸从口出，现在祸从口销；钱锺书在牛津得到的是“学士学位”（或“文学士学位”），副博士一案应可定谳。

B.Litt 就是 Bachelor of Letters，源自拉丁文 Baccalaureus Litterarum。我对牛津的 B.Litt 学位究为何物，颇感好奇。年前问过在牛津得过博士学位的同事，她茫然不能答。钱锺书的牛津学位论文，题目翻译为中文，是《17 和 18 世纪英国文学中的中国》，论文收录在《钱锺书英文文集》（2005 年由外研社出版），占了该书整整 200 页。钱锺书阅读英文、法文、拉丁文文献，旁征博引，细察宏观兼之，议论迭出；所写论文的质量，比诸今天任何著名东方或西洋大学的比较文学博士论文，怎会逊色？他在清华毕业，读书时有“人中龙”美誉，早已博闻强记；又在牛大的“饱蠹楼”（Bodleian Library）蛀书然后著书两载；凭此论文拿不到博士，连副博士也拿不到吗（假如有副博士这个学位的话）？

钱锺书英文写的学位论文，在英国学术界应有很高的评价。为什么这样说？因为连英女皇伊丽莎白二世也读了。话说 1986 年“英国女皇来访 [北京]，钱锺书与我皆赴国宴”。这个“我”是杨绛，这句话是杨绛亲撰《杨绛生平与创作大事记》的一则。“赴国宴”？钱锺书不是颇有李白“天子呼来不上船”的高风吗？原来英女皇“行前曾阅读钱氏牛津大学论文”。他的英文论文，一定是由英国学术界推荐，才成为女皇“御览之宝”。锺书先生一生淡泊名利，但作品为英国人重视，为英女皇阅读，难免有自豪与光荣感，于是也就“参见皇上”了。

我未能花费庞大旅费住宿费专程到牛大查探究竟，一直对此学位事件“梗梗”于怀。一天上网，无意中网到了一条资料，十分高兴。在我第一次看到的“Full Wiki”网页，有“Degrees of the Oxford University: Wikis”（意为“牛津大学的学位”）。这一条数据，把牛大的学位分为三大类，它们翻译成中文是：1. 本科（大学部）学位；2. 艺术硕士学位；3. 研究生学位。列举时从低到高，颇有秩序，虽然 2. 与 3. 之间有重叠。三大类之下各有小目。

细看牛大学位这三大类内容，大有牛头不对马嘴之感。1. 写明是本科学位，但 1. 之中却包含一个“本科硕士学位”。此外，3. 是研究生学位，分为三种：甲是本科学位；乙是硕士学位；丙是博士学位；为什么“3. 研究生学位”部分却包含有“甲本科学位”呢？

通览三部分内容，我发现 B.Litt（Bachelor of Letters，源自拉丁文 Baccalaureus Litterarum）学位在第三类即“研究生学位”出现两次：第一次在“甲本科学位”，第二次在“乙硕士学位”。第一次出现时，附带说明这个 B.Litt. 学位现在不再颁发；第二次出现时，附带说明牛大原来一些学士学位，其名与实为了与美国的学位相称，乃更改名称，提高了等级。从前的 B.Litt 学位，正因此改称为 M.Litt，也因此在 3. 乙中，正式列有 M.Litt 这个学位。M.Litt 可翻译为“文学硕士”。

以上说来相当复杂，读者要细心阅读，才看到其奥妙。确实复杂，Wiki 这一条数据，开宗明义就说："不明了牛津大学学位制度的人，一定被搞得一头雾水。"令人一头雾水的学位名目，其实多不胜数。例如在香港，我们会看到在物理系取得学位的"哲学博士"（Ph.D.；Ph 是 Philosophy 即哲学的简写）、在历史系取得学位的"文学硕士"（M.A.；A 是 Arts 即艺术的首字母）；不管牛津有没有副博士，香港倒是有"副学士"。

根据以上的小考证，我们可以推论，钱锺书所得的 B.Litt 学位，实质高于本科程度，它具有硕士学位的水平。至于硕士能否称为副博士，自然有仁智之见。中文里副博士这个名称，又是怎样来的呢，那要再来一番考证了（有网文说李赋宁曾把 B.Litt 翻译成"副博士"）。

至于钱锺书，他在生时对副博士争论默然不语——哈哈，钱锺书字默存；现在天上白玉楼已安居十九年（妻子杨绛于年半前升天相伴），听到学士、硕士、副博士的不同名堂，会怎样想？如果他有内心独白，大概是："我连名牌大学要颁给我荣誉博士学位都婉拒了，还在乎是不是副博士吗？"我们则会想起他在生时，电视台再三邀这位"文化昆仑"做访谈，为他拍摄纪录片，还以有报酬相诱，他婉拒到底，说："我已姓了一辈子的钱，还在乎钱吗？"

——写于 2017 年 12 月初

不要只把术语搬来搬去
——钱锺书一封论学书札

钱锺书先生是名副其实的 man of letters——既是文人，又是多写信的“书信人”。二十世纪八十年代起，钱老给我的信件，有三十来封。钱氏的书信有不少特点，例如：用毛笔书写；信末通常只写月和日，不写年份，有时甚至只写日子；信末署名，钱锺书三个字写成一团。关于后者，我猜想，钱氏的女儿叫“阿圆”，其学说则包括“圆论”，团团圆圆，“一团”的署名方式可能与此有关。我这里要说的这封信，信末正是“一团”加上日子。先把此信从书法“翻译”为印版字，如下：

维樑先生：

大作和拙作盗印本都收到了，谢谢。这几天我在参加一个会议，还没有功夫细读尊著，只把论比喻那一篇看了。说理行文都明净莹澈，引援恰如其分。一般文艺理论的文章（海外的和外文的和一些贵同事的不在例外）都像一位德国哲学史家批评一位英国哲学家所谓“Technical terms are pushed to & fro [hin-und hergeschoben], but the investigation stands still”；极少像你那样写得引人入胜、论事入细的。只有一个缺点，把我夸扬太过！

旧作每篇都遵命校订了，还修改了一些字句。因非新华社发行的书，只能寄进，不能寄出。现托人带到香港寄上，收到后请示知。“纪念”[《纪念》]一篇还经得起时间的侵蚀，虽然写法并没有遵守你所说 Henry James 的规律（大约就是“showing vs. telling”——but,by the way,have you read Wayne Booth’s *Rhetoric of Fiction*?）。“灵感”[《灵感》]的题材和笔法更适合于 Dunciad, The Vision of Judgment 一类的讽刺诗，请你不要选吧（捷克 Prelozila Anna Dolezalova 却最赏识它，译文载 1975 年 *Revue* 第三期）。

宋淇先生处久未通信，晤面时请代问候。杨绛嘱笔致谢你的赠书。即颂

暑安

钱锺书 上 三十一日

我核查资料，认为这封信应是 1982 年 7 月 31 日执笔的。钱老鼓励扶掖后辈，此函也如此，相关的赞语自然是用了修辞学上的夸张法，当之者有愧。修订旧作《纪念》等篇，事缘刘绍铭教授与我合编《中国现代中短篇小说选》，要纳入钱老作品，钱老健在，合该先征求他的同意。常常表示对“拙作”谦虚的钱老，很给我们“面子”，同意入选。经过动荡的年代，

钱老手边没有自己写的书。我把他的“大著”《人·兽·鬼》从香港寄给他，让他修订，事后托人送到香港给我。(经过钱老修订篇章的《人·兽·鬼》，十分珍贵，我至今保留。) 这封信涉及小说写法的一个重要问题，就是用“具体呈现法”（即showing；作者尽量不发表议论）好呢，还是用“夹叙夹议法”（即telling；作者常常边叙述边议论，钱老的小说即如此）？信里说的“一般文艺理论的文章”写法，值得一谈。钱老所引的“technical terms”一句，道出大半个世纪以来，人文学科学术论文的一个严重毛病：“专门术语搬来搬去，所作研究原地不动。”

文学批评是一种学术专业，因此一定有其术语。然而，如果术语太多而且太艰深，问题就来了。1963 年哈佛大学教授道格拉斯·布什 (Douglas Bush) 在纽约一个盛大的文学会议上指出：“文学批评不是科学，无论你怎样振振有词地说，也不可能把它变成科学。正因为如此，我们就得学习世上大批评家的榜样，和他们有相同的信念：对文学的意见，不管多么精深奥妙，都可以用日常文字表达出来。”然而有些人大肆“乞灵于半科学性的名词，以此来吓人，写出来的东西佶屈聱牙，不堪卒读。”布什继续说：“专门术语不会把普通的、简单的见解科学化、深刻化，只会叫人怀疑执笔者究竟有没有审美眼光。”

钱老博学，但不一定读过布什这篇文章。我们可以说，文雄所见略同，都是对滥用术语现象的批判。西方的文化是强势文化，东方文化是弱势文化。西风压倒东风，中华学者西化者众，所写论文生吞活剥西方的术语，把艰深的术语搬来又搬去，如群魔乱飞。举个例子。2003 年 12 月香港大学举办“白先勇与二十世纪国际华文文学研讨会”，一位与会学者的论文，遭受如下的批评：“论文的焦点大都集中在现代主义、父权、流亡、后殖民、族群、省籍、女性主义等时髦议题上，西方文学理论是主体，而文本倒成了客体。”这正应了布什和钱老的批评：论文充斥着术语，以艰深文饰浅陋。

以多而艰深的术语“挂帅”的学术歪风，猛烈吹袭；有识之士叹息之余，来了一个“恶搞”，这就是二十年前（即 1996 年）的 Sokal Hoax 事件。这事件我在通论钱老的《大同文化 乐活文章》一文里论述过，这里从略。

钱老著述丰厚硕大，其中卓见处处。有些见解不一定在他的著作中出现，上面的“术语搬来搬去”说法，似乎就是他著作以外的一则（或可仿效“外一篇”等讲法而用“外一则”称之）。钱老给我的书信里，论学的高见卓见所在多有，上面只是一则。我当把其他书信整理阐述，公开之，与文友共享其学术卓见。当然，我注释书信内容时得慎重；例如，上面钱老信件中说把术语搬来搬去的“贵同事”是谁，我名为维樑，而非维基，不宜现在就解密了。

——写于 2000 年

钱锺书杂说

一　雅译恶译和长线短线

在“世界读书日”当然要谈钱锺书。钱先生曾在牛津大学深造，把其图书馆 Bodleian Library 翻译为“饱蠹楼”。蠹鱼是蛀书虫，蛀书虫即极爱读书的人，钱锺书是也。他在牛津的图书馆，蛀书为乐，喂饱了肚子，把图书馆如此翻译，善哉雅也。当然，真要读遍馆里的书，得有百千个钱锺书才行。饱蠹楼至今有四百多年的历史，蠹鱼愈蛀食，藏书愈增多，目前的藏品达一千二百万种。英语有书虫（bookworm）一词，饱蠹楼之译，有所根据。近年“牛津书虫系列”流行，不知道命名是否受了“饱蠹”一词的启发。

爱读书是雅事，饱蠹楼之名谦逊雅致。钱锺书音义兼顾的翻译很多，书名《醹醅雅》(*Rubaiyat*) 是另一例。它是古代波斯著名诗人奥马尔·海亚姆所著诗集，今通译为《鲁拜集》。

Rubaiyat 原意为四行的一首诗，或一个诗节。书中的短诗，满有饮酒读书生活的悠闲，带有“世纪末”风情。钱锺书这个翻译中，醽和醅都从酉，与酒有关。“醅”使人想起杜甫诗的“盘飧市远无兼味，樽酒家贫只旧醅”，醅为没滤过的酒。另一个字“醽”则为酒味醇厚之意。醽和醅之外，再来个“雅”字，遣词简直有桐城派所重视的“雅醇”味道。诗集中美酒处处飘香，有个“醽醅雅”的译名，正是牡丹绿叶。

钱锺书音义兼顾的雅译之外，还有音义兼顾的不雅翻译。他把名诗人艾略特（T.S.Eliot）恶搞为“爱利恶德”，颜元叔如果知道，一定气死。颜译是字面颜值极高的“欧立德”（Eliot在欧洲立德）。钱锺书还把美国著名小说 *Gone with the Wind*（《飘》）翻译为“中风狂走”；杨绛笔下经常顽皮的大学者，也玩恶译和疯译的游戏。

我好读钱锺书、夏志清和余光中的书，常写文章谈他们。1998 年钱老辞世，夏公 2013 年末也仙逝了。2016 年余翁为自己的一本书写序，有这样的话：“再过十二年我就一百岁了，但我对做‘人瑞’并不热衷。”序是散文，这一句却有诗意的隐晦。

二千多年前，屈原叹道：“日月忽其不淹兮，春与秋其代序；惟草木之零落兮，恐美人之迟暮。”山高水长，日永月恒，却哪有什么生物不迟暮，不零落呢？老顽童夏志清最为矛盾，既说过：“我有影响巨大的著作，不朽了。”却又说：“人一死，一了百了，什么都没了。”

正因为“一了百了”，所以钱锺书才说人生到头来是悲观的。然而人生悲观，跟着就是虚无、无为了？跟着就像丹麦王子那样忧郁了？钱锺书认为不能如此，眼前和当下，我们必须乐观有为。他写道：“人必有一死。长远而言，人生悲观；短线呢，必须乐观。”

说不热衷作“人瑞”的余翁，想不到余音还袅袅的2017年也不在了。他一生“与永恒拔河”，希望作品不朽。文章真是“经国之大业，不朽之盛事”？我当然希望钱夏余三位的文学功业都不朽，然而，对一般写作人来说，在神州大地年产数十万种书刊的时代，你去计算不朽之书的或然率吧！在“微信”显赫君临的超级文明时代，万分之九千九百九十九的书，都会成为“速”朽之“微”事。

然则短线乐观辛勤地写作，长线而言，还是不能不悲观的。信心满满与永恒对垒的余光中，曾经叹道：“一生的苍茫还留下什么呢？”（写于2017年6月）

二　钱锺书大同说“郑笺”

钱锺书曾提及19世纪南美洲哥伦比亚诗人兼学者伊萨克斯（J.Isaacs）引用12世纪中国严羽的理论；钱氏认为严羽的诗论，可“放诸四海、俟诸百世”。这么值“钱”，到底是什么宏论呢？是“诗有别材……诗有别趣；……诗者，吟咏情性也；……言有尽而意无穷”一段话。

伊氏在国内外受教育，一生务农、经商、跑新闻、执教鞭、当议员，和异国异代的严羽，除了诗之外，背景没有“可比性”，而二人的诗论“相得”如此！钱锺书有“东海西海，心理攸同”

八字真言，十五个世纪之前中国刘勰有“至道宗极，理归乎一，妙法真境，本固无二”论，西方现代的奈保尔（Naipaul）等有“普世文明”说；诚然中西之理一也。

中西文化果真如一？钱锺书就曾“矛盾”地说过：“他们男人在没结婚前向女人屈膝求爱，咱们男人结婚以后怕老婆罚跪；……我们死了人穿白，他们死了人带黑。”（见钱氏小说《灵感》）殊不知就其异者而观之，中西多异；就其同者而观之，中西大同。相同的是核心理念与价值。例如，仁义礼智信，怎会不是普世的价值？文学艺术也有其核心理念，如发乎情，如用形象思维，如贵乎创新。

人称“文化昆仑”的钱老，逝世后其高山不崩塌，其学说不老朽。长沙的郑延国教授论述钱学不辍，近作是书稿《译论巅峰上的行走》，本文所引伊氏资料即来自此书。郑氏旁征博引、夹叙夹议地注释阐明钱锺书学说，这真是：同道都称槐聚伟，喜观郑氏作钱笺。

顺便注解：钱锺书别号“槐聚”；“笺”是注释，“郑笺”指汉代郑玄对《诗经》的注释，后来转为注释的意思。（写于2019年8月）

三　钱锺书评《红楼梦》英译本

郑延国教授的《译论巅峰上的行走》书稿，有一篇讨论《红楼梦》的英文译本。郑氏引了钱锺书给一位晚辈学者信里的话：

David Hawks 以所译 *Story of the Stone* 新出第三册相赠，我看了一些，觉得文笔远胜另一译本。我回信中有云："All other translators of the 'Story' found it 'stone' and left it brick。"

钱氏贬抑《红楼梦》的译者，认为原著是"石头"（《红楼梦》又名《石头记》）；译文差，是"砖头"。该晚辈，后来还有郑延国，对钱锺书的句子加以考证，指出钱言乃对"一句罗马名言的反用"。此外，英国文豪约翰生博士赞誉德莱敦的成就时，则直接引用，只是把原来的拉丁文翻译成英文而已。郑延国还这样引述和形容约翰生的翻译："罗马文的名言在博士的鹅毛笔下顷刻变成了具有'软、轻、缓'三大特色的英文：He found it brick and left it marble。"（意为"他得到的是砖头，留下来的是云石"）。

钱锺书的英文句子，该怎样翻译成中文呢？郑延国引述该晚辈学者对钱言的翻译如下："此'记'所有其他译者开始看见的是一块'石头'，离开时却已成了砖头。"郑延国本人则这样——

我步其后尘，将是句反复推敲后，转换如是："几乎所有的译者都以为自己捧起了一块巨石，一番辛勤锤凿之后，留下的却是片片碎石，唯独霍克斯例外。"拙译与信达雅相去甚远，单就字数而言，就比原文多出了整整三十个字。只是觉得译文与翻译文化学派领军人物勒弗菲尔的文本重写说法即 rewriting 有一点点靠近。

郑延国的翻译，确实是接近一种“文本重写”；当然，他太谦虚了，钱锺书原文的“stone”一语双关，双关语是常常使得群“译”束手的。

我也来尝试一下。如果要翻译得简练些，是否可以这样：“所得原著是云石楼台，既成翻译若瓦砾碎片。除尊译（霍克斯之译本）外，其他所有译本皆如此。”拙译暗藏名言“七宝楼台拆卸下来不成片段”之意。对自己的句子，钱老会怎样翻译呢？让郑延国和我联名发一封微信到云端，向钱老请教？

钱锺书信里的“All other translators of the ‘Story’”（“所有其他的翻译者”）我想一定包括杨宪益和戴乃迭，在“郑笺”中却没有指出来，大概是作者宅心仁厚。我认识的几位朋友中，宋淇和黄国彬也都认为两个译本比较，霍克斯译本为优胜。我自己没有调研，没有发言权。印象里，《东方翻译》（双月刊）有论文较为细致比较过霍克斯译本，以及杨宪益戴乃迭译本。（写于2020年）

四 钱锺书·希腊文·拉丁文

金庸在一次访谈中，应要求对钱锺书等名家作出评价。金庸说钱锺书文学修养好，他“懂希腊文、拉丁文”。这里涉及钱锺书的外文修养。世界各国大小语言逾千上万，根据神话传说，本来人类语言惟精惟一，傲气冲天的先民，要建造高上云霄的巴别塔，“逢彼之怒”，结果口音被变乱，以至百异千殊，嘴“巴”有“别”，彼此不能沟通，塔没能建成。钱锺书有“文化昆仑”的尊称，这昆仑山有多高，有没有计划中那巴别塔那么高，语言学家和考古学家都不知道。不过，无论如何高智高才，世界上不可能有人通晓、把握世界各国的语言，达至传说中通天的巴别塔那个高度。我国的“文化昆仑”，对此一样高不能攀。

大家都说钱锺书通晓七种语言：中文、英文、德文、法文、意大利文、西班牙文、拉丁文。钱锺书留学英国在牛津大学图书馆“饱蠹楼”边蛀书边做笔记，页页写满的经常是几种文字。意大利汉学家拿钱锺书《管锥编》的意大利文引文及中文翻译，与意大利经典原文对照，发现钱锺书没有犯错误。四十年前钱锺书访美，夏志清教授说洋人教授对钱氏的漂亮英语赞不绝口，他写道：“一位专治中国史的洋同事对我说，生平从来没有听过这样漂亮的英文，只有一位哈佛教授差堪相比。”钱氏在牛津所写的 B.Litt 学位论文，深受英国学者推崇。四十年前英女王访问中国，她抵京前先读此论文，换言之，此论文是“御览之宝”。

金庸说钱锺书懂希腊文，这不对。（这不怪金庸，他一时说说，他又不是“钱学”专家。）《管锥编》所引古希腊经典，引的都不是原文，而是英译。英文与德文同属日耳曼语族，法文、意大利文、西班牙文、拉丁文同属罗曼语族；希腊文自成一个语族。从 Alfa 到 Omega，希腊文所用的字母与日族和罗族多用的有很大分别。莎士比亚的剧中人物曾说：“这对我来说全是希腊文。”这句名言的意思是：太难了；我不懂。天才的钱锺书，认为希腊文太难学吗？我们不知道。要学，天才加上勤奋，总是会学成的。香港学者黄国彬有文章论钱锺书的文艺评论，题为《在七度空间逍遥》。已经通晓七种语言了！（写于 2020 年）

五 钱锺书的母校：大学不可大意

2003年夏天在无锡汗流浃背，寻寻觅觅，找到位于学前街的“钱锺书纪念馆”。参观时大失所望，珍贵的文物极为稀缺，而展板上介绍钱老的英文短文，从题目差错到末句；为此事我写了文章指谬。拙作寄给《读书》杂志，没有获采用（因为怕得罪人？），只在香港的《明报月刊》发表。内地很多公众场所出现的英文，谬误甚多，钱锺书母校清华大学最近出现大谬误。清华新建成“艺术博物馆”，有人兴冲冲参观后发现其中的介绍文字大错，如 He left Milan（他离开米兰）写成 He leaved from Milan; 如 The Last Supper（最后的晚餐）写成 The Last super。Left 变成 leaved from，“晚餐”变成“超级”，真是超级的低级错误。其他谬误还有很多，批评者写了文章指出来，转发者众，一片骂声。

钱锺书在1998年仙逝，其纪念馆的谬误他没有目睹；若泉下有知有闻，一定气坏。夫人杨绛现在也已去世，如果也有知，两位校友看到母校如此对待语言文字，一定气死——不，气“生”：就是从九泉或者从九天回到人间，把母校训斥一番，并收回以其名义捐赠的奖学金。

博物馆有如此超低级的语文差错，显示清华校方不重视语文，不敬业；显示主事者粗心大意，没有追求卓越之心。香港有大学学院以“止于至善”为校训，清华以至任何大学应该也有此大愿。卓越的大学有大师有大典;对学术文化,却不可大意。(写于 2020 年)

六　文美凡间，语妙天上

钱锺书和余光中两位诗杰文豪，在世时没有见过面，只有神交。钱锺书主张创作应有“行文之美、立言之妙”，余光中和他文心相通。言辞如何美，如何妙，有多种灵活变化的方式，有时和玩魔术一样。比方说，有减法魔方。余光中演讲时劝大学生要多读名著、少买名牌；他不惜“冒犯”跨国名店 LV，直言我们都爱 LOVE，而 LV 只有 LOVE 的一半。

夫子如此劝学，自道呢？关于写作的原因:“我写作，是迫不得已，就像打喷嚏，却凭空喷出了彩霞；又像是咳嗽，不得不咳，索性咳成了音乐。”这是把生理小事大大美化的加法。诗翁三年前离世，没有经历最近一年来咳嗽和打喷嚏的可怕；如健在，会不会把这些小动作比喻为“喷毒啦”（Pandora，一般音译为“潘多拉”）大黑盒的打开呢？他写过大量沉郁厚重的诗文，作品中也很有机智幽默的部分。

余光中耽读钱锺书的《围城》，曾谓“这本绝妙奇书，我看过不下十遍”。2009 年岁暮，台湾有钱锺书百岁纪念研讨会，这是会上余氏论文白纸黑字的记述。钱余两位先后作古升天，天上相遇谈文，不知道余会不会告诉钱“十遍”的事。如告诉，听者有何反应呢？也许钱公顾左右而言他，微嗔曰：“开什么钱锺书研讨会？就请些不三不四的闲人，花些不明不白的冤钱，讲些不痛不痒的废话！”余翁愕然，笑曰：“先生不但文美凡间，而且语妙天上！”（写于 2020 年 12 月）

杨绛就是锺书

一百零五岁的杨绛女士在凡间留下她的剧本《称心如意》《弄假成真》，长篇小说《洗澡》，散文集《干校六记》《我们仨》，翻译作品《堂吉诃德》等，到天上去了。她说是“回家”，和女儿与丈夫团聚。丈夫钱锺书等了十八年，等到了，一定喜极而泣，欢迎他所称的“最才的女、最贤的妻”。母语汉语之外，杨绛通晓英语、法语、西班牙语，著译丰厚，广受好评；一百零二岁时出版的八卷《杨绛文集》，凡二百五十万言。褒语“最才的女”或许有点夸张，“最贤的妻”或许感情用事，但出于学识渊博、人品端正的钱锺书的金口（钱锺二字都从金），其含金量自然极高。我是钱锺书、杨绛作品的读者，和二位又有两面之缘，这里试说这位“最贤的妻”与其丈夫的一些事情。

一　包裹金和玉的一方丝巾

杨绛是个温文柔顺的妻子，这是 1984 年我在钱家所得的印象。这一年夏天，我拜访钱老，十多年后写了《文化英雄拜会记》一文记述其事，该文已写的，这里不重复。我静听钱先生讲话，他咳唾珠玉，语调适中，谈锋甚健，向他请益、和他晤谈真是一大乐事。而钱夫人呢，她端坐在钱夫子旁边，神情娴怡，时露笑容，静静地听我们两人讲话，偶然加插一言片语。杨女士个子不高，皮肤白皙，穿着浅色短袖衬衫。她为我们倒茶，还在我要求下，为钱老与我拍照。这次拜访钱老是即兴而为，事先没有做功课，事后才知道杨绛翻译的杰构《堂吉诃德》已经出版了几年。文学大师钱夫子固然显得亲切平易，钱夫人也丝毫没有翻译大家的"风范"，而像是普通百姓里一个夫唱妇随的柔顺妻子。

三里河南沙沟的钱寓，我当日所见，其客厅兼书房清爽简朴，面积大概是二十平方米。钱氏夫妇 1977 年迁入，这大概是他们数十年北京居最好的房子了。钱锺书生于 1910 年，杨绛生于 1911 年，女儿钱瑗生于 1937 年；一家的生活有时舒适安逸，有时迁徙流离过着苦日子。歪曲悖谬的"文革"时期，一家人都受折腾、受委屈："牛鬼蛇神"钱锺书被剃十字头；同名号的杨绛被剃阴阳头，还被罚清洁厕所，所翻译的《堂吉诃德》巨叠稿件被抄掉（后来力争力救才取回）；女婿被诬告愤而自杀。一家人一生中病痛也多：杨绛切除过腺瘤，又有目疾，得过冠心病；钱锺书的哮喘病经常发作，又切除过一个肾脏、三个膀胱肿瘤；有一年冬天，夫妇二人煤气中毒，幸无恙；钱瑗于 1997 年、钱锺书于 1998 年先后因为癌症去世。70 年代初期钱氏住所更引发颇为严重的冲突。生活的磨难如此，而三口之家相亲相爱地过日子。1977 年迁入新居之后，渐渐地年纪老迈、身体病弱不说，钱氏夫妇过的应是最安适的日子了。

读杨绛写的散文，我们看到这位娇小的女性，一生勤奋从事文学的创作、翻译和研究。她与钱锺书一样地爱书、写书，而且家务杂务样样做得利落。“文革”期间，钱杨先后下放到干校，丈夫的行装，都由杨绛打点。丈夫生病，杨绛悉心照顾。1994 至 1998 年丈夫长期住院，杨绛日日陪伴。五四以来的文学名家，如鲁迅、胡适、徐志摩、郁达夫等，婚姻少有从一而终的。没有与元配离婚的胡适，有诸多绯闻。推崇钱锺书至力的夏志清，本人颇为“花心”，夏太太在夏氏辞世后且为文大爆“内幕”。论者称誉钱杨的结合，为理想婚姻的典范；钱之于杨，钱锺书同意这个说法：“在遇到她以前，我从未想过结婚的事；和她在一起这么多年，从未后悔过娶她做妻子；也从未想过娶别的女人。”“文革”时期有一段岁月，年逾六十的夫妇二人在同一干校，分属两个单位，钱锺书负责派送信件，杨绛负责种菜，二人尽量找机会相聚。杨绛著名的《干校六记》有这样的描述：“这样，我们老夫妇就经常可在菜园相会，远胜于旧小说戏剧里后花园私相约会的情人了。”

情人也好，夫妻也好，通常难免会有吵架。钱锺书《围城》的最后一章，写的是男女主角大大小小的六次吵架。夏志清的《中国现代小说史》英文原著，把最后一章末尾的大吵架全部翻译出来，占了十页的篇幅，并加以评论。这在中外各种文学史著述中，论引述原文篇幅之巨大，应该是个记录。钱杨的婚姻生涯里，从新婚到纸婚到银婚到珍珠婚到金婚到“后金婚”（从二人结婚到钱氏去世前后共六十三年），有没有吵过架，我们自然不得而知；就我所看过的种种文本而言，钱杨二人真正称得上一见钟情，然后“执子之手，与子偕老”，而且是琴瑟和谐、鸾凤和鸣。钱锺书的头二字都从金，绛字从丝；看来杨绛像一方丝巾，柔柔地包裹保护着金贵的钱锺书。女儿钱瑗的瑗字从玉，母亲之于女儿，则是杨绛这柔柔丝巾包裹保护着如玉的钱瑗。一家三口的天伦和乐，杨绛写的《我们仨》有让人悦读的描述。

二　坚韧坚贞如黄杨木

魔术师一声变，一方丝巾马上成为一块木板。杨绛丝巾一样的绛，不必念口诀，就可变为质地坚韧的黄杨木：她坚强地过日子，坚强地维护自己、维护女儿、维护丈夫。"文革"期间，夫妻二人都变成"牛鬼蛇神"，杨绛且被剃阴阳头，她顶着屈辱渡过难关；她为自己为丈夫辩诬；据杨绛说，干校之后回到北京老家，"革命女子"羞辱女儿，打她耳光；娇小的杨绛不甘女儿受辱而还手，结果打起架来；钱锺书为了护妻，也加入打斗。此事杨绛有文章为记，但自称"不光彩"，"不愿回味"。

钱护妻，杨更时时以护夫为己任。这位丈夫的守护天使（所谓 guarding angel），任务之一是保护夫子的宝贵时间不被蚕食。80 年代开始，钱锺书的声名愈来愈显著，文学大师以至文化昆仑之称，响遍海内外；诚心求见或攀龙附凤的人极众，邀请他讲学或演讲的学术文化机构甚多。夫妻二人同心，或在书信中，或在电话里，尽量挡拒。非不得已，钱老连求见的外国汉学家都婉拒。他曾半开玩笑地写道："你觉得鸡蛋好吃就是了，何必一定要见那只下蛋的母鸡呢？"对于各式各样的文学社交活动，二人也避之唯恐不及。尺阴寸阴，都尽量用于读书、写书。

1984年那一次，我唐突造访，杨绛没法阻挡。十年后我预约拜访钱老，这位守护天使严格把关，以一当四,四大天王一样地护法。详情在拙文《钱锺书婉拒荣誉文学博士学位》已描述。

北京之旅毕,我回港后,收到钱老6月15日写的信,说他“老病……畏客如虎。不意大驾远临，遂未迎晤。事后知之，疚歉无已”。对此，我的解读是：钱老如果知道是我来访，应该会与我见个面。唉，钱夫人这位守护天使太强势了。这次守护的是夫子的身体健康，而最终目的还是让夫子可继续与书为伍。

三　夫子妻子，心理攸同

从钱杨两人1932年认识开始，书是胶和漆，把他们粘在一起。读书、写书、互投书信，是他们共同的兴趣和活动。两人埋首写作，成节成篇时，便互相“拜读”并提意见。钱的书，杨题写书名；杨的书，钱题写书名。杨还手抄钱的整本诗集《槐聚诗存》。杨的散文中处处有钱，钱的诗集中多有赠杨的诗。你中有我，我中有你，这是最亲密恩爱的“文本互涉”(intertextuality)。钱老既逝，杨绛继续与书为伍，写和编自己的书，为先夫的《钱锺书英文文集》写序，整理先夫的笔记，集成皇皇然巨册《钱锺书手稿集》,协助出版《钱锺书集》十种。书是文明的载体，书是文明的象征；贤伉俪最爱的是书。杨绛把夫妇二人一生的稿费捐出来，于2001年设立清华大学“好读书”奖学金。

不理解钱锺书的人，说他只有学问（甚至说只有知识）没有思想，更没有思想体系。殊不知渊博的钱锺书，其思想是简简单单的一句“东海西海，心理攸同”；其体系是个“潜体系”（或者说“钱体系”），即以此思想为核心。东海西海，心理攸同；也是夫子妻子，心理攸同。精神生活丰富，物质生活简朴，是钱杨的共识与同调。他们已合二为一。5 月 25 日清晨杨绛逝世，27 日清晨遗体火化，不设仪式，不设灵堂，没有花圈挽联，整个过程非常简单。清清静静，清清净净，甚至不留骨灰，情形和十八年前钱锺书走时完全一样。他们只留下丰厚繁富的书；夫子妻子，心理攸同。钱锺书一生钟爱书，杨绛一生钟爱书，而且钟爱锺书。杨绛就是锺书。

——写于 2016 年 5 月杪

写在杨绛钱锺书的人生边上

我是钱锺书、杨绛作品的读者，和二位又有两面之缘，而钱、杨两位几乎连成一体，要写杨绛，就要从钱锺书说起。先说称呼。杨绛女士今年 5 月以一百零五岁高寿仙逝，报道和纪念的文章极多，都称杨绛为杨绛先生，都说用“先生”一词是对德高望重女性的尊敬。我不能苟同。其中一个原因是：如果我说钱锺书先生和杨绛先生是一对恩爱夫妻，那岂不是有同性婚姻之嫌。钱、杨两位在 1935 年结婚，那岂不是说那个年代已有同性婚姻，且是合法的——而钱、杨两位岂会做违法之事？

从恩爱夫妻说起。恩爱夫妻有真有假。政坛和影视圈的很多伉俪，出双入对，手拖手十指连心，面对面微笑会心，真是佳偶啊。然而，这样的俪影在荧幕、视频和微博可能一闪再闪即逝，夫妻间不管有没有小三或小四介入，二人对簿公堂，为离婚分财产而成陌路了。“恩爱”只是剧情，而非真情。我所知道的钱锺书和杨绛，是真正的恩爱夫妻。真正的恩爱夫妻，除了一般婚姻生活的和谐、和鸣之外，还表现于二人事业的互相扶持、欣赏。巴金写的《怀念萧珊》一文，有恩爱，也有遗憾：萧珊没有在文化事业上用功，令巴金失望。杨绛和钱锺书，是生活上的佳偶，也是事业上的“最佳拍档”。钱锺书是她作品的第一个读者。她勤奋写作，有剧作《称心如意》等，有小说《洗澡》等，丈夫当然也是第一个读者。钱锺书写《围城》，每天数百字，杨绛“悦读”之，且提供“宝贵的意见”。

杨绛不只是一个普通的贤妻良母，就只主持家务、相夫教女而已。母语汉语之外，杨绛通晓英语、法语、西班牙语，著译编丰厚，留下剧本《称心如意》《弄假成真》，长篇小说《洗澡》，散文集《干校六记》《我们仨》，翻译作品《堂吉诃德》等；一百零二岁时出版的八卷《杨绛文集》，凡二百五十万言。夫君钱锺书褒扬她为“最才的女”或许有点夸张，董桥说她的散文比夫君的散文好一千倍，更是夸张得一塌糊涂（这里借用夏志清的四字口头禅），但她确有很高的成就。剧本、小说、散文、翻译之外，她还有学术论文。这方面大概是少人关注的。50 年代和 80 年代，她一共发表过约十篇论文，其中 50 年代的论菲尔丁的小说理论、论李渔的戏剧结构理论，表现她对文学的学识和见解，又往往从中西比较角度加以论述，都掷地有声。1946 年秋季，是杨季康（杨绛的本名）的季节：她在震旦女子文理学院任外文系教授；1949 年杨绛为清华大学兼任教授。杨教授撰写学术论文，是本分的事。钱锺书在他的著作中，有没有对“最才的女”的学术论文加以称许，待查。

杨绛是个温文柔顺的妻子，这是 1984 年我在钱家所得的印象；对此我已有文章记述。

钱锺书一家的生活有时舒适安逸，有时迁徙流离过着苦日子。歪曲悖谬的“文革”时期，一家人都受折腾、受委屈；生活困厄，而三口之家相亲相爱地过日子。1977年迁入新居之后，渐渐地年纪老迈、身体病弱不说，钱氏夫妇过的应是最安适的日子了。杨绛是贤妻良母的典范，是夫君钱锺书所说的“最贤的妻”。

杨绛且是夫君的守护天使，任务之一是保护夫子的宝贵时间不被蚕食。在拙作《钱锺书婉拒荣誉文学博士学位》一文中，我对此已有描述。钱老晚年体弱，1994年夏天因病住院，一入医院深似海，自此直到1998年12月病逝。钱老住院期间，杨绛年年月月日日相陪。她真是“最贤的妻”。杨绛就是锺书，两人皓首穷经、写作。杨绛八十岁时想写小说，曾为此向夫君发出SOS求助。此事知道的人可能不多。不过，只要读过钱锺书1991年写的《代拟无题七首》，和杨绛为这组诗而写的《缘起》，就一定会为这对事业上互相合作、唱和的佳偶而感动，而艳羡。

杨绛拟写爱情小说，先请夫君“为小说中人物拟作旧体情诗数首”。二人“相敬如宾”地讨论了一番，钱锺书欣然命笔成诗。

下面是其一：

风里孤蓬不自由，住应无益况难留；
匆匆得晤先忧别，汲汲为欢转赚愁。
雪被冰床仍永夜，云阶月地忽新秋；
此情徐甲凭传语，成骨成灰恐未休。

这一首和其他六首，颇有唐朝李商隐《无题》诗意境，在情诗中未必有什么大突破，难得的是夫妻唱随之情。我还要指出，这几首诗收录于《槐聚诗存》(钱锺书别号槐聚),而《槐聚诗存》线装宣纸八十页，全是杨绛亲手抄录的。如非真正的恩爱，妻子怎会这样为夫君做抄写员？杨的散文中处处有钱，钱的诗集中多有赠杨的诗。你中有我,我中有你,这是最亲密恩爱的“文本互涉”(intertextuality)。

夫妇二人同心读书写作，把文坛应酬减少到接近零。钱锺书在世时如此，既逝后，杨绛依然。她似乎不用参加文化界活动来减少“寂寞”；读书写作使她生活丰足，她可能根本并不寂寞。话说2004年，一位台湾著名作家获得“第二届华语文学传媒大奖”的散文家奖；主办者请得奖人自选一位相关人士，在颁奖典礼上，把奖项授予得奖人。著名作家向来敬重钱锺书，而其夫人杨绛也是望重的前辈，于是说请杨绛女士颁奖。主办者听后告诉得奖人：杨绛这位老太太不好惹，她不会答应这种“应酬”的。著名作家十分无奈，当然只得作罢。不过，杨绛自有其“交际应酬”，有高度选择性的。其千金钱瑗的高足陶然，他对老师的母亲非常敬爱，登门拜晤，杨绛自然热情接待。德国汉学家莫芝宜佳翻译钱锺书作品，“有朋自远方来”，杨绛自然接见，不亦乐乎。

钱锺书名著《围城》大写特写男女主角夫妻大吵特吵；论者常谓虚构的小说，往往有作者真实的身影。现实生活中，钱杨两位有没有吵架，我们不得而知。有一件事情，却极可说明钱家三人的互相卫护，以至不惜跟别人吵架打架。据杨绛的说法，“文革”期间，邻居的女士辱骂钱瑗，杨绛为其女儿辩护，引起双方吵架，以至打起架来。钱锺书听到看到几个人吵架打架，趋前保护妻子，拿起一块大木板打向该女士的丈夫；幸好被挡住，没有造成大伤害。此事杨绛有文《从“掺沙子”到“流亡”》（写于 1999 年）为记，文中有这样的句子：“打人，踹人，以至咬人，都是不光彩的事，都是我们决不愿意做的事，而我们都做了——我们做了不愿回味的事。”人非圣人，行事为人不可能完美；人生边上哪能没有“不愿回味的事”？这里提到此事，让我回忆起相关的另一桩事情，这是他们两位人生边上的边上了。现在“爆料”。

大概是 1993 年 4 月某日，我在北京机场书店看到一本新书，书名是《钱锺书传稿》，这是我所知道的第一本钱锺书的传记。作者名为“爱默”，大概是喜爱、爱护“默存”之意；默存是钱锺书的字。我马上买了，在机上读了。书中有一节说“文革”期间，钱锺书夫妇与邻居冲突打架。钱锺书彬彬儒雅，妻子杨绛温柔娇小，他们竟然与人打架，可能吗？作者“爱默”，应该不会虚构故事吧，打架毕竟不是君子的作为。我疑惑不已。

回到香港，过了一两天，晚上参加校园的一个餐聚。校内外高朋满座，谈笑间我心中仍有爱默写的特别事件。刚好长桌对面有两位嘉宾，其一是来自上海的陈子善教授，另一位是来自北京的林先生。我趁机会向他们两位求证事件的真确性。问子善兄，他熟知文坛掌故，但他说不知道有钱锺书夫妇与邻居打架一事。我转而向中国社科院的林先生询问，他说平时少交际应酬，都待在家里看书、写作、听音乐，不知道外间的事。

当晚也在场的郑子瑜老先生好客，几天后请子善兄吃饭，潘铭燊教授和我作陪。闲谈间，我自言自语：“奇怪，钱锺书夫妇为什么跟人打架呢，跟谁呢？”言毕，子善兄说：“就是跟那个林某啊，前几晚说不知道外间事的他啊！”郑老先生一听大惊，继而大笑，差点儿喷饭。我几乎大叫起来。此巧合事件，只与杨绛间接有关。

回头说文雅的事。钱、杨一生辛勤著作，作品一一出版，出版后再版，又编辑全集性文集，为的是什么？为的是刘勰说的“文果载心，余心有寄”，寄望于现世或后世有知音。为的是曹丕说的“年寿有时而尽，荣乐止乎其身，二者必至之常期，未若文章之无穷”；曹丕认为文章是“不朽之盛事”。《杨绛文集》（文论及戏剧二种）附有杨绛亲撰的《杨绛生平与创作大事记》，里面详细记录夫妻二人的出版事务。它也记载1982年杨绛在北京“塞万提斯逝世366周年纪念会”上发言；记载1983年杨绛“随代表团访问西班牙”；记载1986年“英国女皇来访，……钱锺书与我皆赴国宴”。“赴国宴”？钱锺书不是颇有李白“天子呼来不上船”的高风吗？我这里引述时，故意先漏掉“……”的十四个字，现在补上：“行前曾阅读钱锺书牛津大学论文”。钱锺书的英文论文，成为女皇“御览之宝”，这不表示很光荣吗？爱名之外，《大事记》1997年有记载：“钱锺书于香港回归甚关心，有兴看电视。”1994年夏天钱老生病住院，仍然关怀国事，而且是港事；夫妻同心，相信杨绛也关心，否则不会写到《大事记》里面去。

——写于2016年夏天

夏志清篇

博观的批评家

夏志清先生一生影响最大的书，是《中国现代小说史》，论者都知道他慧眼识钱锺书、张爱玲诸“文雄”于微时，对鲁迅、沈从文的小说等也有允当、精到的评论。夏公于2013年12月29日逝世后，悼念的文辞甚多，大家都力称其贡献，也有对他坦率的言谈和童心啧啧称奇的。笔者1969年隆冬在纽约立雪夏门，初次拜访夏教授。此后书信往来，四十多年来没有停止；在纽约、德国的莱辛斯堡（Reisensburg）、香港，还有多次晤谈。他的所有论著，包括散文，大体上无一篇无一本不读。我曾把他论《老残游记》的文章，以及论《镜花缘》的文章，由英文原文译为中文。我校阅润色过《中国现代小说史》的中译本文稿，此书的原著和译本，我一共至少读过三遍。夏公的治学态度和批评手法，我相当熟悉，对我颇有影响。概而论之，夏公“通识”，他博观作品、熟识理论；“通达”，思想技巧并受重视；“通变”，汇通众说以创新见。夏公的论著，评论者颇为不少，甚至有以他作为学位论文研究对象的。这里我析论其“通识”的特色，相信所说比一般论者具体详明，且照顾深广。博观通识，是大批评家的先决条件。

一 通过比较彰显张爱玲、《红楼梦》

随手翻开夏氏的批评论著，我们都可以找到他博学通识的证据。夏著《中国现代小说史》论到张爱玲《金锁记》的收场时说：

> 杜斯妥也夫斯基〔内地译作陀思妥耶夫斯基〕的《白痴》中娜斯塔霞死了，苍蝇在她身上飞（批评家泰特 Allen Tate 在讨论小说技巧的一篇文章里，就用这个意象作为讨论的中心）。这景象够悲惨，对于人生够挖苦的了。但是《金锁记》里这段文章的力量，不在杜斯妥也夫斯基之下。套过滚圆胳膊的翠玉镯子，现在顺着骨瘦如柴的手臂往上推……读者不免要想起约翰·邓恩有名的诗句："光亮的发镯绕在骨上"（A bracelet of bright hair about the bone）。七巧是特殊文化环境所产生出来的一个女子。她生命的悲剧，正如亚里士多德所说的，引起我们的恐惧与怜悯。（香港友联版，页 348）

引文短短二百余字里面，夏志清提到了陀思妥耶夫斯基、泰特、邓恩、亚里士多德。亚氏认为悲剧唤起观众怜悯与恐惧的情绪，这是文学常识，并不表示什么渊博，其他征引就不同了。夏志清是小说专家，而能征引诗人的句子，我们读至邓恩"光亮的发镯绕在骨上"这里，怎能不眼前一亮？夏志清得的是英语文学博士学位，而能征引陀氏这个俄国小说家的作品，我们怎能不承认他的兼通？夏志清不但读了陀氏的小说，连陀氏小说的论文也不放过，我们怎能不佩服他的渊博？

《中国现代小说史》这章张爱玲专论中，夏氏还说：“仅以短篇小说而论，她（张爱玲）的成就堪与英美现代女文豪如曼殊菲儿、泡特、韦尔蒂、麦克勒斯之流相比，有些地方，她恐怕还要高明一筹。”（页335）这里短短一两句话，已经蕴藏了批评家多少学问！有学问才能有信心，有信心才能以此大气魄、大手笔作中西的比较。

夏氏《中国古典小说》一书，论《红楼梦》那章说道：“《红楼梦》有别于《源氏物语》和《追忆似水年华》那类小说，虽然三者规模相当，主题也仿佛相近。”（*The Classic Chinese Novel*，页266）日本的《源氏物语》和法国的《追忆似水年华》，是篇幅繁浩的巨著，而夏志清拿它们一一来与《红楼梦》相比，这自然又是大气魄批评家的大手笔。有人也许会怀疑：夏氏真的读过这两本外国小说的全文吗？他大概只读了提要，就信口雌黄一番吧！外国长篇小说提要一类的书，举手可得，谁不会走捷径读提要，假冒博学？不过，我们继续看夏志清的文章，就会知道他读的不可能是小说的提要，而是全文。夏氏的话这样继续：

〔《源氏物语》和《追忆似水年华》〕两本小说中的爱情，最初是惊讶，最后或则餍足，或则厌恶，都是有始有终的：源氏、史璜、马塞尔他们，爱得既坚且长，不过，到了最后，才知道深情热恋，消散如云烟，徒惹哀伤。《红楼梦》中的痴情男女则不同：爱情的终结到底如何，他们得不到体验的机会……（页266）

批评者没有读过那些小说的全文，这些话是说不出来的。

二 遍读经典 知识密集

夏志清的文章，每一篇都密密麻麻地充满着学问。余光中曾论散文的艺术，强调密度的重要。他说很多流行的散文，“一味贫嘴，不到1cc的思想竟兑上10加仑的文字”，大大不以为然。大陆的散文家秦牧，有类似密度的说法。他指出，某些作品“水分很多，人们读了所得无几，就好比几粒米要想煮一锅粥，淡而无味”。说到文学批评文章中学问密度之大，当今中国作家之中，应以钱锺书和夏志清为代表。有一位得过国际文学大奖的汉语小说家，也写文学评论。这位先生空有理论，极少例证，与钱、夏相比，腹笥多寡就分明了。

作品读得多，是夏志清这位批评家一个了不起的地方。夏氏于大学时期已大量阅读文学名著，毕业后，“闭门读书”不辍。赴美入耶鲁大学英文系，拿到耶鲁博士学位后，教书、做研究，没有一天离开过文学。他既然科班出身，读书和研究自然有计划、有范围、有方法；他又是嗜书如狂的人，涉猎广而杂，文学书籍无所不窥。夏氏常常说某某书他读过，某某书他未读过，对没有读过的书，总表示点歉意。在《文学杂谈》等文章里，夏氏那种“此书未曾读过，惭愧惭愧”的心情，表露无遗。《文学杂谈》中，夏氏提及一篇报道庞德（Ezra Pound）晚景的文章。庞德的长诗*The Cantos*，连写几十年，诗人晚年对自己这篇作品，很感失望，叹道：“我把它写糟了。”夏志清看报道看到这里，颇有“大快人心”之感；“至少像我这样多少年来一直未被庞德吸引的人，觉得今生不细读 *Cantos*，也无愧于心了。”夏氏没有在文章里表示过，他有读尽世间名作的宏愿；可是，在字里行间，我们不难体会到夏氏这种超人的愿望。林黛玉之出生，乃为了还眼泪的债；夏志清之出生，则可说为了还读文学作品的债了。

要做批评家必须先博观，要做大批评家更必须如此。我国伟大的批评家刘勰说：“操千曲而后晓声，观千剑而后识器；故圆照之象，务先博观。”这是无可置疑的真理。夏志清博观，这是无可置疑的事实。夏氏和青年朋友谈文学批评，曾语重心长地说：“不管是批评家或创作者，在中学、大学都应该尽可能把一些经典之作看过，中西作品都要看，最少十年的预备工夫。……做个批评家要多看书，没看到不了大境界，气度不够嘛！”这完全是他的经验之谈，是有志从事文学批评者的座右铭。90 年代我们在纽约拜访夏公，他看见女儿淑珊拿着书，正在读《傲慢与偏见》，就告诉她，最好把奥斯汀的全集都读了。

三　娴熟运用西方理论

博观作品是批评的重要条件，但不是充分条件。二十世纪是讲究方法学的时代，各门学问都有方法学，文学批评也不例外。这个世纪文学批评的方法学，举其大者，有马克思主义文学批评、心理分析批评、新批评、神话原型批评、结构主义、后殖民主义、文化研究等。夏志清对这些方法学，多数熟识，且运用自如。他深懂马克思主义理论，否则不可能在《中国现代小说史》中目光灼灼地探讨大陆的文学。读夏氏论《红楼梦》、论白先勇小说等文章，我们知道他透视了弗洛伊德的心理分析学。

夏氏一向佩服艾略特这位新批评学派的祖师，他又是新批评学派健将布鲁克斯（C. Brooks）的入室弟子（《中国现代小说史》中英文版的作者自序，都提到这位恩师），他对新批评学派的来龙去脉、优劣得失，简直了若指掌。夏氏所写的批评，从大处下笔，而往往能从小处着眼。论《红楼梦》一文是一佳例。他析论这本巨著的儒释道思想，这是大的一面；他有时对书中几个字眼，裂眦观看，寻出其多义性，这是小的一面。《红楼梦》第119回记贾宝玉离家前，向宝钗道别："姐姐，我要走了。你好生跟着太太，听我的喜信儿罢。"后来又对着众人，仰面大笑道："走了，走了，不用胡闹了！完了事了！"夏志清前后读过《红楼梦》四次，宝玉离家这一节读得非常仔细，所以体会到小说作者字斟句酌的苦心。夏氏这样评析道：这一场面和前一场面一样，利用若干关键字眼（"走了""喜信儿""胡闹""完了"）的多义性，以加强主角双重道别的戏剧情节：表面上，他离家不远，竟然又哭又闹，有点小题大作；实际上，他要离开的是这个红尘，要断绝六亲。（页295）夏志清这里所提到的多义性，正是新批评学派所重视的。他们所珍惜的反讽、结构等，夏氏也珍惜：反讽一词，经常在《中国现代小说史》的篇页出现；结构的完整性，则是他论《老残游记》小说艺术时所持的一项标准，《中国古典小说》导言对结构完整的重要，也说得很清楚。

神话原型批评（Archetypal Criticism）的主要用语如神话、原型、普遍性象征，时时见诸夏氏笔下：《中国古典小说》导言提到原型角色，《红楼梦》一章论及这本小说第一回的创世神话（creation myth），又论及大观园的象征作用。夏氏说："就象征性而论，大观园可视为受惊少年的天堂，他们接近成年的种种忧虑，这里一扫而空……"（页 279）又说香囊在大观园的出现，有如"蛇入了乐园"，震惊了贾家的长辈。夏氏的批评，卓见处处，这里所述，只是极少的几个例子。神话原型批评只客观、冷静地分析作品，而不涉及评价问题，夏志清对此颇有微词，但他对此派理论，显然极有认识、擅加运用。

结构主义的基本原理其实很简单，就是探求、归纳"千篇"作品的"一律"。不过，结构主义术语多，给人理论极为复杂深奥的感觉。夏志清既是批评家，对这门曾经相当流行的新学说，自然非留意不可。1975 年夏氏为吴鲁芹先生的《师友·文章》作序，这样提到他与结构主义所结的缘："前一阵想一知'结构派'（Structuralism）文艺理论之究竟，读了两本入门书，叫苦连天……'结构派'理论简直有些像微积分，比我们中学里读的代数、几何难上几倍。"

四　强调用理论非批评的上策

由上所述，我们知道夏志清遍读古今名著之外，还致力把握各种理论，包括当代最新的理论。方法学在今天的文学研究中，有重要的地位。夏志清懂得方法学，但绝不受任何一种理论的框框所囿。对那些特别讲究方法学的研究者，则于劝勉之余，表示相当的同情：

年轻学人受了这类（强调方法学的）理论家的影响，特别注重“方法学”（methodology），好像学会一套方法，文学上一切问题皆可迎刃而解……借用一些新奇的批评方法来检讨一部中国古典作品，至少对洋人来说，其动机往往若非对这本书的了解，缺少自信，即是对这本书所代表的文学传统，缺少研究，一定得出此下策，借用一套方法，否则论文一个字也写不出来。

这真是一针见血之论。通一法、治一书的学者，有如溪边手持一竿的垂钓者，只要有耐心，总会钓到一条或大或小、或可口或不可口的鱼。夏志清这位碧海的掣鲸手则不然。他是装备最先进的捕鲸船船长，凭着丰富的知识、阅历和智慧，在碧海中大显身手，满载而归。方法和理论是批评家的工具，批评家必须灵活操作这些工具，不应反过来受工具的操纵。夏氏深谙此理。

【附记】1980 年 1 月我写了两万字左右的长文，题为《文学博士夏志清》，发表了，后来收入我的书中；2002 年 9 月又为此文写了一篇后记，有一千多字。2013 年 12 月夏公仙逝，我截取长文的片段，加上前言和后语，即是上面这篇《博观的批评家》，在刊物上发表。

拜访纽约客

重读夏志清先生的文集《鸡窗集》，先再看一次他的《读、写、研究三部曲》一文。夏公说他少年时，家中藏书不多，主要有《三国演义》等。九岁时，他就把《三国演义》读了一次。此后三年，每年暑假重温一遍。年轻时，他的记性特别好，所以这本章回小说，读得烂熟了。夏公庆幸当时读了这部名著，认为今天中国的青少年，仍然必读此书。中国文学中，没有希腊那样的史诗和神话。夏公认为《三国演义》的作者，可算是中国的荷马。对于这个说法，我深表同意。荷马史诗和《三国演义》有一串串引人入胜的故事，讲人性，富于想象力。一希一中，实可相提并论。我记得夏公曾在别的文章中，比较了荷马史诗《伊利亚特》主角阿喀琉斯，和《三国演义》的关云长。这两个大将，都是武功了得，极重友情，而又相当高傲的，真是比较文学的一个好题材。

同一文章中，夏公慨叹美国很多青年不读古典名著，只喜欢听热闹的流行音乐。夏公在美国住了数十年，居于纽约的时间最长，约有三十年。看来他对纽约这个大都会以至美国这个超级大国家，是爱恨交织的。1990 年 8 月，我们一家到纽约旅行，住在夏府附近的哥伦比亚大学宾馆。是星期日的早上，我买了一份数磅重的《纽约时报》。夏公看见了，说：“来纽约，当然要看《纽约时报》。好！”他本人是《纽约时报》的忠实读者，天天不离此君。此报自然是知识分子非看不可的。余光中先生留美时，曾向《纽约时报》狂嗅古远中国的芬芳。1981 年秋天，我客居威斯康星州的陌地生城，离纽约甚远。记得有一天，《纽约时报》内页一标题，特别醒目，译成中文，应该是：“秋天向南奔驰，一天五百英里。”《纽约时报》的新闻最多，敢夸全美以至全世界第一。它在报头的口号 All the News That's Fit to Print，读新闻系的学生，人人知道（这个口号大概可译为“新闻应有尽有”）。夏公住在纽约，只读其《纽约时报》，读其《纽约客》这些高水准的报刊；政治社会，艺术文化，都在其中，够可乐的了。然而，夏公这个纽约客，对纽约时有怨言。

如果要夏公搬离此城，一定颇不习惯。但他这些年来，似乎也颇不习惯于纽约的繁嚣不宁。1969 年的冬天，我立雪夏门，在纽约初访夏公。夏府在哥伦比亚大学校园旁边，那里的北面就是哈林区，治安不很好。夏宅重门深锁之外，还装有警钟，以防万一。当时夏公迎我入门时，不知怎地，触响了它，以致铃声大作，楼上楼下的邻居都来看个究竟。夏公向来不但讲话速度快，身体语言也给人“快动作”的感觉，因此当时显得颇为紧张，真有点手足无措之势。后来不知怎的，夏公说了些“快人快话”，警钟就停止了。大概是给夏公之威风，或是他那机关枪般的口头反击镇住了吧。

纽约近年来市容差，罪案多。1990 年夏天，我们拜访夏公，在街上走的时候，总发现热闹地区的垃圾多，若干街道的街景并不美，而夏公则常常提醒我们要小心。有一天晚上，在一牛排餐厅吃餐付账时，夏公的钱包不见了。纽约的治安，纽约客的道德，于此可见一斑。大概一个月后，《时代周刊》的封面专题是：《纽约这个大苹果正在腐烂》。读来使人惊心。

纽约仍是世界性的商业和文化中心，很多纽约客仍然觉得那个苹果富营养，好味道。不过，对它爱恨交织，相信不止夏公一人而已。

夏公在文章中鼓励青年读《三国演义》，并充分肯定这一类历史小说的价值。然而，历史小说在美国学院批评家眼中，却无地位。有一位名为玛丽瑞诺尔的历史小说家，作品多而好，但学院批评家却从不提她的一字。夏公为她抱不平之余，连带也为台湾的作家高阳叫屈。夏公说：台湾的学院文评家，“也同美国的一样，要讨论当代小说，就讨论反映当代现实和具有现代意识的小说家，历史小说家是只字不提的”。

夏公评论文学，自有他一套服人的标准。他的标准和评断，不可能所有的人都完全同意。然而，他向来是个心胸广阔的批评家。他对鲁迅的短篇小说，对茅盾的《子夜》，都极为好评。

读夏志清先生《鸡窗集》中自述治学的文章，真佩服他阅读诗人全集的作风。他在上海读大学的时候，就读完了英国诗人丁尼生的全集。丁尼生是维多利亚时代的桂冠诗人，活了八十三岁。他的全集一千多页，页页双栏小字。

以后他还读过多位诗人的全集。夏公说：“熟读一个大诗人的十多首名诗是一种乐趣，读他的全集是另一种乐趣。读了全集，你自然想读他的传记，当代人对他的评论，和他身后多少学者发表的研究成果——你自己也走上了研究之路。”林以亮先生在《鸡窗集》的序中指出，夏公“为学博大精深”，除了禀赋之外，就是由于坚毅苦读的精神。

友人黄国彬兄，也勤读诗人全集。为了写《中国三大诗人新论》，他先把屈原、李白、杜甫的全集都读了。国彬兄推崇意大利诗人但丁，我相信他一定也读完了但丁的全集。我在美国读研究院的时候，对叶芝和艾略特都深感兴趣，很想探究叶芝的淑世精神，以及艾略特的现代意识。读研究院那几年，是我一生中最专心读书的黄金岁月，可是也没有把叶、艾的全集读完。曾修读“维多利亚时代诗歌”一科，课本选了丁尼生的数十首诗，我连这些诗选都未曾通读。丁尼生哀悼已逝的挚友，写了《悼念》（*In Memoriam*），共一三一首。课本录了这组诗，而我却不能终卷，怨说这组诗缺乏吸引力。夏公在《鸡窗集》的文章里说，丁尼生写了绵长伤感的悼念诗，可能由于他与死者有同性恋关系。经此一说，我忽然有重读并全读这组诗的兴趣。不过，时间仍然是最大的阻力。如果我现在发愤开始阅读一些经典作家的全集，则只好息交绝游，什么长文短论都要搁笔了，而且连介绍当代一些前辈同辈人品文采的文章也要停了。当然，对波斯湾的悲剧战争，也要减少观看的时间了。我只能选择熟读大诗人的少数名诗那种乐趣。

读夏公之文，听夏公聊天，既有乐趣，也有压力感。1990年夏天，在纽约和夏公吃饭，夏公看到小女手上有一本《傲慢与偏见》，就和她谈起小说的故事情节来。我一方面乐闻这样的“对话”，一方面告诉自己，糟糕，我得重读这小说一遍了。（夏公快要退休。时光奔逝，在香港想念地球另一边的夏公，乃草此文，杂谈也。）

——写于 1991 年 1 月

春风秋月冬雪夏志清

文学学术界很多人都知道，夏公志清先生今年九十岁了。去年十月，夏公的门生故旧已在纽约提早为他开了个盛大的生日派对。

经友人提起，今年对夏公来说，还有特别的意义，原来是夏公这位大批评家的《中国现代小说史》出版五十周年。想来夏教授遍天下的桃李和读者，应该也为此书办一个庆祝活动，金禧了。

一 《中国现代小说史》："不朽的杰作"

夏志清还有《中国古典小说》等多部著作，而以《中国现代小说史》享誉最隆。此书与夏公二者几乎融为一体。一提起张爱玲和钱锺书，必然提起夏志清，因为是夏公"识"他们于微时。夏公在《小说史》中辟专章评论张、钱二人作品，把他们的成就高高标举。1979 年钱锺书访问美国，到了纽约，别的人可以不见，夏志清不可不见，因为夏氏说钱氏的长篇小说《围城》"大概是中国现代最杰出的长篇小说"。钱锺书怕与人交际应酬，因为这样会减去读书写书的时间。张爱玲更怕，她相当孤僻。一般人寄给她的信，她往往拆也不拆就扔入垃圾桶，却与夏志清长年维持通信，因为夏氏说她的中篇小说《金锁记》是中国历来最伟大的中篇小说。数"钱"秤"金"，得准确允当，否则这位批评家的衡量就没有信用；评语如通货，膨胀如长久，百物皆高价，货币就贬值。

《小说史》出版至今五十年，我们回顾此书的"读者反应"，虽未能说人人都赞同夏氏的所有论调，其高举张、钱而同时极为推许鲁迅的短篇小说，其探寻中国现代小说感时忧国的精神，凡此种种，夏氏评论的"含金量"是很高很高的。

夏志清出身于耶鲁大学英文系，饱读西方文学经典。无论写的是春风春月的人生，是秋风秋雨的社会，他对作品的思想性和艺术性同样注重。19世纪英国批评家马修·阿诺德（Matthew Arnold）有"试金石"之论，评断当代作品时，以荷马、但丁、莎士比亚的名篇名段为试金石，测量所评作品的表现。夏志清则把所论作家作品放在古今甚至中外文学的坐标中，透视其价值。《文心雕龙》说"操千曲而后晓声，观千剑而后识器"，夏志清"晓声""识器"，正因为他博览过文学的著名经典。

《小说史》原著为英文，70年代末由香港友联出版社推出中文译本。十多年后香港中文大学出版社再版，2005年复旦大学出版社推出内地版。中译本《小说史》的编译者刘绍铭说："连政治上与夏氏意见相左的年轻学者，也对他的学问和批评眼光表示佩服。"他誉此书为"经典之作"。刘若愚更谓此书乃"不朽的杰作"。

1976年起，我在香港教书，课余为友联版义务担任校阅，并编译其索引，把此书原著和中译由头到尾读了三遍，觉得学术界对此书的赞誉并不过分。内地50年代的中国现代文学史著作，由于政治色彩浓厚，而著者的中西文学视野比较狭窄，论述也就比不上夏著的锐利独到了。

二 对晚辈扶掖鼓励、鸿雁往还

《小说史》的校、编，是我自动请缨的；更早的翻译，是我主动提出要做的。为什么这样自动、主动，原来我差点儿成了夏公的学生。我在1969年冬天初次在纽约拜访夏公，后来报考夏公任教的哥伦比亚大学东亚系，获得取录；俄亥俄州立大学的东亚系我也曾报考，它取录了我，且给予奖学金。我到了俄大深造。虽然没有成为夏教授的学生，但感于他的指导、鼓励之恩，视他为老师，主动为他在学术上尽点绵力。夏公对我爱护有加，不时耳提面命，指点门径。1971年夏天，他知道我将往俄大深造，嘱咐我一定要好好跟陈颖先生读书。夏公乐道陈师之善，所言甚是：陈颖师对李贺、济慈（John Keats）的感性世界深有体会，既谈艾略特（T. S. Eliot）又论钱锺书，出入中西两个高雅精致的诗歌传统，他的兼通、贯通予我很大的启迪。

1976年我在俄大毕业，回香港的母校任教。翌年我的第一本书《中国诗学纵横论》出版。出版前，夏公知道此事，从纽约飞来一封邮简，主动提出要为我写序，我当然大喜迎接这从天而降的讯息。我把书稿寄出，不久后夏序飞来，冠于书首。

四十多年来，不论我人在威斯康星、香港、海峡两岸，来鸿去雁，夏公这位师长同时也是我的笔友。来鸿总是来自纽约，去雁总是去到纽约。去年 12 月初，我雁报平安，略道一年中家人生活，提及犬子若衡在韩国讲话、唱歌一事，夏公来鸿捎来大期望。他期望四岁多的小孩将来成为“大 critic”，即大批评家。不过能言善道喜欢唱歌罢了，长大后就能够成为大批评家吗？内子和我都闻之而喜，而不安。不过，我深能理解：夏公一生从事文学批评工作，在他眼中，批评家和诗人、小说家、音乐家、思想家、科学家、政治家等一样重要，甚至更为重要。生子当如孙仲谋，生子当为批评家！夏公是大批评家，希望他爱护的黄维樑也是大批评家；黄维樑做不成，希望黄维樑的儿子成功。我也有厚望焉。

夏公对他的晚辈，扶掖鼓励，鸿雁往还，就这么温厚、温馨。对他的朋友，则乐道其善。刘若愚先生 1986 年英年早逝，夏公为文悼念，所述不止二人交往，还把刘氏著述的精彩处加圈加点，予以推介。他的悼念前辈学人陈世骧，亦然。刘若愚曾长期在美国西岸的斯坦福大学任教，以其中国诗歌论著驰名。在美国东岸的夏氏，悼念刘氏的文章，题为《东夏悼西刘》；他颇有英雄重英雄、“固一世之雄也”的自豪。

三　文如秋月人如春风

夏公的英文写得出了名漂亮。他的中文书写，一向如秋月那样朗洁。读他这类关于朋友的文章，我们更感到春风春阳的温煦，甚至有夏日骄阳的热情。这和他正襟危坐阅读、评断文学奖参赛作品或文学史上作品不同：他肃穆、认真、不苟，使他有“夏判官”之称，颇有冷冽严肃的冬寒之气。

和他面对面的接触晤谈，则如沐春风。他在学术会议上致辞时，总会讲在场的张三之长、李四之优，妙语如珠，说后台下鼓掌，自己则开怀大笑。他的略带吴语口音的普通话和英语，时缓时急，急时如连珠炮发，且中英语夹杂，真是一绝。与他面谈，听他讲话，有时觉得仿如在听、在看一场脱口秀（talk show）。

夏公长居纽约，已逾半个世纪；他不是纽约客，已是纽约人了。去年的来鸿中，夏公表示现在年纪更大，更不想离开纽约了，要会面就由我们到纽约去相聚。春夏秋冬不同季节，我都在纽约拜访过夏公，每次都受教益。有一次，看到他书桌上有十来根西芹菜的茎，和削成条状的红萝卜，他像抽香烟似地一根一根吃。这是他养生之一道。最近与他通电话，九十岁的夏公思维清晰、语音响亮；看他的近照，更是容光焕发。数年前我在致夏公的一封信中说，以他的天赋颖异和后天勤奋，如从事别的行业，一定是名成利就的富豪级人物。夏公其志不在此，在文学，在文学批评，一生的努力和成就，清一色是文学批评。不知道何时能到纽约再次亲近接触春风秋月冬雪一样的夏公。遥祝他四季平安，健康长寿到一百、一百一十、一百二十……岁！

——写于 2011 年

晚年夏公说:“我很聪明，很伟大！”

2013年大除夕早上，传来夏志清先生逝世的消息。我马上致电纽约夏府，夏太太王洞女士接电话，说夏公是29日下午约6点，在纽约当地的疗养院，因为心脏问题过世的。心脏病困扰夏先生多年，2012年出现了一次大问题，出院后没有得到很好的休息与疗养。夏公去世之前的一段日子，经常接待前来拜访的各地人士，因为他今年3月份出版了《张爱玲给我的信件》这本书，许多人都是奔着有关张爱玲的书来的。这些来访令夏先生的日程表安排得很满，有些原计划接待半小时的客人，往往要聊一两个小时，让夏先生无法得到很好的休息，非常辛苦。不过，夏太太说，夏公走得安详，没有遭受太多痛苦，这一点让家人略感宽慰。我2011年发表过《春风秋月冬雪夏志清》一文，夏公在初春出生，现在享九十三岁高寿，于深冬逝世；由春到冬，四季递转，正合道家所说的自然。

夏志清先生有两段婚姻，第一任太太是位洋人，为他生了儿女，夏公在文章中提过这些事。我与他见面时，聊得多的是第二段婚姻的太太与女儿。他的小女儿患有自闭症，这个孩子最让他牵挂，为她花费的精力最多。他送孩子去特殊学校读书，有时在家里还要“当牛当马让孩子骑”。夏公曾说，因为要照顾女儿，多少影响了他的工作。

夏先生注重养生。他晚年不抽烟不喝酒，多吃蔬菜水果。有一年我拜访他，书桌上有切成一条一条的胡萝卜和西芹，他说“当有烟瘾的时候，就拿起来吃上一两条，权当香烟”。志清先生因其学术成就和名望，晚年颇为自信。他曾半开玩笑地说，自己“很聪明、很伟大”。

关于夏公的生活，以及我与他的交往，我的文章有过不少描述。夏公辞世，记者访问我，我重复讲述“故事”，还有应邀写悼念的文章。时任深圳《晶报》副刊主编庄向阳博士的访问记，以“他（夏志清）让冰冷枯燥的学术充满温暖”为标题，颇为传神。或访问，或约稿，我也忙了一阵子。感伤之际，写了一副挽联如下：

志业在批评大师小说判优劣
清辉照学苑博识鸿文论古今

2015 年夏天，我们一家有美国之旅，后来写了文章记其事，有一节叙述在纽约拜访夏夫人，引录如下。

早几年就有计划来美东的，如果成行，一定会来看志清先生，那时他快九十岁。这次到夏府，而夏公已不在了。和从前一样，客厅和书房都是书，现在更是满满挤挤的，连走廊也是。墙上则多了一框庆寿的贺词，红色的纸上端楷写着：“志清院士九秩嵩庆。绩学雅范。马英九”

夏太太王洞女士精力充沛，很健谈。我和内子听着她谈小说，时而娓娓，时而侃侃，时而疾疾；小说家与小说批评家与批评家夫人之间，多有爱恨交织的事情。故事已有成为文本，且发表过的，也有我们觉得新鲜的细致情节；里面的激情与怨恨，好像是胡适、徐志摩、郁达夫、张爱玲等现代作家的生活或书写中都出现过的。文学模仿人生，人生也模仿文学；夏太太讲述的，是实录式的小说故事。

有时我称夏太太为师母。师母年已过八十，前尘往事缭绕，但她这几年一直往前看，往前走。夏济安夏志清两位兄弟的书信集首辑月前出版后，她继续整理二夏的书信，以及其他书信；客厅和书房里桌子上一叠叠一捆捆已发黄的老旧信件，其中可能有我给夏公的。批评家夏公，有人称他为夏判官的，在我看来像贾宝玉一样多情；他的书信里充满老少男女的各种情谊，夏太太整理时，可能会感触多端。我想起文学史上的一些事：19 世纪英国浪漫诗人雪莱在生时有多个情人，且为情人频频献诗。雪莱既殁，太太整理诗人的遗稿出版，兼收并蓄；她心怀感慨，而心胸开阔。

夏公一生的通信量极大，是个罕见的伟大"书信人"（我这里把"文人"man of letters 另类地翻译为"书信人"）。师母开怀畅言，还开箱送了二夏书信集精装一大册给我们。1969 年 10 月，我开始与夏教授通信；直至 2010 年左右，他给我的信，连同圣诞卡，可能多达一百封。圣诞卡上，一般文化界的"大款"，可能只写下款，甚或只印上大名。夏公则是以蝇头小行书在卡上写个半页，常常是更多，有时把整个圣诞卡几页上图画之外空白的地方都写满了。他略述近况，还有垂询、鼓励与称许的话；还谈学问，每每涉及学界与文坛的一些事情。我留美七年，1976 年取得博士学位后回香港教书，翌年出版第一本拙著。夏公知道我快要出书的消息，主动给我写序，序的首句是："为了写序，最近把黄维樑八年来寄给我的一大束书信重温一遍。"1969 年我刚大学毕业，这样一个年青小子的信件，他竟然都保留着，我怎能不感动？

——以上撮录自近三年来的访问记和自己写的文章

2016 年 10 月附记

1984 年夏，钱锺书与杨绛合影，黄维樑摄于北京钱府

钱锺书在 1984 年夏天（黄维樑摄影）

1984 年夏，黄维樑与钱锺书，杨绛摄影

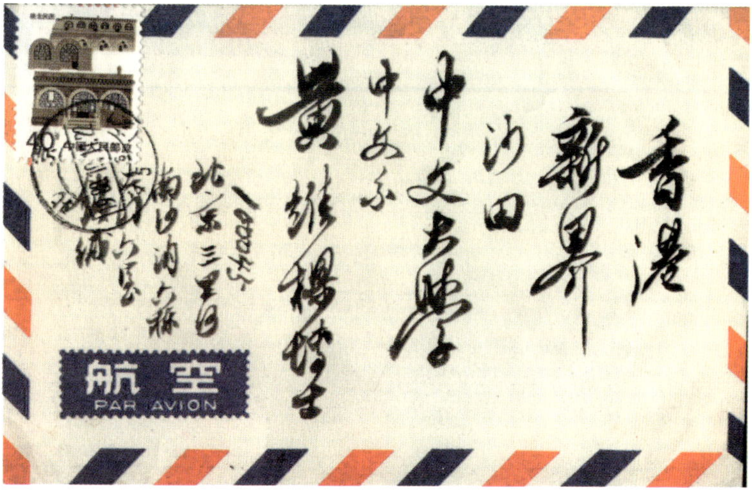

80 年代，钱锺书致黄维樑函的信封

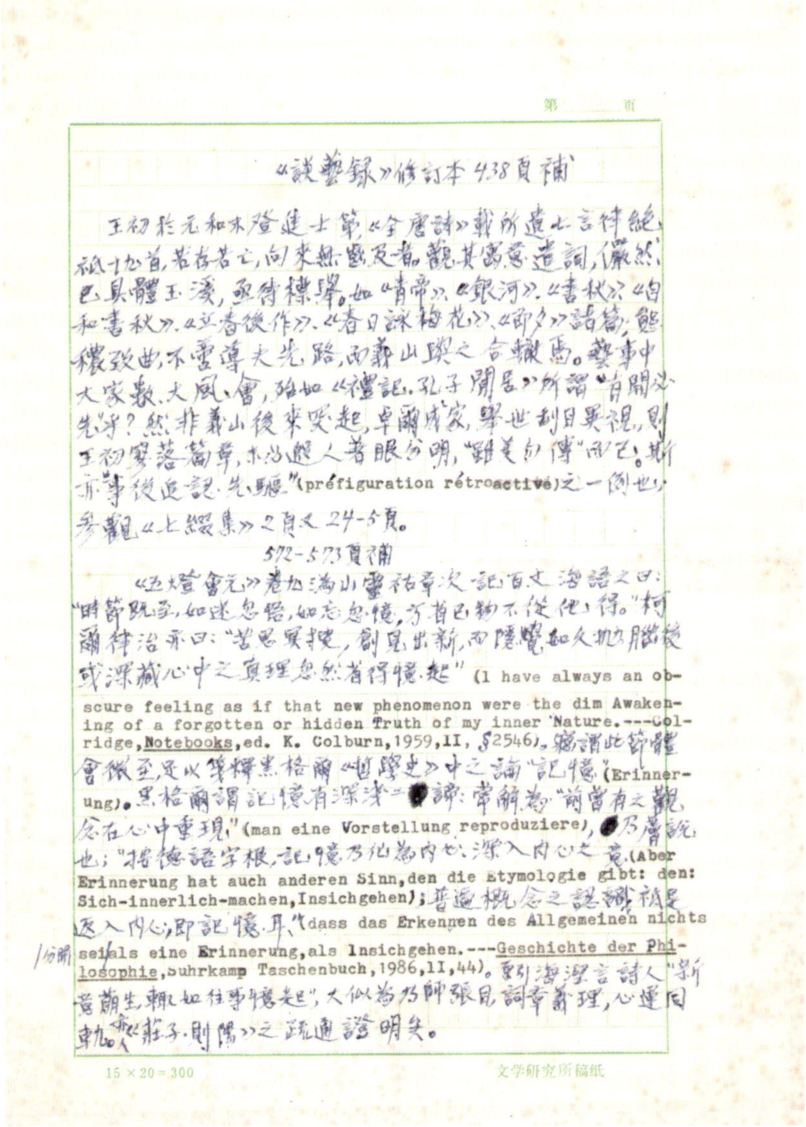

第　　页

《談藝錄》修訂本438頁補

王初於元和末登進士第，《全唐詩》載所遺七言律絶祇十九首，若存若亡，向來無齒及者。觀其寓意造詞，儼然已具體玉溪，亟待標舉。如《青帝》、《銀河》、《書秋》、《自和書秋》、《立春後作》、《春日詠梅花》、《即夕》諸篇，能穠致曲，不啻導夫先路，而義山與之合轍焉。藝事中大家數、大風會，殆如《禮記·孔子閒居》所謂“有開必先”乎？然非義山後來突起，卓爾成家，舉世刮目異視，則王初寥落篇章，未必遇人著眼分明，“難爲句傳”而已。斯亦“事後追認先驅”(préfiguration rétroactive)之一例也，參觀《七綴集》2頁又24-5頁。

572-573頁補

《五燈會元》卷九溈山靈祐章次記百丈海語之曰：“時節既至，如迷忽悟，如忘忽憶，方省己物不從他得。”柯爾律治亦曰：“苦思冥搜，創見出新，而隱覺如久抛腦後或深藏心中之真理忽然省得憶起”(I have always an obscure feeling as if that new phenomenon were the dim Awakening of a forgotten or hidden Truth of my inner Nature.---Coleridge, Notebooks, ed. K. Colburn, 1959, II, §2546)。竊謂此節體會微至，足以箋釋黑格爾《哲學史》中之論“記憶”(Erinnerung)。黑格爾謂記憶有深淺二諦：常解爲“前曾有之觀念在心中重現”(man eine Vorstellung reproduziere)，乃膚説也；“據德語字根，記憶乃化爲内也、深入内心之意”(Aber Erinnerung hat auch anderen Sinn, den die Etymologie gibt: den: Sich-innerlich-machen, Insichgehen)；普遍概念之認識祇是返入内心，即記憶耳”(dass das Erkennen des Allgemeinen nichts

/分明 sei/als eine Erinnerung, als Insichgehen.---Geschichte der Philosophie, Suhrkamp Taschenbuch, 1986, II, 44)。劉海溟言詩人“新意萌生，輒如往事憶起”，大似爲乃師張且詞章義理，心運同軌，亦《莊子·則陽》之疏通證明矣。

15 × 20 = 300　　　　文学研究所稿纸

钱锺书赠予黄维樑《谈艺录》修订本手稿

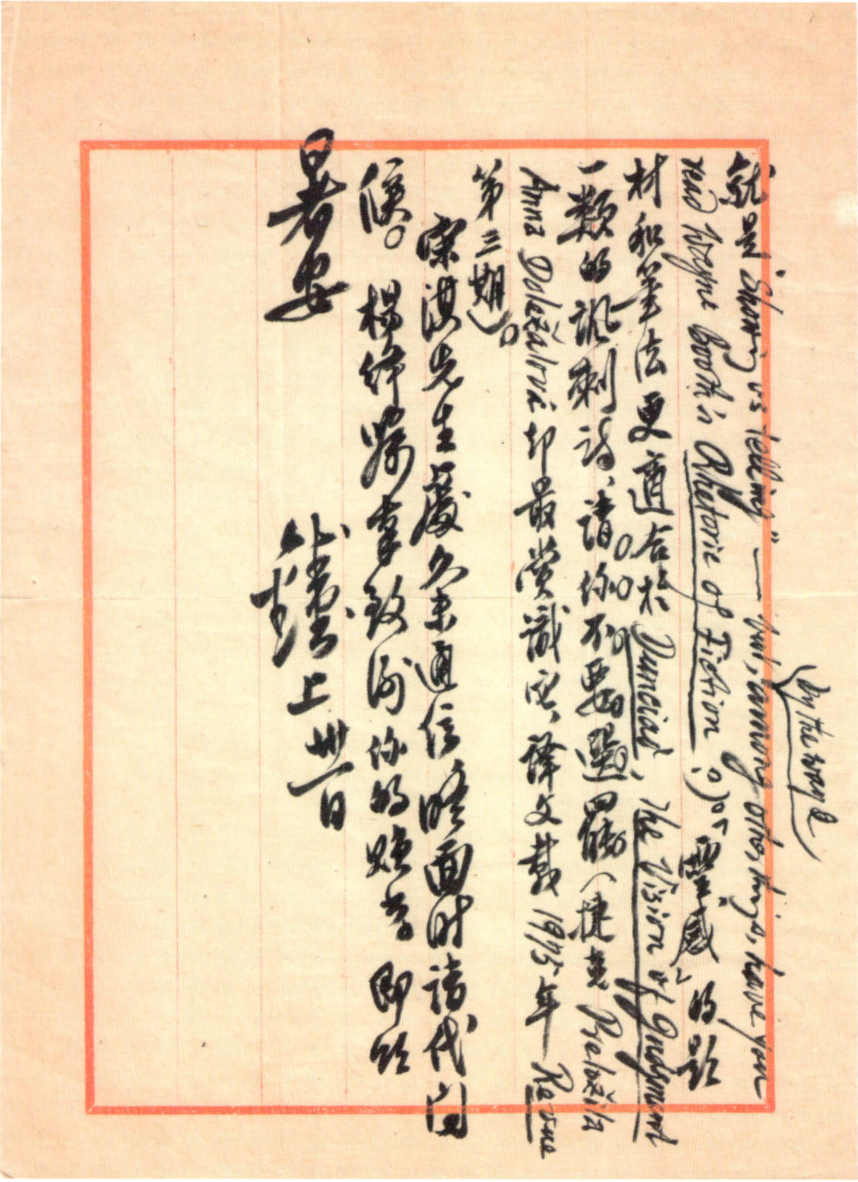

就是"showing vs telling"——but, among others, have you read Wayne Booth's Rhetoric of Fiction (by the way)?）。靈感的取材和筆法更適合於 Dunciad、The Vision of Judgment 一類的諷刺詩。請你不必選譯（捷克 Prchlická 及 Anna Doležalová 印最賞識的，譯文載 1975 年 Revue 第三期）。

康濤先生處久未通信，晤面時請代問候。楊絳囑筆致問你的姊姊。即頌

著安

鍾書上 卅日

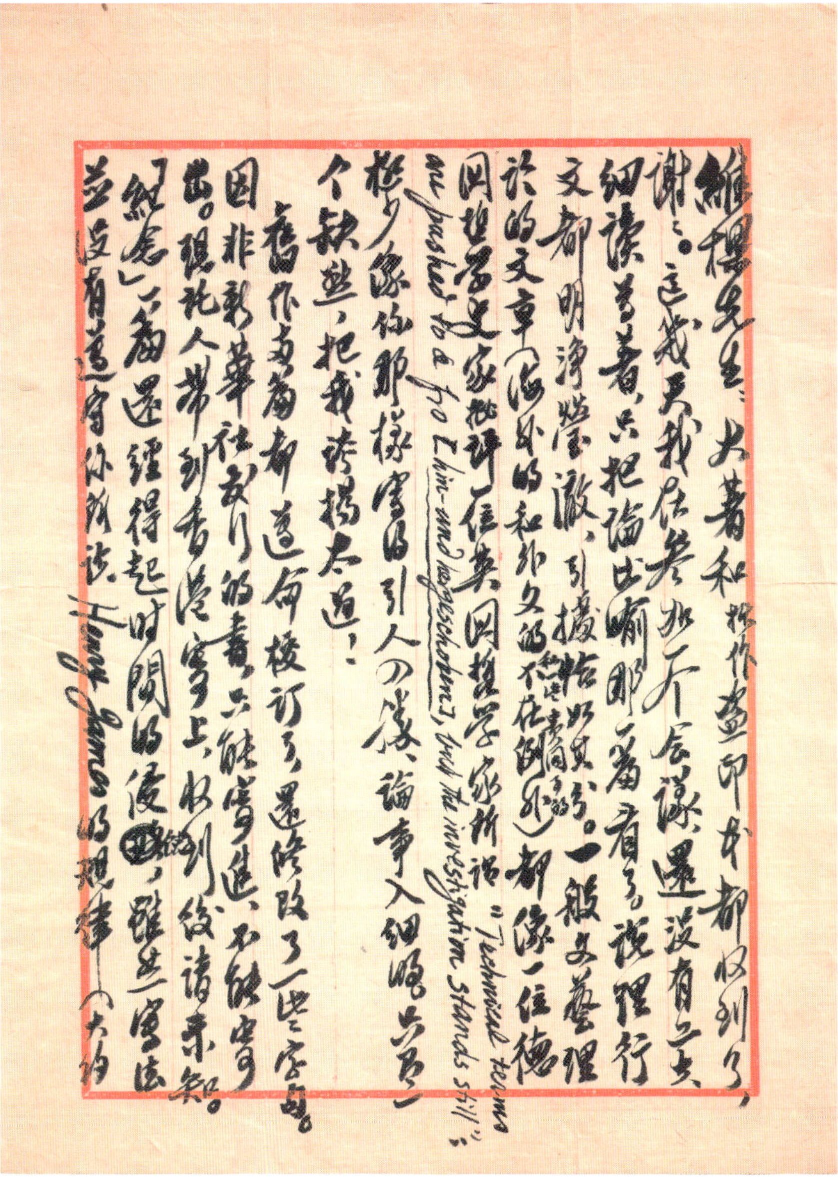

維樑先生：大著和拙作叢印本都收到了，謝謝。這几天我在參加一个會議，還沒有工夫細讀大著，只把論比喻那篇看了。說理行文都明淨瑩澈，引據恰好貼切。一般文藝理論的文章（海外的和外文的，和近來國內的也不在例外）都像一位德國哲學史家批評英國哲學家所説："Technical terms are pushed to and fro [hin- und hergeschoben], but the investigation stands still"；極少像你那樣寫得引人入勝、論事入細。美中一个缺點，把我誇揚太過了！

舊作各篇都遵命校訂了，還修改了一些字句。因非新華社我們的書，只能寄進，不能寄出。現託人帶到香港寄上，收到後請來示知。「紀念」一篇還經得起時間的侵蝕，雖然寫法並沒有遵守你所說 Henry James 的規律（大約

钱锺书致黄维樑函，约 1983 年，谈文学理论

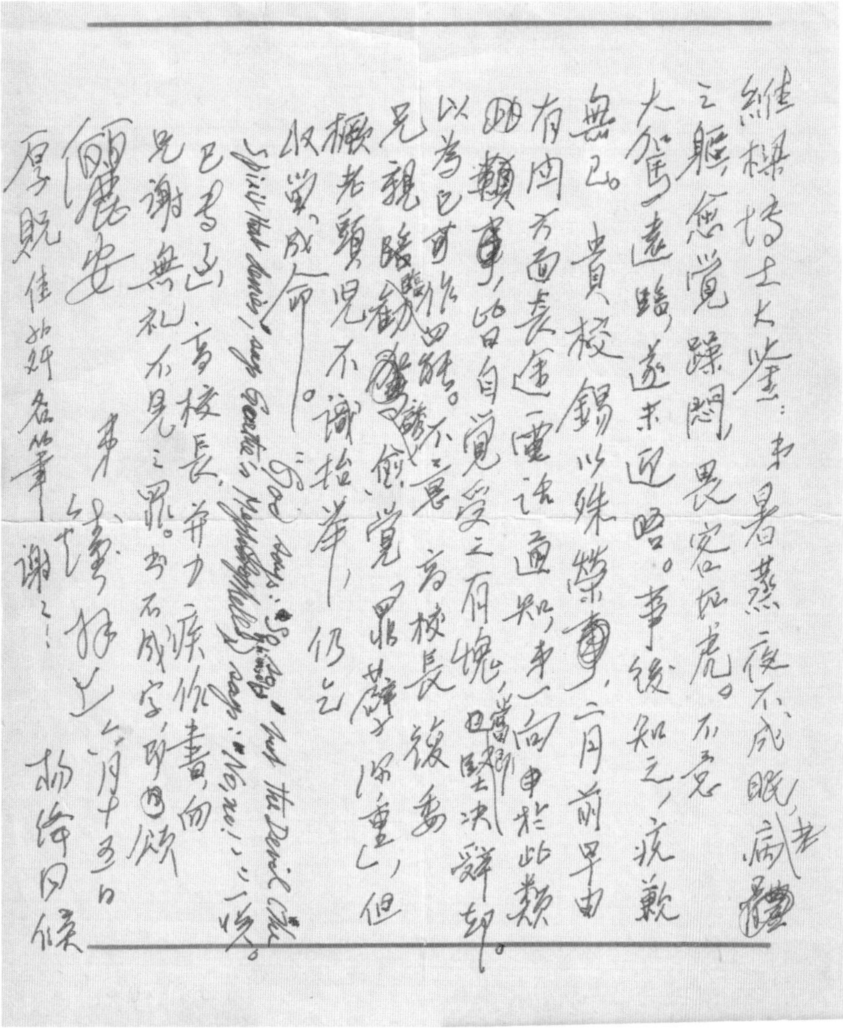

钱锺书 1994 年致黄维樑

夏志清与黄维樑，1986 年夏天在德国

1981 年 12 月，黄维樑与夏志清在哥伦比亚大学夏氏寓所前

1986 年 6 月，Michael Duke（杜迈克）、夏志清、黄维樑（左起）在德国

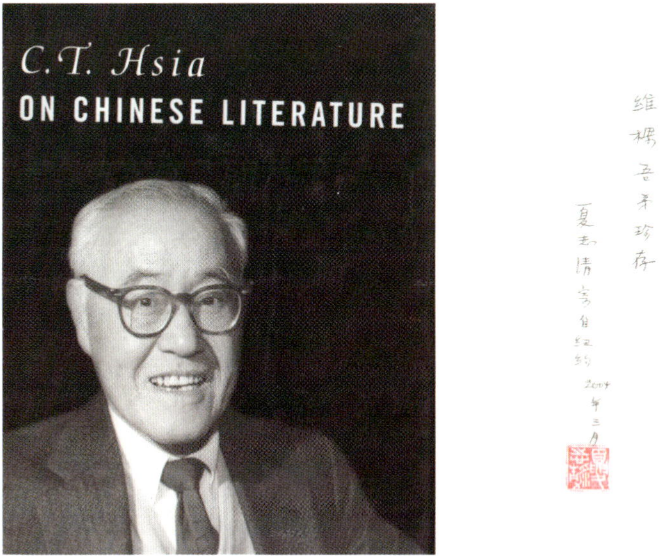

夏志清题赠黄维樑 *On Chinese Literature*，2004 年

夏志清成名作《中国现代小说史》英文原版与中译本初版

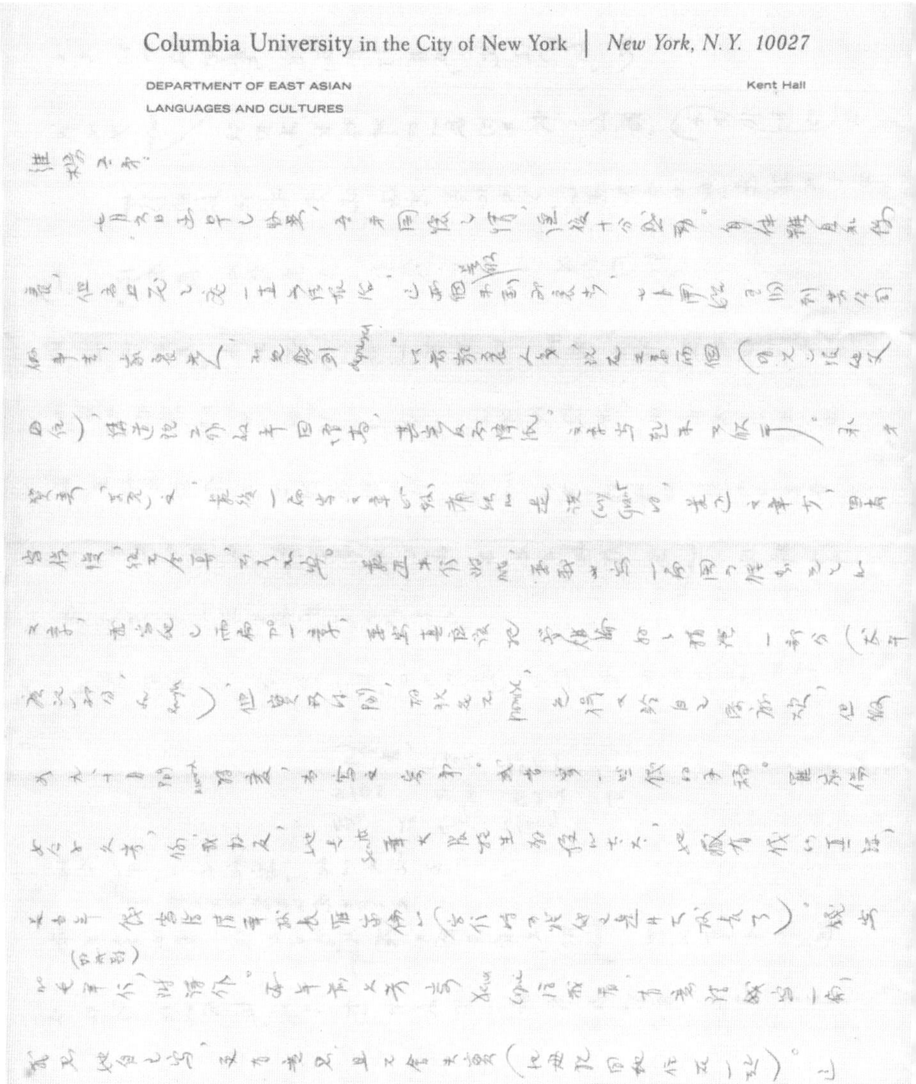

Columbia University in the City of New York | *New York, N.Y. 10027*

DEPARTMENT OF EAST ASIAN LANGUAGES AND CULTURES

Kent Hall

夏志清 1988 年致黄维樑信函

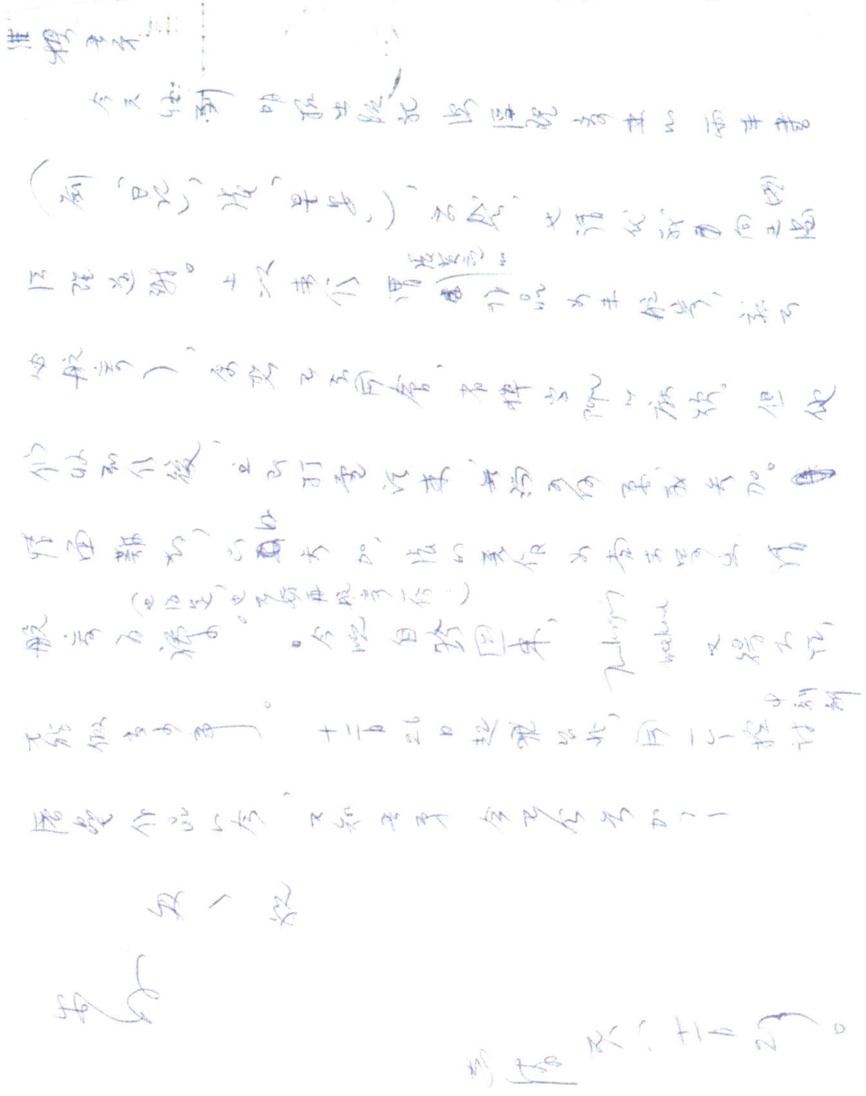

1988年，夏志清致黄维樑函

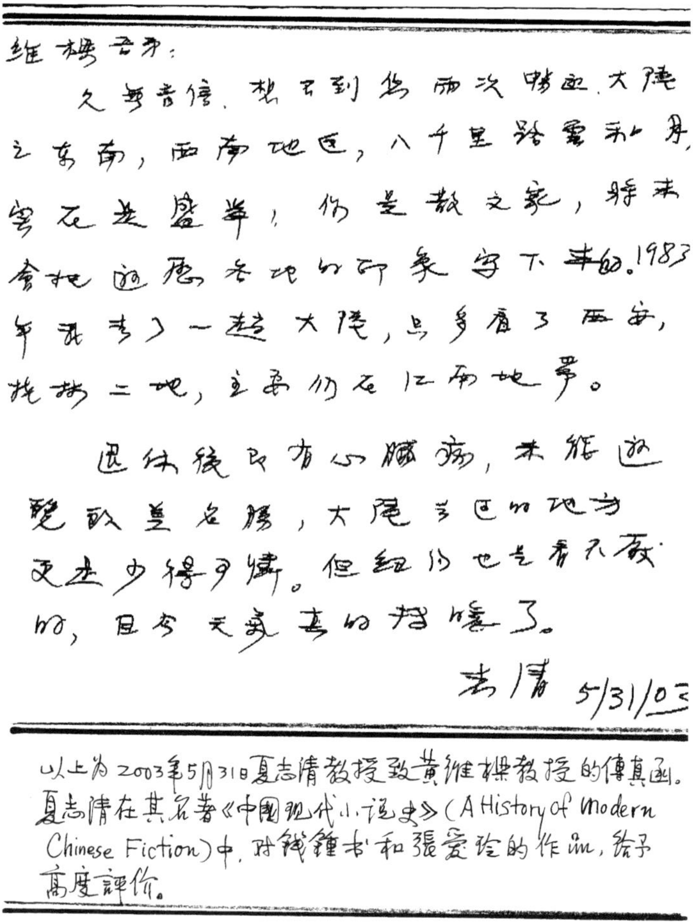

维樑吾兄：

久无音信，想不到你两次畅游大陆之东南、西南地区，八千里路云和月，实在是盛举！你是散文家，将来会把游历各地的印象写下来的。1983年我去了一趟大陆，只多看了西安、桂林二地，主要仍在江南地带。

退休后已有心脏病，未能游遍故国名胜，大陆去过的地方更是少得可怜。但纽约也是看不厌的，且今天气真的转暖了。

志清 5/31/03

以上為2003年5月31日夏志清教授致黃維樑教授的傳真函。夏志清在其名著《中國現代小說史》(A History of Modern Chinese Fiction)中，對錢鍾書和張愛玲的作品，給予高度評价。

2003 年 5 月 31 日夏志清致黄维樑传真函

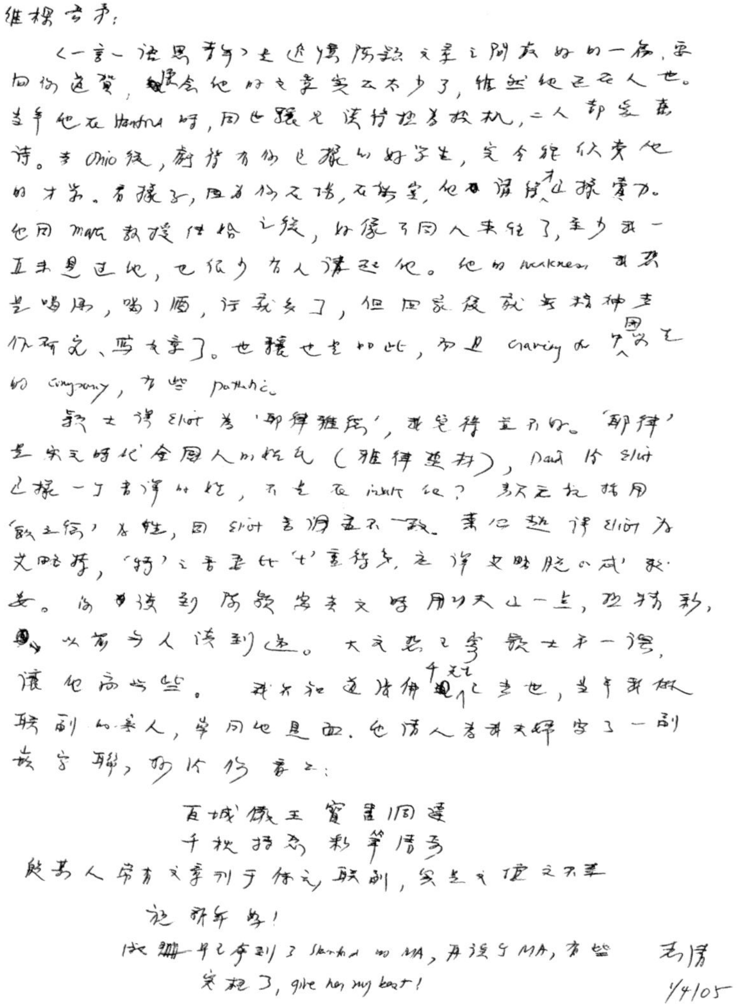
维樑吾弟：
《一言一语忠青年》是述傅孝先文章之间最好的一篇，要向你道贺，谈到他的文章实在太少了，虽然他已不在人世。当年他在Indiana时，同也张心沧读博士学位，二人都爱英诗。去Ohio后，教书有你这样的好学生，实令能认识他的才华。有孩子，因为你之故，在教室，他得到赏识承认。他同Mark教授任信之后，好像不同人来往了，至少我一直未见过他，也很少有人谈起他。他的weakness我看是喝酒，喝了酒，话就多了，但回家后就无精神去作研究、写文章了。世骧也是如此，而且craving for 大家在的company，有些pathetic。
钱大译Eliot为"艾略特"，我觉得并不好。"艾律"是宋元时代全国人的姓氏（雅律楚材），Mark译Eliot之后，一个书译的姓，不是在Mark处？郭沫若用"欧立德"为姓，同Eliot之音并不一致。叶公超译Eliot为艾略特，"特"之音远比"t"重得多，应译为艾略脱"或"较妥。你曾读到陈毅写去文时用以天山一点，极精彩，以前无人读到过。大文若只写钱大不一谈，使他高兴些。我不知道张佛千先生之去世，当年我收联副的亲人，学同他是面，他请人为我夫妇写了一副嵌字联，特此你看：
百城坐拥 宝书同读
千秋撰述 彩笔传芳
此君人常有文章刊于你之联副，实是文坛之不幸
祝新年好！
Natalie已拿到了Stanford的MA，再读个MA，有些实在了，give her my best！ 志清 1/4/05

2005 年 1 月 4 日夏志清致黄维樑函，谈对 T.S. Eliot 的汉译、张佛千撰写的夏志清夫妇嵌名联等

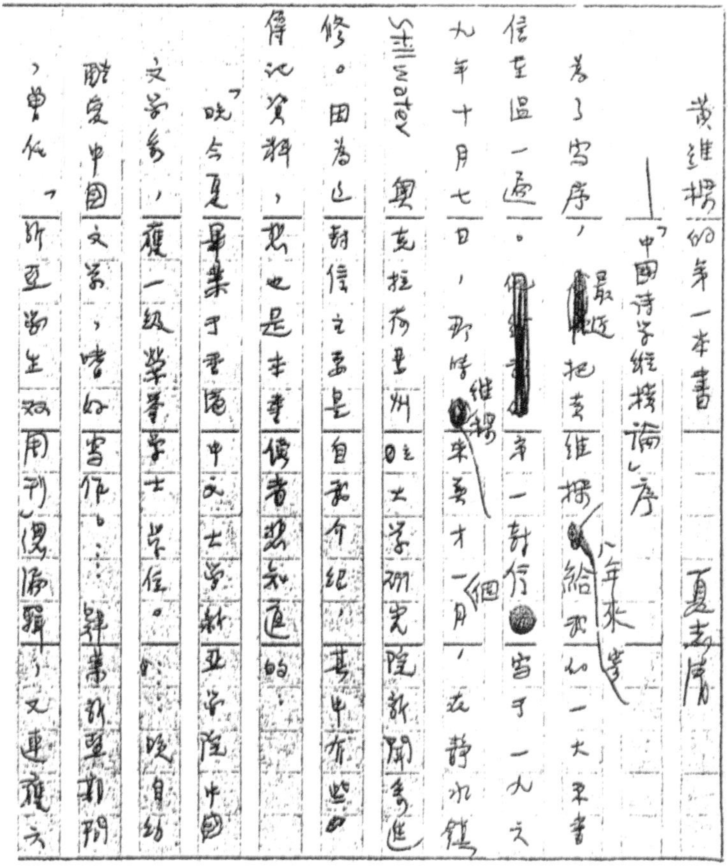
黄维樑的第一本书 夏志清
——《中国诗学纵横论》序
为了写序，最近把黄维樑八年来寄给我的一大叠书
信重温一遍。第一封信写于一九六
九年十月七日，那時维樑来美才一个月，在静水镇
(Stillwater)奥克拉荷马州立大学研究院新闻系进
修。因为这封信主要是自我介绍，其中有些
传记资料，我也是本书读者想知道的：
"晚今夏毕业于香港中文大学新亚书院中国
文学系，获一级荣誉学士学位。……晚自幼
酷爱中国文学，嗜好写作。……异常钦羡胡
"曾任"新亚学生报"周刊"总编辑"，文连获文

夏志清航空邮简致黄维樑

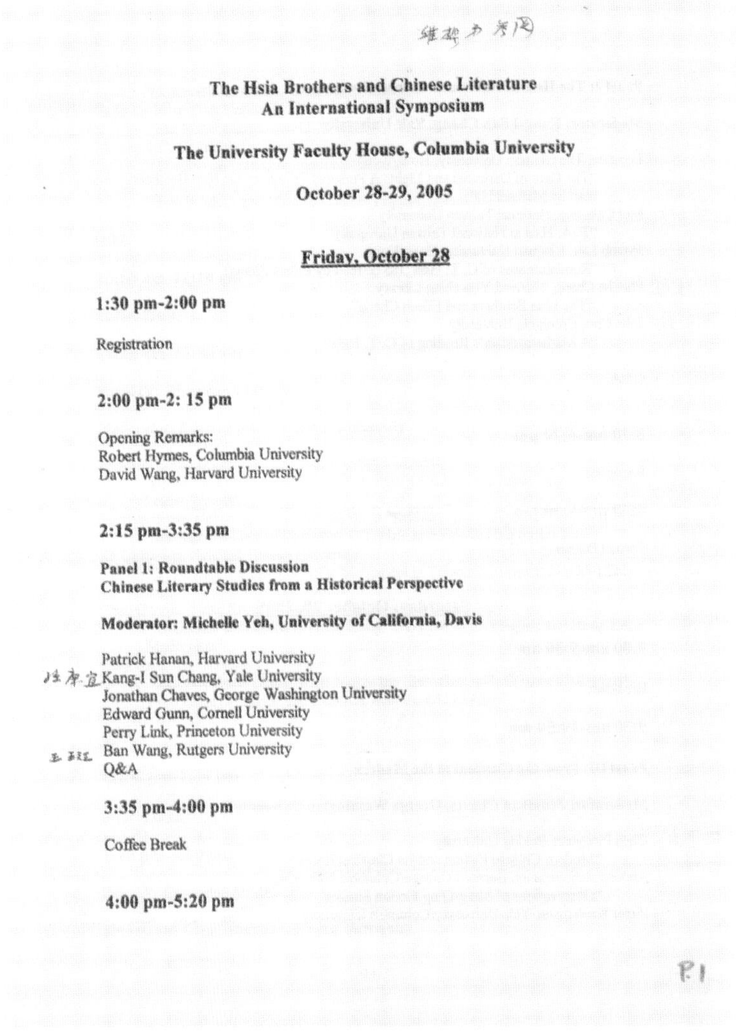

The Hsia Brothers and Chinese Literature
An International Symposium

The University Faculty House, Columbia University

October 28-29, 2005

<u>Friday, October 28</u>

1:30 pm-2:00 pm

Registration

2:00 pm-2: 15 pm

Opening Remarks:
Robert Hymes, Columbia University
David Wang, Harvard University

2:15 pm-3:35 pm

Panel 1: Roundtable Discussion
Chinese Literary Studies from a Historical Perspective

Moderator: Michelle Yeh, University of California, Davis

Patrick Hanan, Harvard University
Kang-I Sun Chang, Yale University
Jonathan Chaves, George Washington University
Edward Gunn, Cornell University
Perry Link, Princeton University
Ban Wang, Rutgers University
Q&A

3:35 pm-4:00 pm

Coffee Break

4:00 pm-5:20 pm

2005年10月哥伦比亚大学举办“夏氏兄弟与中国现代文学研讨会”；夏志清寄流程表给黄维樑

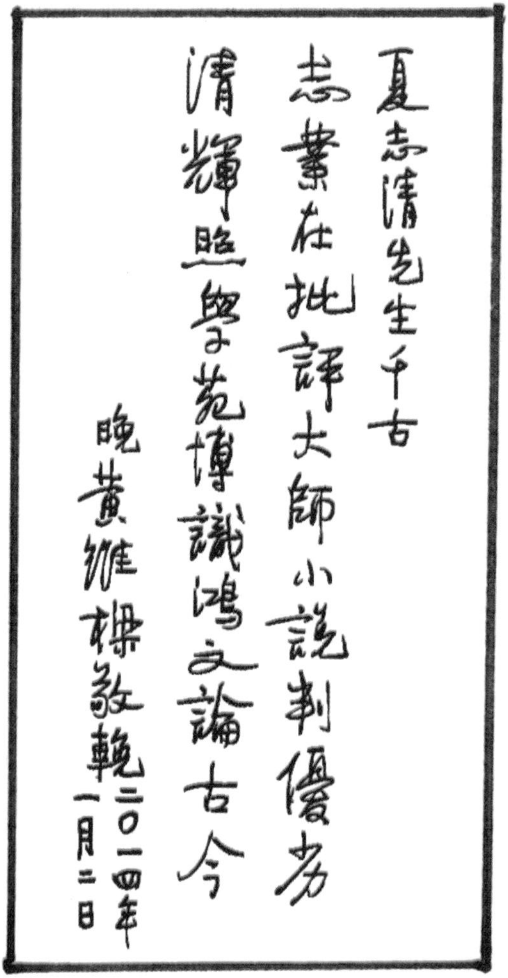
夏志清先生千古

志業在批評大師小説判優劣

清輝照學苑博識鴻文論古今

晚黄維樑敬輓 二〇一四年一月二日

黄维樑挽夏志清联

1983 年夏，余光中、夏志清与黄维樑（左起）在香港

1992 年秋，黄国彬、黄维樑、梁锡华与余光中（左起）摄于香港凤凰山顶

余光中与黄维樑，2006 年摄于高雄

2011 年，黄维樑在“余光中特藏室启用典礼”致辞

2014 年，黄维樑和余光中

1983年在香港中文大学新亚书院，黄维樑、朱光潜、余光中（左起）

2017 年 6 月，黄维樑与家人到高雄探望余光中夫妇，摄于余府

2017 年 10 月 26 日，余光中在“余光中书写香港”活动致辞

余光中“望海”特展版，2018 年 10 月在高雄中山大学

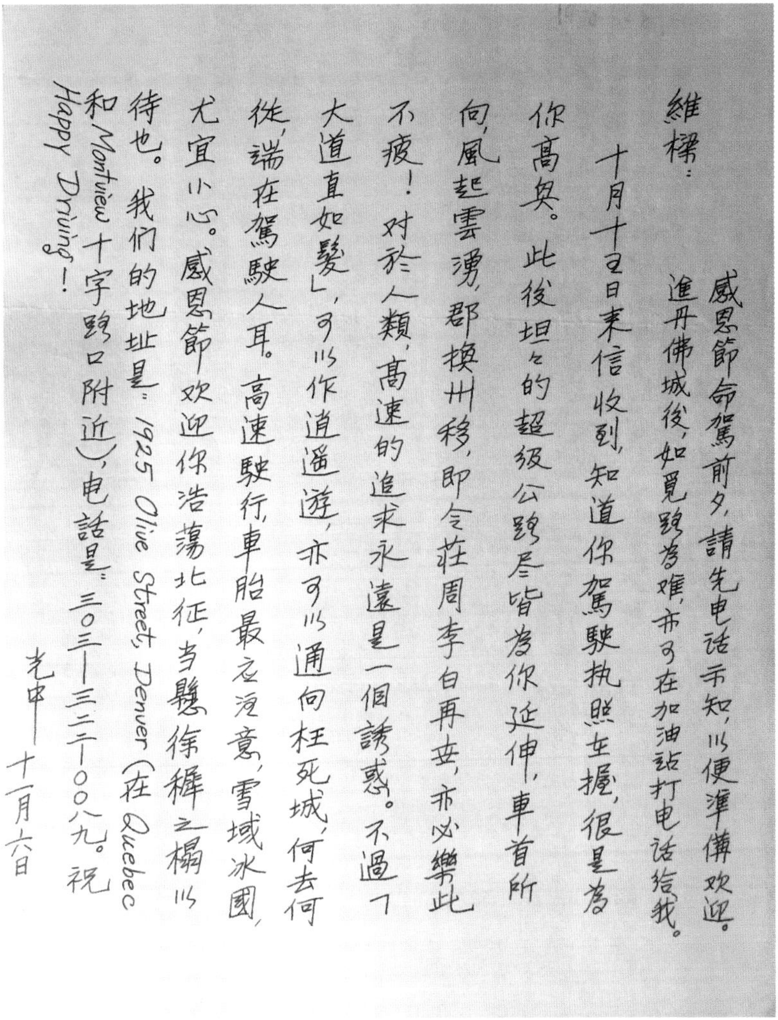

維樑：

感恩節命駕前夕，請先电话示知，以便準備欢迎。進丹佛城後，如覓路為难，亦可在加油站打电话给我。

十月十五日來信收到，知道你駕駛执照在握，很是為你高兴。此後坦々的超級公路尽皆為你延伸，車首所向，風起雲湧，郡換州移，即令莊周李白再世，亦必樂此不疲！对於人類，高速的追求永遠是一個誘惑。不過「大道直如髮」，可以作逍遥遊，亦可以通向枉死城，何去何從，端在駕駛人耳。高速駛行，車胎最应注意，雪域冰國，尤宜小心。感恩節欢迎你浩蕩北征，当懸徐穉之榻以待也。我们的地址是：1925 Olive Street, Denver (在 Quebec 和 Montview 十字路口附近)，电話是：三〇三—三二二—〇〇八九。祝

Happy Driving!

光中
十一月六日

余光中 1970 年致黄维樑函

是負笈（名符其实地自背書包）穿草鞋（徒步）上學的；現在大女兒却坐着父親自駕的新車上學。也許她是幸福的吧，可是對於一個背負中國史的中年人而言，踩着中國的泥土上學，才是幸福啊。中秋夕（九月十五日）帶全家上燕磯高峰看月。唯女兒看的是美國的月亮，我看見的則是舊大陸的月亮，秦时的月，漢时的雲。可憐小兒女，未解憶長安！

目前我仍在教育研工作，女校教書，並為香港美新處譯梅爾維爾小說。已譯成三万字的一篇，將在「純文學」發表。希望你早獲执照，不再做「野武騎士」。一笑，並祝

成功

光中——九月廿二日

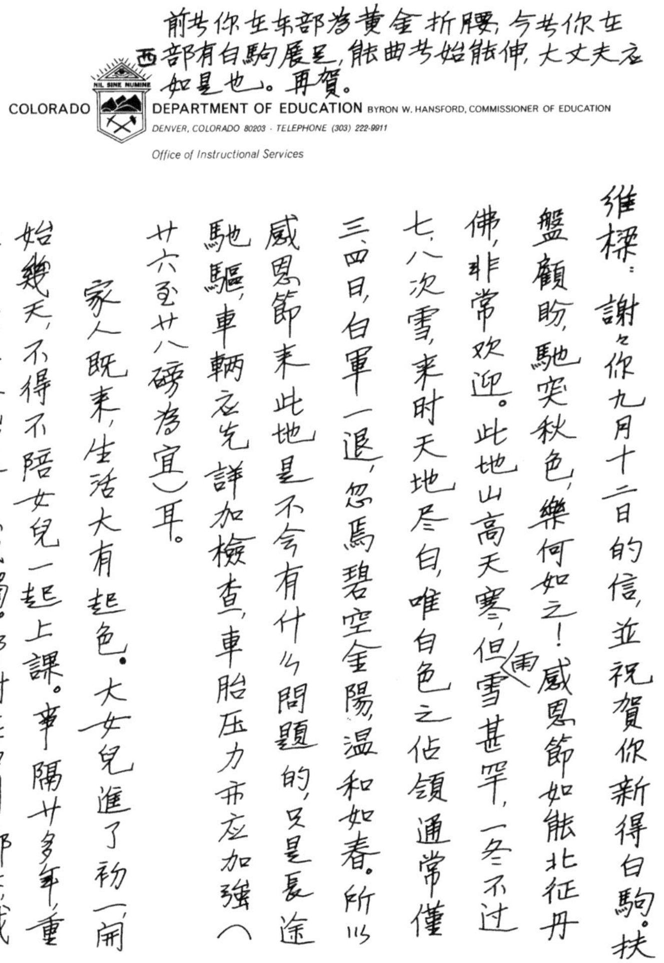

前者你在东部為黃金折腰，今者你在西部有白駒展足，能曲者始能伸，大丈夫应如是也。再賀。

NIL SINE NUMINE

COLORADO DEPARTMENT OF EDUCATION BYRON W. HANSFORD, COMMISSIONER OF EDUCATION

DENVER, COLORADO 80203 · TELEPHONE (303) 222-9911

Office of Instructional Services

維樑：

謝々你九月十二日的信，並祝賀你新得白駒。扶盤顧盼，馳突秋色，樂何如之！感恩節如能北征丹佛，非常欢迎。此地山高天寒，但雨雪甚罕，一冬不过七、八次雪，来时天地尽白，唯白色之佔領通常僅三、四日，白軍一退，忽焉碧空金陽，温和如春。所以感恩節来此地是不会有什么問題的，只是長途馳驅，車輛应先詳加檢查，車胎压力亦应加強（廿六至廿八磅為宜）耳。

家人既来，生活大有起色。大女兒進了初一，開始幾天，不得不陪女兒一起上課。事隔廿多年，重温中學时代，很多感觸。那时在四川鄉下，我

余光中 1970 年 9 月 22 日致黄维樑函

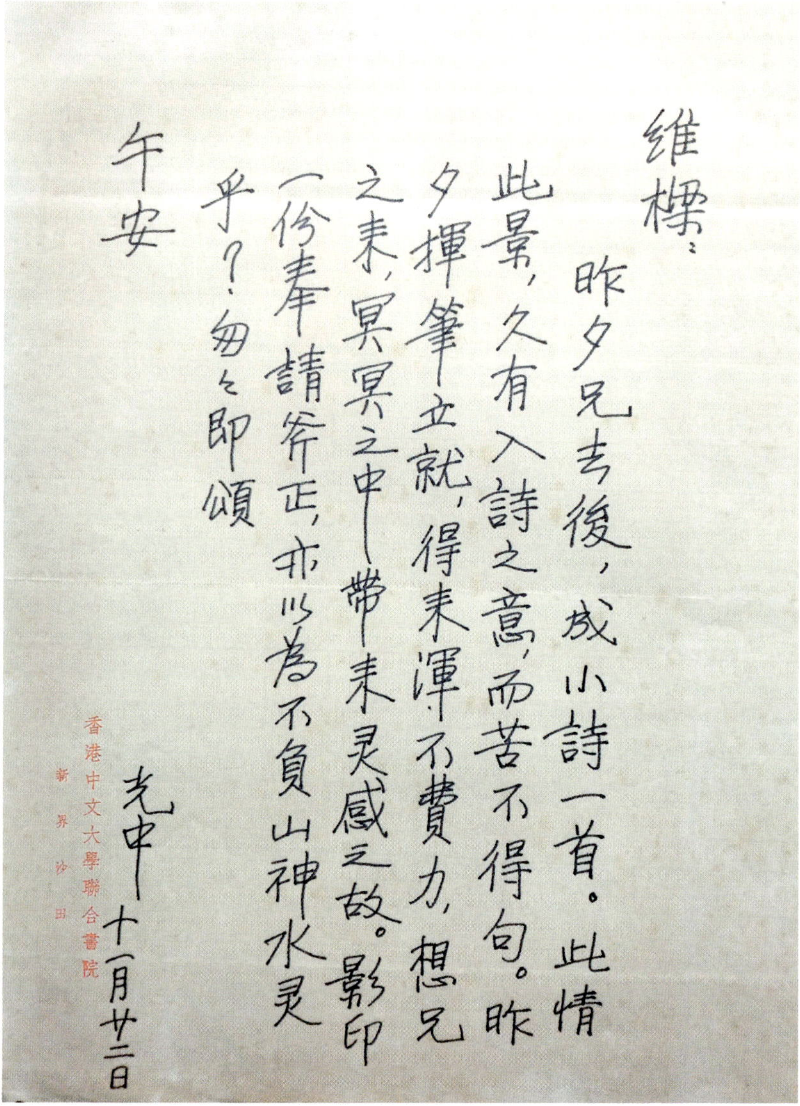
维樑：

昨夕兄去後，成小詩一首。此情此景，久有入詩之意，而苦不得句。昨夕揮筆立就，得来渾不費力，想兄之来，冥冥之中帶来灵感之故。影印一份奉請斧正，亦以為不負山神水灵乎？匆匆即頌

午安

光中 十一月廿二日

香港中文大學聯合書院
新界沙田

1977 年 11 月 22 日余光中致黄维樑函，时二人为香港中文大学中文系同事

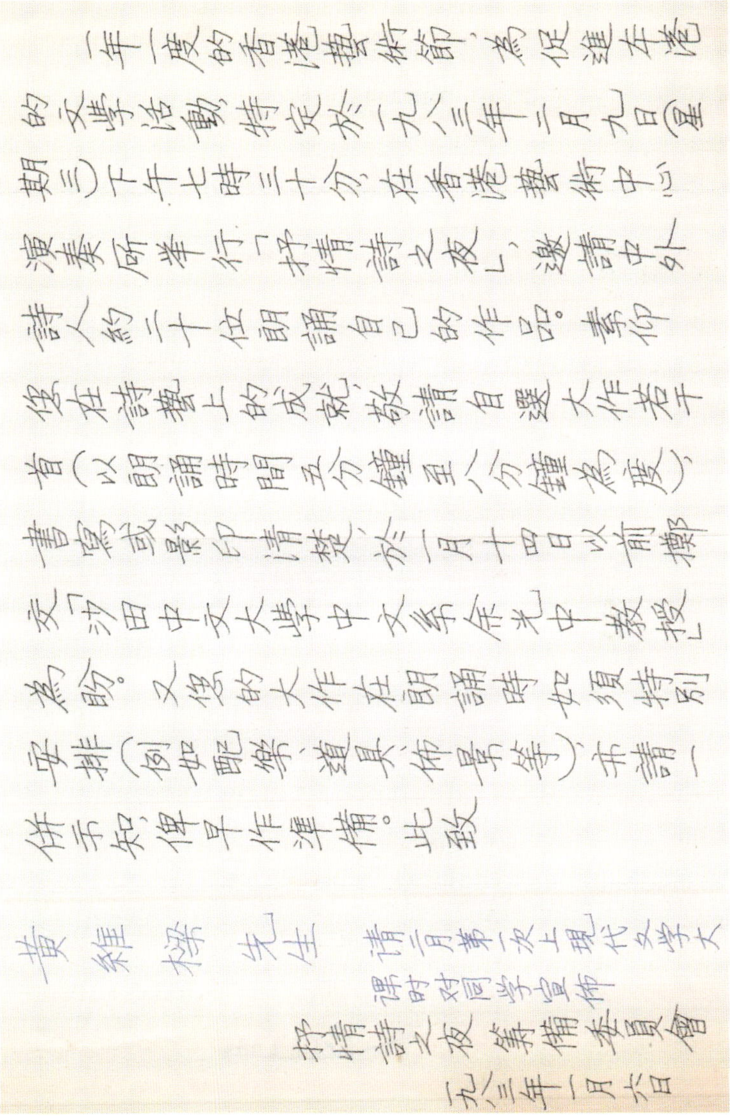
一年一度的香港藝術節，為促進本港的文學活動，將定於一九八三年二月九日（星期三）下午七時三十分，在香港藝術中心演奏廳舉行「抒情詩之夜」，邀請中外詩人約二十位朗誦自己的作品。素仰您在詩藝上的成就，敬請自選大作若干首（以朗誦時間五分鐘至八分鐘為度），書寫或影印清楚，於一月十四日以前擲交「沙田中文大學中文系余光中教授」為盼。又您的大作在朗誦時如須特別安排（例如配樂、道具、佈景等），亦請一併示知，俾早作準備。此致

黃維樑 先生

請二月第一次上現代文學大課時對同學宣佈

抒情詩之夜籌備委員會

一九八三年一月六日

1983 年，余光中手写邀请信

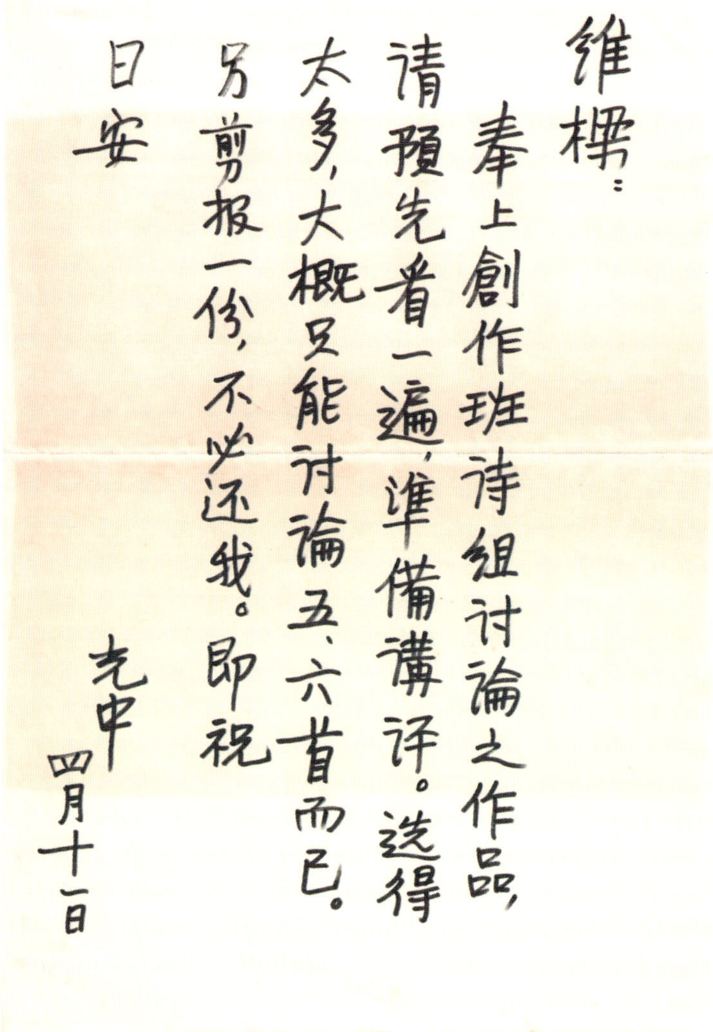
维樑：
奉上創作班诗组讨论之作品，请預先看一遍，準備講评。选得太多，大概只能讨論五、六首而已。另剪报一份，不必还我。即祝
日安
光中
四月十日

余光中 1984 年致黄维樑便条，时两人在香港中文大学中文系合授课程

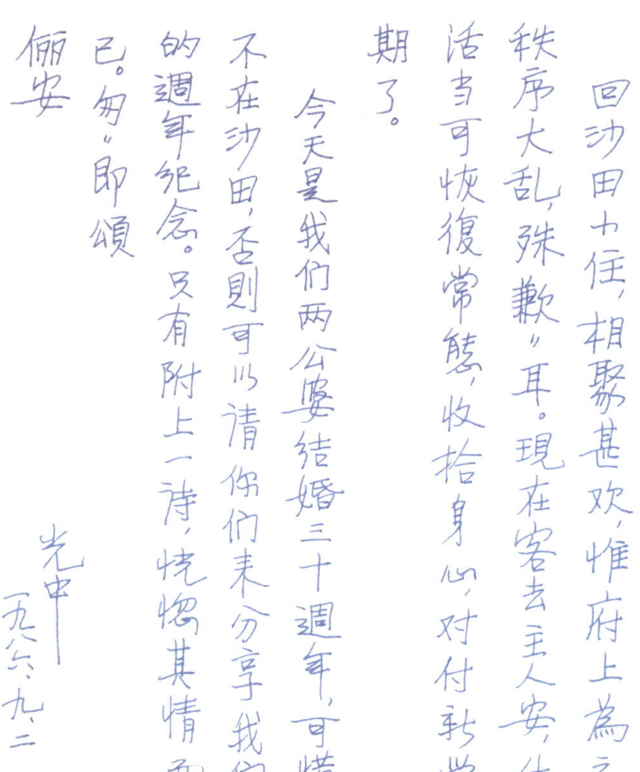

维樑：

回沙田小住，相聚甚欢，惟府上為之秩序大乱，殊歉々耳。現在客去主人安，生活当可恢復常態，收拾身心，对付新学期了。

今天是我们两公婆结婚三十週年，可惜不在沙田，否则可以请你们来分享我们的週年紀念。只有附上一詩，恍惚其情而已。匆々即頌

俪安

光中

一九八六、九、二

余光中 1986 年致黄维樑函

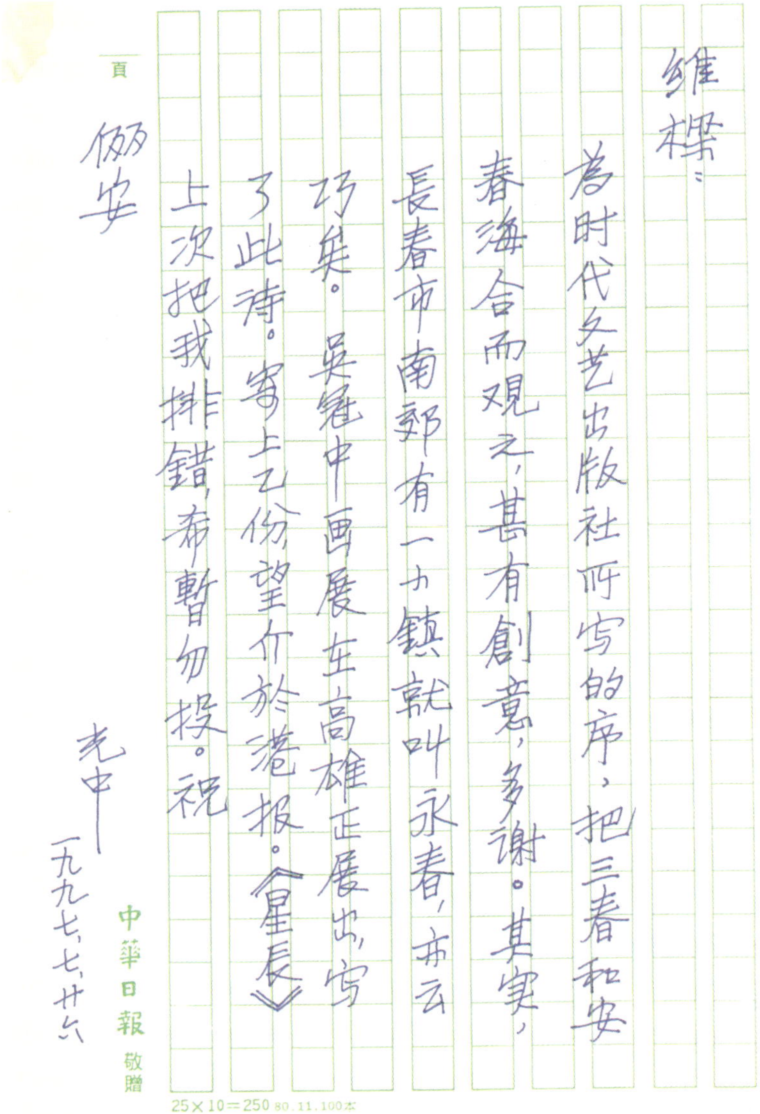
頁

維樑：
為时代文艺出版社所写的序，把三春和安
春海合而观之，甚有創意，多谢。其实，
長春市南郊有一小鎮就叫永春，亦云
巧矣。吴冠中画展在高雄正展出，写
了此诗。寄上乙份，望介於港报。《星長》
上次把我排錯，希暫勿投。祝
俪安
光中
一九九七、七、廿六

中華日報 敬贈
25×10=250 80.11.100本

1997 年 7 月 26 日余光中致黄维樑信件

維樑：

成都之行非常圆满，市民听众的热情甚至超过海南。媒体报导很多，附上几份报纸，只是报导的四分之一而已。主办的王莎（艾芜文化公司总经理，亦即艾芜的媳妇）说：盛况远非去年九月金庸访蓉可比。重庆方面闻风，亦拟邀我去访问。

三月底我将去厦门，参加“海上生明月”石刻诗展的揭幕典礼。四米高的惠安石，上刻舒婷与我的诗，该是两岸诗坛之盛事。匆祝

俪安

光中 2005.3.4

2005 年 3 月 4 日余光中致黄维樑信件

成都杜甫草堂里的余光中《乡愁》刻石

夏判官拍下惊堂木

夏志清先生2013年仙逝后，悼念和议论他的文章见诸海内外各地。某年一日，古远清教授完成一文，传来让我先睹；老古引袁良骏的说法：夏志清认为“张爱玲比鲁迅伟大”。我看后告诉老古：印象中，夏志清在其小说史和其他论著中，并没有这样的字句或说法。我仔细重读《中国现代小说史》论鲁迅和论张爱玲两章，果然没有。

批评夏志清，以为其小说史高捧张而低估鲁的人，还有不少；例如，2016年11月出版的《华文文学评论》第四辑页14，就有一位香港作家这样的话：“夏志清在写小说史的时候就把张爱玲摆得比鲁迅还要重要……”

为什么批评夏志清的人有这样的“虚构”？我想原因大概是：首先，“最伟大者”占最多篇幅；张在小说史中有四十三页，鲁只有二十七页。其次，小说史的英文原著写道：“张爱玲是今日[today]中文作家里最优秀最重要的……”中译本的小说史张爱玲章则说（由夏济安翻译为）“张爱玲该是今日中国最优秀最重要的作家”。

我尝试这样解构上述的虚构：首先，写小说史时，张爱玲少为人知，英语读者知道的尤其少，夏志清大量引述张爱玲作品原文，以详细介绍故事，因此耗用大量篇幅。其次，小说史说的“今日”，其所指时间幅度不包括鲁迅（1881—1936）的时代；换言之，夏志清没有拿鲁张二人来比较，而且小说史评张时，根本没有用过“伟大”（great）一词。夏判官评断文学，其惊堂木拍下去，还是轻重有度的。

夏氏没有“张比鲁伟大”的说法，批评他的人是粗心了，或者“信伪迷真”（《文心雕龙》语）了。夏志清这本名著《中国现代小说史》（英文原著在1961年初版）张爱玲章，没有用“伟大”（great）一词称颂张爱玲；其鲁迅章倒是出现了这个词。鲁迅章劈头第一句是“鲁迅……被公认为最伟大的现代中国作家”，接下去，夏氏并没有对这句话提出商榷或挑战。小说史对鲁和张都好评，但它没有比较鲁、张二人的成就谁高谁低。

论《狂人日记》，夏志清说此篇“表现了精绝的技巧”；论《孔乙己》：“用字经济，写法克制，有海明威的一些尼克·亚当斯故事的特色。”论《药》：“是传统生活方式的真实揭露，是革命的象征性寓言，也是父母因子女而悲伤的动人故事”；“鲁迅尝试在小说中经营复杂的涵义”；末尾老妇人和乌鸦的“象征性场景，涉及革命的现在和未来，想象力丰富，是中国现代小说的一个高峰”。论《社戏》：“是作者儿时的叙述，美妙迷人。”论《祝福》《在酒楼上》《肥皂》《离婚》：“小说中，探索中国社会最为深刻的作品，有这几篇。”请注意：夏氏说的小说，可指古今中外的所有小说。论《祝福》：“封建和迷信在这里变得有血有肉。”论《肥皂》：“是非常精彩的讽刺作品。”论《狂人日记》到《离婚》诸篇：“是（新文学）第一阶段的最佳小说。”

夏志清论中国现代小说，因为政治立场而有其成见，对鲁迅的成就，他并不低估。

我和夏公通信四十年，他给我写的信件，我还没有好好整理统计过，大概总有上百封。他极勤于写信。我敬重的几位前辈中，钱锺书和夏志清一生的书信量，谁更大，我没有比较的能力，却肯定比余光中多。

2015 年夏天在纽约拜访夏太太，她赠我一本新出版的《夏志清夏济安书信集：卷一 1947—1950》，旅途上翻阅，趣味浓郁。两兄弟来鸿去雁，细谈学术电影时政家事以至恋爱和女性。离开纽约到了纽黑文的夏志清母校耶鲁大学，差一点要把书转赠友人，说："50 年代耶鲁的许多人与文，都在其中，极具史料价值！"读其书信，发现二夏褒贬学府中人，非常坦率，论断分明，也有判官作风。例如页 156 关于一位李君的。夏志清在信中说李"记忆平平，常识极缺乏，英文写得也一无 distinction[优异]"；又说"有一次饭厅内他问外国人什么小说是 *Moby Dick*[中译一般作《无比敌》或《白鲸记》]。"在耶鲁的研究院读英语文学，李这样的常识水平，真是无可比的。夏还说："Yale 研究院的文科学生 intellect[智力] 都差不多，比我低。"连洋人都给比下去了。

夏一生最重要的著作《中国现代小说史》，高评张爱玲，也力扬钱锺书，说钱的长篇小说《围城》"大概是中国现代最杰出的长篇小说"。夏对张容有过誉，他的评论有时难免带有政治偏见；年迈时大言无忌，更引起非议；他毕竟在文学批评上慧眼识文雄，领一时的风骚。夏判官的脸也许没有包公那么黑，其惊堂木拍下去之前，必先慎思明辨过。

——写于 2016 年或稍后

夏志清杂说

一　助博士生为快乐之本

钱锺书的《围城》和英国的戴维·洛奇（David Lodge）校园小说，都充满了趣闻奇闻丑闻。我数十年在中国与北美学术界，耳闻目睹的校园事情一大堆。当今读硕读博者甚多，光是这方面，就可写《围城》姐妹（或兄弟）篇多种。有名气的博导，收生甚滥；“指导”研究生论文，则甚烂。桃李满门的博导，平时不管研究生怎样研究怎样写，总之到时到候，有“万言书”交来就行。审阅吗？可能就改几个错别字。更有博导在主持论文答辩时，向诸委员说，他没有看过该生的论文，但应该让论文通过，结果该生顺利过关。

让我们来看另一种博导。夏志清自述其教学经历，说在哥伦比亚大学东亚系平均每两年培植一个博士，硕士则多于此数字；博硕论文都是每一篇“从初稿看起，少说要审阅三遍”。论文都用英文写成，“碰到中文英译的片段，还得逐字校阅，是相当吃力的”。夏志清有过一个博士生，来自大陆，人绝顶聪明，但英文欠佳；夏教授惜才，把他的“论文一字不放逐页改来，连改三遍，整篇论文果然清通可读了”。

在学术界，我们常谈及学术伦理、学术良心；夏公费力指导审阅修改学生的论文，自己研究写作演讲等时间少了，但他心安而理得。在题为《桃李亲友聚一堂》的文章里，这位良师写道：论文清通可读了，“我那时的快乐，真像 Higgins 教授在《窈窕淑女》里发觉到 Eliza 已会讲标准英语时一般无二”。审阅和修改乃为了把关，为了帮助学生提高论文水平，以至一校一地的学术水平。助博士生为快乐之本！（写于 2017 年 11 月）

二　夏济安为夏志清的高评降调

在涉及对张爱玲文学成就的评价方面，有一个翻译问题，不知道有没有人发现出来。“生命是一袭华美的袍，爬满了蚤子”是张的隽句，夏志清《中国现代小说史》的名句之一则为“张爱玲该是今日中国最优秀最重要的作家”；夏氏这名句引用的人很多，与之商榷的人也不少。评价的高低争论这里不表，我要指出的是：夏氏原著的语气与此有别，原著是肯定地，甚至是斩钉截铁地说：“Eileen Chang is [···] the best and most important writer in Chinese today”。信实地翻译原著，是“张爱玲是今日中国最优秀最重要的作家”，原文没有译文“该”字表达的“大概”的意思。夏志清推崇钱锺书的《围城》，《中国现代小说史》(英文原著)写道:"The *Besieged City* is the most delightful and carefully wrought novel in modern Chinese literature; it is perhaps also its greatest novel"他用了 perhaps 即"大概""可能"之意;论及张爱玲时,并无"大概"或"可能"。

夏志清之激赏张爱玲,至矣。不过,夏志清从来没有用"伟大"来形容张爱玲这个作家,而他所谓"今日"应指四十至五十年代那十来年,并不包括整个"现代"(一般指是 1919—1949 年,也有更往后的年代)。论张爱玲这一章,基本上是夏兄夏济安翻译的。我猜想,夏济安翻译时可能有这样的心情:吾弟识力卓矣,读书博矣;然而,张爱玲的成就真有如此巨大吗?吾弟这样评价她会引起非议吗?不如把语气略为降温吧!他斟酌后决定为弟弟降温。夏济安翻译时改动了弟弟的原意,这个事件值得从话语学的角度加以研究。刘绍铭是夏济安教授的高足,与夏志清与张爱玲又深有交往,又是翻译家,应是这项研究的不二人选。(写于 2017 年或以后)

三 夏志清是"最佳配角"

对钱锺书的研究,现在已名为钱学,是当代显学。以前已有好几本钱锺书的传记,今年恰逢他 110 周年诞辰,传记性质的钱学著述如《晚年钱锺书》,就出版了四本。另一显学张爱玲研究,有关的传记诸色纷纭更多至几十种。钱学和张学的兴起,和夏志清对二人作品的推崇大有关系。夏氏在其《中国现代小说史》(英文原著在 1961 年出版)里称钱的《围城》"可能是中国现代文学中最伟大的长篇小说”，称张是“当今最好和最重要的中文作家”，其“《金锁记》是中国文学史里最伟大的中篇小说”。

“夏史”在英美和中华学术界影响深远，刘绍铭等学者称此书为“经典之作”；而经典的作者夏志清，至今未见有人为他修史立传。“史料”不够吗？不然，不然。近年《夏志清夏济安书信集》五大卷陆续面世，夏志清的生平包括其内心世界，资料极为丰富。要学术有学术，要生活有生活：要“八卦”？几百封私信里的“爆料”令人目眩。大登科后的夏郎如何在舞会中结识女友、如何与她亲嘴以至后来如何小登科，全部是夫子自道的一手“干货”。

多年前“夏史”内地版在复旦大学推出，上海某报章刊出一整版的书讯，版面上有张爱玲的大标题和大照片，而应该是主角的“夏史”及其作者，却好像是“荣获”最佳配角奖的，只能叨陪次席。小说家和评论家，谁比谁更受读者欢迎和“追捧”，看看版面的主角配角处理，思过半矣。12 月 29 日是夏公逝世七周年纪念日，谨以此文略抒怀念。

（后记：此文写于 2020 年 12 月，写完后才读到姚嘉为主编、台湾商务印书馆 2014 年 12 月出版的《亦武亦狂一书生——夏志清先生纪念文集》，此书收王鼎钧、王德威、白先勇、刘绍铭、丛甦、张凤等数十人所写文章，亦庄亦谐，读之对夏公的道德文章为人有多角度多层次的认识。）

四 二夏兄弟圈的“巨”信

19世纪荷兰画家梵高的三十七年寿命中，写过六百多封信给弟弟提奥。梵高的画“生前没人看得起，死后没人买得起”，他艰困抑郁，弟弟安慰他、资助他，手足间的深情，读者感动五中。近年读陆续出版的《夏志清夏济安书信集》，觉得这中华兄弟间的“孔怀”，与荷兰的梵高、提奥并观，其动人，其比诸荷花兰花的美善，犹有过之。二夏1947—1965年间互通长短书信共六百多封；他们坦率对话陈情，生活与思想，小我与大我，题材极广。

我与夏志清先生交往数十年，读他这个时期的书信，深感亲切有兴味，且不无“窥秘”的满足感。这些书信有传记价值，也具文学和社会等多种史料价值。例如，1959年10月兄致弟的一封，在书中占了九页，对中国台湾政局、美国文化等，都放言论述；对胡适鲁迅等其人其文褒贬抑扬，别有观点。

当年夏志清取得耶鲁的博士后就业，结婚生儿，虽不无烦忧，岁月大抵静好。夏济安（1916—1965）在美国恋爱不顺，就业困难，竭力设法在美国长期居留，时而郁闷消沉，时而苦中作乐；他的后半生，是一个不满台湾、不喜大陆、自我放逐的知识分子的写照。济安倾诉心声，弟弟加以安慰、支持。他的苦痛也许没有梵高那么深重，但弟弟给他的温暖，一定不逊于普罗旺斯的太阳，那曾经使梵高身心和煦的。

编注工程巨大，用简体字排印的二夏书信集巨册，由香港中文大学出版社推出，最近面世的是第四卷。在当今微信时代，朋友圈多不再用笔写信。二夏的兄弟圈（或兄弟间）的六百多封“巨”信，其价值自是不微不菲。（写于2019年2月）

（后记：第五卷也就是最后一卷，也于2019年面世了。）

五 美国儒林二“八”史

夏志清给哥哥夏济安写信，无所不谈，表示欣赏鲁迅的《朝花夕拾》，高评艾芜的小说，认为《肉蒲团》比《金瓶梅》精彩；又和哥哥商讨“反击”欧洲汉学家普实克（Prusek）的策略，事关其《中国现代小说史》出版后，曾大受普实克批判。诸多信息包括耶鲁教授Brooks有何新著出版，美国华人学者如陈世骧、施友忠，如何赴伦敦参加“中国当代女性书写”研讨会，借此游览名城。赴会的包括施友忠，就是把《文心雕龙》全书翻译为英文的那位。夏志清也点评来自台湾的留学生，如陈若曦、白先勇，谓后者为人pleasant（讨人欢喜）。他对当时美国总统肯尼迪加以指责，对当时名诗人艾略特（T.S. Eliot）则感到亲切。

哥哥在信中大谈“追女仔”，其中B小姐是窈窕淑女，他送她艾略特的书，附字条说请她用美丽的眼睛看看，措辞真婉转。兄弟二人滔滔论恋爱，其多年的多封长信，有心人大可整理编写出一本“恋爱中的男人”，此书一定不会比劳伦斯（D.H. Lawrence）的《恋爱中的女人》逊色。

夏济安的情事，可成为正经八百的恋爱心理研究对象，也可作为夏教授的“八卦”谈资。兄弟都“八卦”。弟弟告诉哥哥，L君“追到一位19岁美国美女，Indiana同学，我已去信劝他结婚”。我认识L君，这里姑隐其名。另一封信写道：“李田意在N.J.结婚，隔日N.Y.Times……有新娘照片，新娘……生得可算美艳。”李结婚时是耶鲁大学教授，其结婚消息得《纽约时报》报道，可谓殊荣。李是我的老师，我要让在美国的师母看看夏这封信。

以上相关资料，都引自六百多页的《1962—1965夏志清夏济安书信集》；此为全集第五卷，简体字版，今年香港中文大学出版社推出。（写于2019年）

夏志清反对唯新理论是瞻

夏志清先生博通作品和理论，他的批评标准又怎样呢？数十年来，他的标准可说一以贯之。他认为文学作品有好坏高下的分别，换言之，文学批评是带有评价的，非限于客观的分析。因此，他对加拿大著名学者弗莱不作褒贬、只作剖析的那类“批评”家，总觉得彼此格格不入，虽然他也引用弗莱那派的术语。夏氏认为文学作品的好坏，决定于思想和技巧——或者说，人生和艺术——两个因素。文学的思想和技巧并重，文学既为人生亦为艺术，这是老生常谈了，是滥调了，但这也是最通达的说法。夏志清在这一方面，并没有为了求新、求与众不同，遂舍正路而弗由，遂标奇立异。

“评价小说的标准”一类的文章，夏氏一直没有写过，但他评价作品时所用的标准，是明显可见的。1958 年写成的《文学·思想·智慧》一文，指出为人生与为艺术同等重要，且相辅相成：“忠心于艺术即是忠于作家自己的感性，自己对世界的看法，然后用有组织的文字，表达出他所认为的人生真谛来。”1961 年初版的《中国现代小说史》，不管论的是鲁迅、巴金、张爱玲，还是钱锺书，夏氏都是思想与技巧兼顾的。在 1968 年出版的《中国古典小说》中，夏志清对小说技巧有非常清楚的阐释，他采用的是福楼拜和詹姆斯相沿下来的现代观点：

现代的小说读者，在福楼拜和詹穆士的小说艺术中长大。读小说时，他要求作者观点一致；小说的生命观，由思想精审的作者构造出来，完整而统一；小说具有作者的个人风格。这种风格与作者处理题材的态度互相配合。现代读者厌恶公然说教、节外生枝、结构松散，也厌恶其他种种分散读者注意力的不智做法。（页 6）

夏氏认为中国传统的小说，泰半不能符合上述的要求。不过，他没有因此贬低中国传统小说的地位，因为他深知我国的小说，从说唱文学发展出来，说书人的时代，与现在相差那么远，我们不能以现代的标准，强加于千百年前的说书人身上。基于这个原因，夏氏放宽了批评的标准，转移了批评的重心：在评价我国古典小说时，“最先要问的是：这篇作品对于人生种种，发掘了有趣的事物和读者分享吗？有重要的事件告诉读者吗？”（页 17）这里“重要的事物”指有思想性、启发性的事物。贺拉斯（Horace，56—58 B.C）认为文学的好处是有益和有趣，然而夏志清的见解与二千年前贺拉斯的并无差异了？诚然诚然！作品内容的有益有趣与否，通常凭批评家的常识来判定。当然，批评家的常识，和目不识丁者的常识，不可同日而语；这里所谓的常识，是有文化教养的人的常识（英文可叫 the educated common-sense）。孙述宇先生有一篇文章，讨论中国古典小说的读法。他说："传统批评的基础不外乎常识，批评家的条件只是知识与阅读经验、感受力，和洞察力而已。"孙氏认为批评家读文学，与常人读文学，本质上并无分别；批评的目的之一，在"帮助读者欣赏和了解文学，在文学中找寻各种快乐，找寻人生体验与意义"。他认为批评中国小说，应该用这种基于常识的方法，而不必"急于试验各种新奇批评方法"。夏志清评价中国古典小说，用的正是这种基于常识的方法。他看了孙氏的文章，自然表示"深有同感"了。

这里必须重申一遍：夏志清并不反对试用各种新方法去研究文学；他反对的，只是一味依靠新方法、对作品本身却少加理会那类研究而已。他曾用英文写了一篇很长的书评，指责浦安迪（Andrew H. Plaks）《红楼梦的原型与寓意》一书，原因即在浦氏属于"方法学至上"的学者，以致往往穿凿附会，把作品的足削了，以适应理论的履。夏氏在这篇书评中，语气激昂地说：对浦氏那本书，他"有极大的保留；……《红楼梦》中那些吸引读者的人生世相，浦氏（竟然）全部弃而不顾。"

夏氏虽然兼顾思想内容和艺术技巧，不过他对人生社会的兴趣太浓厚了，因此写批评时，往往花费很大的篇幅去探讨作品的思想内容（即作品的写实性和人道精神，这是他最开心的）。在艺术技巧方面，有时着墨较少；有人可能会误解，以为他压根儿忽视了艺术技巧。《人的文学》一文就这样说过："读中国现代文学，读到旧社会的悲惨故事，我总不免动容，文字的好坏反是次要的考虑。只要叙述的是真情实事，不是温情主义式的杜撰，我总觉得有保存价值，值得后人阅读回味。"（《人》页 251）其实夏氏并没有改变他思想性与艺术性并重的看法。

在《正襟危坐读小说》一文中，他就针对上述的几句话，交代清楚自己的一贯主张：

这两句话可能引起误解，以为我放弃了小说是“艺术”的看法，只要叙述“真情真事”就够了。其实这是我退而求其次对“新文学”的看法。五四、三十年代完美的小说实在太少，若仅用艺术观点去读它，有些重要的小说家反而得不到公平的评断。我那两句话的意思是，这些小说，即使当“社会文献”“历史文献”读，也仍有其极大的意义。

夏志清真的没有放弃小说是艺术的看法，在1978年所写《二报小说奖作品选评》一文中，他这样进一步说明自己的观点：

我们考虑一篇小说的好坏，“文字”“技巧”“意义”三位一体，是分不开的。一篇文字、技巧拙劣的小说，谈不上有什么“意义”。即使作者想表达一个“正确”的意识，他的文字、技巧太差，也会把它写走样，把它丑化了。……《老榕》是篇不堪卒读的小说……我认为《冬祭》这一篇写得很糟，它能选为第二奖，主要是爱国意识很强，主题算是严肃的。

他在评选时，力排众议，无非为了说明作品只有好的主题而无好的表现技巧，算不得好的作品。

——写于1980年1月

夏志清汇通众说以创新见

夏志清不倚靠新奇的批评方法，去钻作品的牛角尖。然则他的批评有创见吗？有，当然有！夏氏有批评家的敏感和洞识力，能见人之所不能见，道人之所不能道。他又博观中外古今的作品，批评某作品时，经常拿它与别的作品来比较，如此比并关照，自然容易彰显该作品的特色。“博观”是刘勰所强调的，另一个刘勰所重视的概念“通变”，夏志清也具备且实行了。

通变者，先通于传统，再求新变；所谓“参伍因革，通变之数也”。通变的道理，和英美现代诗人兼批评家艾略特的《传统与个人才华》一文所述的道理相近。刘彦和所谓通变，是就创作而言的。其实，这个概念一样适用于批评，现在稍加说明一下。假设你要以秋为题材写一首诗。由于数千年来，以秋为题材的杰作车载斗量，你势不可能闭上眼睛一挥，就写出一篇有创意的杰作。你没有雄心超越前人则已，有雄心的话，就得先尽量阅读前人以秋为题材的佳构，再凭自己的才智和苦心经营，尝试写出与众不同的名篇。这就是创作上的通变。就批评而言，假设你要以《红楼梦》为对象，写一篇批评。由于百多年来“红学”的论著汗牛充栋，你势不可能关上书房的门，一下笔就写出一篇有创见的论文。你没有雄心超越前人则已，有雄心的话，就得在精读《红楼梦》之外，还尽量阅读“红学”的重要论文，再凭自己的才智和精思尝试写出有新见解的论文。这就是批评上的通变。夏志清之能通变，我们翻开他的书，看到洋洋洒洒识见超卓的正文之后，跟着的是密密麻麻数十百条的附注——人名书名俱在，中文外文兼收的附注，就知道了。现以《〈老残游记〉新论》一文为例，来说明一下。

刘鹗的《老残游记》成于1904年，夏志清的《〈老残游记〉新论》成于1968年。六十多年间，这本小说有多种版本和评论。夏志清尽量搜罗各种有关的资料，然后一一阅读。他所用的版本，有台北的，也有北京和香港的，连谢迪克（H. Shadick）的英译本也不放过。评论方面，也兼览台北、北京各地的资料，通论性的书如《中国小说史略》和《晚清小说史》自然也看了。他还浏览了一大堆涉及《老残游记》时代背景的文献，如《庚子事变文学集》、《庚子国变弹词》、《清史稿》、《清史列传》、《近代中国史事日志》、《清代名人传略》（英文）、《义和拳大灾难》（英文），等等。总之，夏志清所指挥的捕鲸船，有最先进最周详的装备，他要在碧海擎捕大鲸。这篇文章果然卓见迭出，确是“新论”。夏氏认为《老残游记》是我国第一本用第一人称写的抒情小说，也是我国的第一本政治小说，非普通人所称的讽刺小说、谴责小说而已。夏氏又认为，老残于银光映雪中矫首对月一节，固属佳构，这节接下来的沉思一段，更应受注意。这里刘鹗深入主角内心，显出抒情家的真正本领。在历代小说中，这样的技巧，诚然戛戛独造。

顺便提一下,《中国古典小说》于1968年出版,《新论》一文则成于同年冬天。夏志清先生那时在哥伦比亚大学教书,已得到长俸,两本大书(另一本是《中国现代小说史》)又已先后出版,这时本该休息休息,轻松一下了。可是不然,他读书永不休息,研究和写作也永不休息。1968年,他除了《新论》之外,还写了好几篇序和书评。《新论》一文提到弗兰克·克莫德(Frank Kermode)的《结尾的意义:虚构理论研究》(*The Sense of an Ending:Studies in the Theory of Fiction*)是1967年才出版的英国书。上面说夏氏从来没有和文学界脱节,这是又一例证。(还有一事也要顺便提一下,就是《新论》一文原题为《〈老残游记〉的艺术成就和政治意义》,是夏氏兼重艺术与思想的又一说明。)

——写于1980年1月

《中国现代小说史》:“经典之作”

夏志清通识古今文学名著，持论通达，批评时又融汇各家说法以求通变，加上脱俗的才智、辛勤的努力，他所写的批评，自然精警卓越，为士林所推崇了。《中国现代小说史》（*A History of Modern Chinese Fiction*）于五十年代末期成书，此书一鸣惊人，为他赢得哥伦比亚大学的教席，更奠定了他那学者批评家（scholar-critic）的地位。这本书于1961年出版后，好评如潮，为研究中国现代文学者所必读。刘绍铭先生在此书中译本引言中，提到一些书评，显示“连政治上与他（夏氏）意见相左的年轻学者，也对他的学问和批评眼光表示佩服”。刘绍铭本人誉此书为“经典之作”，刘若愚先生则谓此书乃“不朽的杰作”（monumental）。笔者由头到尾校读过此书三次，深深觉得有关的赞誉，并不夸张。夏氏这部经典之作，既是中国现代小说的历史，也是中国现代小说的实际批评，也可视为比较文学的论著。

夏著上起文学革命，下迄“文化大革命”，论述了五十年来我国小说的时代文化政治背景、代表性的作家和作品；重要的文学派别和文学论争，也都顾及了。文学史家力求客观公允的态度，夏志清自然具备。既能如此，他对左派作家的成就，并不抹杀。只要作者不蔽着良心说话，只要作品“叙述的是真情实事，不是温情主义式的杜撰”，夏志清都很重视，都力求公允地评价。他透视这数十年的文学历史，发现中国现代文学（不限于小说）思想上最大的特色，是感时忧国的精神，这种精神贯穿着数十年来无数的作品——从鲁迅、沈从文、老舍到杨朔等人的作品。（夏氏又认为姜贵、余光中、白先勇等台湾作家的作品，也充满着这种感时忧国的精神。）夏氏这样解释：

> 自十九世纪中叶以来，长期的丧权辱国，当政者的积弱无能，遂带来历史上中华民族的新觉醒。作家和一些先知先觉的人物，他们所无时或忘的不仅是内忧外患、政府无能；不管中国的国际地位如何低落，在他们看来，那些纷至沓来的国耻也暴露了国内道德沦亡、罔顾人性尊严、不理人民死活的情景。……现在的中国作家，……非常感怀中国的问题，无情地刻画国内的黑暗和腐败。（页 259—261。《中国现代小说史》的中译，有好几个版本。本文所引，据香港友联出版社 1979 年出版的版本，也就是第一个版本。）

夏氏认为我国的现代文学，隐然含有“对民主政制和科学的向往”，这一特色，和西方的现代文学很不相似。因为西方现代文学作家，如陀思妥耶夫斯基、康拉德，“热切地去探索现代文明的病源”，甚至对文明本身抱着“沉重的仇视态度”，写出来的，很多都是“充满虚无主义、非理性的文学作品”。（页 261）

这本《小说史》，也是一本中国现代小说的实际批评。钱锺书先生读过此书后，在致夏氏的信中称赞道："尊著早拜读，文笔之雅，识力之定，迥异点鬼簿、户口册之论，足以开拓心胸、澡雪精神，不特名世，亦必传世。"私人书信，往往有客套恭维的话。不过，夏氏此书，当得起这样的恭维而无愧。坊间多的是"点鬼簿、户口册"一类的现代文学史。编写的人，只罗列一堆可靠或不可靠的资料，对作品根本不大了了，即使谈到作品，也是三言两语，说说粗浅的印象就了事。夏志清则不然，他精读过要批评的作品，凭他的通识、通达、通变，自然写出第一流的批评文章：有深入的分析，有广泛的比较，有力求公允的评价。

批评家最得意的事，莫过于大笔一挥，说什么作品"最"佳，哪个作家"最"伟大了。可是，这个"最"字要下得合理、下得令人折服、下得一言九鼎，却是天下最难的事之一。这个字下得不好，会使批评家信誉扫地，落得个失意的下场。夏著的"最"字下得很多："《虹》是茅盾……作品中最精彩的一本"（页126）；"《骆驼祥子》是中日战争前……最佳现代中国长篇小说"（页158）；沈从文是"中国现代文学中一个最杰出的、想象力最丰富的作家"（页165）；"《长河》是沈从文较长作品中最佳的一本"（页309）；张爱玲的《金锁记》是"中国从古以来最伟大的中篇小说"（页343）；钱锺书的《围城》是中国现代文学中"最有趣和最用心经营的小说，可能也是最伟大的一部"（页380）；等等。

夏志清那一大串"最"什么"最"什么的评语，颇得人认同。例如，他极力推崇的作家像张爱玲和钱锺书，都因夏著之出现而备受中外学者和批评家重视。论张、钱的专书或者博士论文，在《中国现代小说史》之后，纷纷面世，钱的《围城》外文译本也出版了。巴金的《家》在三十年代轰动一时，极受青年读者欢迎。然而夏志清认为巴金四十年代完成的《寒夜》，"掘发人性"、"根植于日常生活"、富于"心里写实"，是巴金的"优秀""成熟"之作，比《家》好得多。《寒夜》已由茅国权英译行世。夏志清抑《家》崇《寒夜》的做法，还得到其他的支持。名小说家白先勇先生在一次演讲中说："巴金经抗日战争的洗礼后，人生观及文字风格都开始变得成熟收敛，他抗战时期的长篇小说《寒夜》，在艺术成就上，要比《家》高得多。虽然两本小说都是讨论家庭伦理的问题，《寒夜》缺少《家》里面的革命意识，但小说中的人物刻画，要比《家》细致真实得多。"引文中"成熟""真实"等意思，和夏氏的完全一样。白先勇也跟夏志清一样，非常推重张爱玲的小说。白氏此文引了夏氏不少见解，回响夏著小说史的基本语调。

艾略特认为批评家的一项任务，是改变读者品评的口味。不少人谈论中国现代文学，以浅薄为纯朴，以滥情为多情，不能分辨文字的高下优劣，不能认清真实与假象，更有不少人一味强调社会意识和政治教条。夏志清要改变的是这些口味。他认为成功的作品，必须深刻而生动地呈现人生世相复杂多面的真实；成功的作品，还必须有圆熟的技巧和文字。得到夏氏称许的作品，如上面提到的《寒夜》《金锁记》《围城》等，都符合这些条件。从前面所述来看，夏氏的《小说史》产生了深远的影响，改变了很多读者的口味。

夏著对众多作家和作品重新评价了，不过他的再评价并非为新而新，他的再评价也没有为自己的政治立场所左右。例如，新文学史家王瑶和刘绶松，都十分推崇茅盾的《子夜》。王说它是三十年代的“重大收获”，刘说它是“本时期新文学最重要的收获”。夏志清知道这些好评，但并不因此而唱反调。他认为这本长篇小说“很具气势，不愧为自然主义中的力作”（页120），虽然他以为茅盾写得最好的是《虹》。毛泽东极力赞扬鲁迅，说他是“伟大的文学家”，是“空前的民族英雄”；在所有的中国现代作家中，鲁迅的地位，在中国大陆上，始终最为崇高。国内把鲁迅捧上青天，海外的夏志清没有因此而把他贬入地狱。夏氏对鲁迅的杂文有不满之处，说他写杂文时，“可以不顾逻辑和事实，而无情地打击他的敌人，证明自己永远是对的”（页42）；又指出著名的《阿Q正传》，就艺术价值而论，“显然受到过誉：它的结构很机械，格调也近似插科打诨”（页33）。可是，夏氏非常坦率地表示欣赏鲁迅的短篇小说如《狂人日记》《孔乙己》《药》《祝福》《在酒楼上》《肥皂》；屡用“相当出色的技巧”“动人”“见功力”“深刻”“精彩”（页31—37）等字眼来形容；总括的评语则为：这几篇小说“是新文学初期的最佳作品，也使鲁迅的声望高于同时期的小说家”（页39）。

前面说过，夏志清不倚靠新奇的评价方法，在判别作品高下时，也不故意唱反调，不哗众取宠。他对作品的评论，精辟之处固然很多，有些地方则可能和你和我一样，因为“人同此心，心同此理”的情形很普遍。好像他论及鲁迅的《孔乙己》时，说这是“一个破落书生沦为小偷的简单而动人的故事”（页31）；论及《在酒楼上》时，说这是作者“彷徨无着的衷心自白”（页37）。这些都是平实的意见，你我都可能说得出来。不过，夏志清这位博大的批评家，英语文学造诣深厚，的确不同凡响。接着上引的评语之后，夏氏继续说：《孔乙己》的"简练之处，颇有海明威早期尼克·亚当斯(Nick Adams)故事的特色"；鲁迅《在酒楼上》所流露的心情，"和阿诺德一样：'彷徨于两个世界，一个已死，另一个却无力出生'"。此外，夏氏还说，我们可以把鲁迅那样写得"最好的小说与（詹姆斯·乔伊斯的）《都柏林人》相互比较"（页30）。这些话就绝对不是泛泛的读者能够说出来的了。书中的中西比较论述还有不少，因此本书也有"比较文学"（comparative literature）的意义。

——写于1980年1月

二夏的老弟子传师芬芳

香港中文大学出版社近年“大手笔”地推出了夏济安、夏志清兄弟的十多卷著作，不妨先来数一数这“大手笔”有多少“笔”：夏济安的《黑暗的闸门》（中文版及英文版）、《夏济安译美国经典散文》（中英对照，2016年出版），夏志清的《中国现代小说史》（中文版及英文版）、《中国古典小说》（中文简体版及英文版，2016年出版）、《夏志清论中国文学》（2017年出版），以及《夏济安夏志清书信集》简体字版共五卷。这些书的出版，少不了刘绍铭教授的策划、校订和推荐。

刘绍铭在台湾大学外文系读书时，夏济安是他的老师。后来到美国印第安纳大学攻读比较文学博士学位，同时又成为夏济安的弟弟夏志清（哥伦比亚大学教授）的私淑弟子，受夏志清论著的教益以及夏志清的亲自指导。刘绍铭学成后从教，在美国、中国香港著译丰硕，成为讲座教授，令名远播，一直治学不辍，仿佛满心欢喜地与文字签订了“终身合约”。

他的文字工作除了学术论著外，还有翻译、编辑和杂文写作。翻译以英译中为大宗，曾有“翻译以言志”的理论。所编译的中国古今作品选，所主编的当代文丛，卷帙甚繁。杂文的写作，紧贴时代文化，书香袅袅，文笔机智中时现老辣之风，点赞者众。

从最高职级的教授位置上退下来后，他本可以享受逍遥快活的日子，却退而不休。不休的工作之一，即是促进“二夏”著作的出版。例如，他校订《中国古典小说》中译本（夏志清原著为英文），“前前后后花了半年多的光阴对照细读文稿”。对于英文原著的《中国现代小说史》的翻译和出版，他又翻译又编校，先后在香港、台北、香港、上海、香港推出了最少五个版本。2015 年香港中文大学出版社出版的最新版本，刘教授还曾创下一项纪录：本书的前言和后语，一共收录他写的长短五篇文章，其中还有一篇是英文的。

赞叹公孙大娘“晚有弟子传芬芳”的杜甫，如果在九泉下知道刘绍铭这样为两位老师的书竭心尽力，必定对“二夏”羡慕不已。“弟子传芬芳”并不少见：近得陆晓光的《王元化人文研思录》（上海华东师范大学出版社，2015 年）一书，芬芳扑鼻；刘勇强谦称其《中国古代小说史叙论》（北京大学出版社，2007 年）是交给先师吴组缃的“一份作业”，是继承老师的未竟之业，也可说是一种尊师、传师。但老弟子（刘绍铭是一位“30后”）仍然如此传师的，向来罕有。

夏志清严肃做学问、写文章。他评小说，获得“夏判官”的绰号；晚年倚老卖老，得“老顽童”之称，常说自己聪明，自己伟大。夏公生病住院时，曾对来探视的后辈说：“我不怕死，因为我已经不朽了。”（“I am not afraid of dying.I am already immortal.”）佳作杰篇涌现的时代，文章是“不朽之盛事”这样的话，今天的“曹丕”不敢轻易说了。夏氏昆仲有不休的老弟子孜孜为其著作传播，如此“不休”，使“不朽”增添了不少可能性。

——写于 2017 年夏

余光中篇

璀璨的五彩笔

余光中是20世纪中国诗文双璧的大作家，手握五色之笔：用紫色笔来写诗，用金色笔来写散文，用黑色笔来写评论，用红色笔来编辑文学作品，用蓝色笔来翻译。他于1928年出生于南京，祖籍福建永春。1950年到台湾，诗名文名渐显，至60年代奠定其文坛地位。数十年来作品量多质优，影响深远，凡有中文书店的地方，就有人买其作品、诵其作品，其诗风文采，构成20世纪中国文学璀璨的篇页。

他生活于学府与文苑之间，除了抗战时期逃过难之外，岁月没有受时代风云直接而灾难性的影响，但他敏感善察，与时代社会共呼吸，其彩笔常常触及民族以至全人类的痛苦经验。他诅咒“文革”，把它喻为“梅毒”（见《忘川》）；他责备人类对环境的破坏，说臭氧层蚀穿这类“天灾无非是人祸的蔓延”（见《祷女娲》）；尽管20世纪科技发达、文明进步，然而，有时“惶恐的人类无告又无助”（见《欢呼哈雷》），备受种种威胁。余光中的作品，有时透露了一种深沉的悲剧感。

不过，如果余光中只是敏感善察，以作品反映时代社会，而缺乏富赡的想象、精湛的学养、创造性的文字功力，则他就不成其为余光中了。他是钟情、多情于世间万事万物的作家，天文地理、艺术人生都灌注了他的文思诗情。然而，文学是文字的艺术，文学离不开文采；余光中这位文学家的成就，彰彰明甚的是“采”。他情采兼备，而“采”使其“情”得以传之久远，使其“情”通达读者的心。余光中这个名字，用我的话来解释，代表的是光彩夺目、光华四射的中文。他笔下总是藻采斐然，奇比妙喻飞翔于佳章丽句之间，加上曾一度刻意创新词组句法，其散文创作号称余体，60 年代以来，吸引了台港海外以至国内老中青各类读者。王鼎钧说余氏的散文“焕发了白话文的生命”,“他的修辞方法成为时尚”。[1] 柯灵 80 年代初期首次读余氏散文，非常惊喜，“自此锐意搜索耽读，以为暮年一乐”。[2] 其他作家或学者如郑明娳、沈谦、流沙河、李元洛、何龙、雷锐等，都先后成了余氏散文的忠实读者。我早在读大学时期开始看他的《逍遥游》《咦呵西部》诸文，眼界大开，惊讶于这样博丽雄奇的大块文章。我当时的喜悦、自信，比英国诗人济慈初窥蔡译《荷马史诗》要大得多。下面引号内是《逍遥游》的片段，跟着是我的解说。

“怒而飞，其翼若垂天之云，抟扶摇而上者九万里。喷射机在云上滑雪，多逍遥的游行！”喷射飞机这现代发明，与古代《庄子》逍遥之旅联结在一起，这靠的是学养与想象。

“曾经，我们也是泱泱的上国，万邦来朝，皓首的苏武典多少属国。长安矗第八世纪的纽约，西来的驼队，风沙的软蹄踏大汉的红尘。”寥寥几句就具体地写出了汉唐盛世。长安是当时的国际大都会（cosmopolitan），犹如今之纽约。“矗”字用得简劲，形象鲜明。金圣叹如果起于九泉，一定称妙称绝。

“曾几何时，五陵少年竟亦洗碟子，端菜盘，背负摩天楼沉重的阴影。而那些长安的丽人，不去长堤，便深陷书城之中，将自己的青春编进洋装书的目录。”60年代台湾青年留学美国之风极盛，留学生文学应运而兴。吉铮、於梨华、白先勇、张系国等在其小说中反映留学生的生活忧喜和文化冲突。论意象之醒目、历史感之深厚，上引余光中的诗化文句，怎能不是留学生文学的首选？80年代开始，喷射飞机载负另一批五陵少年和长安丽人从西安、上海、北京到美国，而且更为“怒而飞”，更为壮观，他们同样“背负摩天楼沉重的阴影”，同样“将自己的青春编进洋装书的目录”。钱宁写的《留学美国》一书，大可把上引的句子录于扉页。余光中以诗为文，普通读者觉得“将自己的青春编进洋装书的目录”隽句新妙；谙于文学理论的人，自然可以谈谈这类句子的“陌生化”（defamiliarization）效应。

“当你的情人已改名玛丽，你怎能送她一首菩萨蛮？”短短这个句子，金圣叹一定又要叹为才子的大手笔。这里藏了一个爱情故事，可能浓缩了於梨华、白先勇留学生小说的内容；这里藏了一篇文化论文，可能概括了刘述先、杜维明中西文化论述的要义。情人不再叫作淑仪、自珍了，她取了洋名玛丽，可能更认识了洋人彼得或保罗。她已陶醉在Peter，Paul and Mary乐队的旋律中，你再送她一首《菩萨蛮》这样的国粹，她还领情，还倾心吗？这里引述的《逍遥游》片段，顺着次序，一小段一小段地引。

在此之前，该文还有下面的句子：“脚下是，不快乐的Post-Confucian的时代。凤凰不至，麒麟绝迹，龙只是观光事业的商标。八佾在龙山寺凄凉地舞着。圣裔饕餮着国家的俸禄。龙种流落在海外。《诗经》蟹行成英文。……这里已是中国的至南，雁阵惊寒，也不越浅浅的海峡。雁阵向衡山南下。留学生向东北飞，成群的孔雀向东北飞，向新大陆。有一种候鸟只去不回。”凤凰、麒麟、龙、雁、孔雀在这里飞着，缤纷复凄凉，绘成一个中国文化不快乐的时代。

《逍遥游》写于1964年，在余氏赴美教书两年的前夕。1966年他写了《登楼赋》，文采粲然超越了王粲，而其凄凉愁怀则一。余光中在纽约登上帝国大厦，登高能赋，一抒郁结："你走在异国的街上，每一张脸都吸引着你，但是你一张也没有记住。在人口最稠的曼哈顿，你立在十字街口，说，纽约啊纽约我来了，但纽约的表情毫无变化，没有任何人真正看见你来了。……纽约有成千的高架桥、水桥和陆桥，但没有一座能沟通相隔数英寸的两个寂寞。……终于到了三十四街。昂起头，目光辛苦地企图攀上帝国大厦，又跌了下来。”这里兼有王粲和加缪（Albert Camus）两种异乡人的情怀，既是乡土的，也是存在主义的，真是载不动许多愁。不过，我这里不惮烦地引述，主要目的仍在说明余氏的藻采：它生动生辉的文字。

同年写作的《咦呵西部》，其阳刚的动感，成为余体文的明显标记。余光中暂时抛却文化的忧愁，融入美国西部辽阔的风景："咦呵西部，多辽阔的名字。一过米苏里河，所有的车辆全撒起野来，奔成嗜风沙的豹群。直而且宽而且平的超级国道，莫遮拦地伸向地平，引诱人超速、超车。大伙儿施展出七十五、八十英里的全速。霎霎眼，几条豹子已经窜向前面，首尾相衔，正抖擞精神，在超重吨卡车的犀牛队。我们的白豹追上去，猛烈地扑食公路。远处的风景向两侧闪避。近处的风景，躲不及的，反向挡风玻璃迎面泼过来，溅你一脸的草香和绿。”上引的“撒野”“豹群”“犀牛队”“扑食公路”“溅你一脸的草香和绿”真是活脱脱的语言，彰显了比喻大师的本色。

《逍遥游》《登楼赋》《咦呵西部》写中西文化，写异国情怀与风光，为中国现代散文的内容开拓新领域；其锐意铸造新词汇新句法，为中国现代散文的艺术提升新境界。加上《鬼雨》《听听那冷雨》等，建立了余氏文豪的地位。身处文化交锋交汇的多元文化（multiculturalism）时代，余氏以其抒情彩笔，纵横捭阖，缔造了一个中西古今交融的散文新天地。在 20 世纪中国作家中，大概无人能出其右。他的散文杰构实在太多了，读者自行品尝吧，《高速的联想》《催魂铃》《飞鹅山顶》《何以解忧》等，自然是不能错过的。余氏色彩璨丽的散文，为他赢得了名气，也赚到了可观的润笔。他用金色笔来写散文。

余光中的散文不同于鲁迅、周作人、朱自清、徐志摩等五四以来的散文，他的诗也不同于闻一多、何其芳、卞之琳等的新诗。半个世纪中，余光中写了近千首诗。《等你，在雨中》细绘池畔小情人的等待，《欢呼哈雷》宏观星际大宇宙的沧桑，其时代人生咏物写景题材的广阔，可谓遥领 20 世纪中国诗人的风骚。西方现代诗人有这样博大题材的，可能也不多见，甚至没有。例如，一代宗师、得过诺贝尔奖的艾略特，其作品数量及题材广度，就不能与余氏相比。

“虽多亦奚以为？”作品数量及题材广度自然绝非大诗人的充分条件。文学是文字的艺术，诗是文字艺术中的艺术。一切的诗心诗情诗教，必须有诗艺来承托，来增华，才成为真正的诗。赋比兴是诗艺的基本，中国人说了两千多年。亚里士多德认为创造比喻是天才的标志；雪莱直截了当地指出："诗的语言的基础是比喻性。"余光中敏于观察，长于记忆，善于联想，加以学养丰富，最能发现此物和彼物的关系，赋予甲物乙物新意义。他正以比喻性语言写诗，而他是比喻大师，像荷马、莎士比亚、苏轼、钱锺书一样。

他的很多首诗，一发表就传诵，如《我之固体化》《乡愁》《民歌》《白玉苦瓜》《欢呼哈雷》《控诉一支烟囱》《珍珠项链》《红烛》等，为什么？我想，原因之一，是它们都用了比喻。比喻是诗歌的翅膀，是孔雀的翠屏。去掉了翅膀，诗歌飞扬不起来；去掉了翠屏，孔雀这美丽的鸟就被解构了。下面是《我之固体化》：

在此地，在国际的鸡尾酒里，/ 我仍是一块拒绝溶化的冰——/ 常保持零下的冷 / 和固体的坚度。// 我本来也是很液体的，也很爱流动，很容易沸腾，/ 很爱玩虹的滑梯。// 但中国的太阳距我太远，/ 我结晶了，透明且硬，/ 且无法自动还原。

此诗写于 1959 年，余氏当时在美国爱荷华大学的作家写作室。同班有不同国籍的作家，"国际的鸡尾酒"指此。余氏远离祖国，在异乡作客，有此冰冷的感觉。余氏在此诗用了一个精彩的比喻：把自己形容为冰块。《民歌》写于 1971 年，分为四节，如下：

传说北方有一首民歌
只有黄河的肺活量能歌唱

从青海到黄海
　风 也听见
　沙 也听见

如果黄河冻成了冰河
还有长江最最母性的鼻音
从高原到平原
　鱼 也听见
　龙 也听见

如果长江冻成了冰河
还有我，还有我的红海在呼啸
从早潮到晚潮
　醒 也听见
　梦 也听见

有一天我的血也结冰
还有你的血他的血在合唱
从 A 型到 O 型
　哭 也听见
　笑 也听见

流沙河对此诗有极精到的析评。他说："红海喻血液在体内，象趣迷人。"[3] 又说："四段四层，层层进逼，锐不可挡。"确实如此。从黄河到长江，由北至南，地理与气候配合。流沙河极言此诗格式严密。诚然，像余氏新诗脉络清晰、结构严密、明朗可读的，极为罕见，多的是朦胧纠缠晦涩的分行散文。余氏的诗，可读且耐读。“从青海到黄海”，“从高原到平原”，“从早潮到晚潮”，“从A型到O型”，有对称之美，且一如流沙河说的用词仿如“天造地设”。我还可指出，“鱼也听见／龙也听见”显示了作者的非凡功力。杜甫在长江之畔写《秋兴》八首，有“鱼龙寂寞秋江冷,故国平居有所思”之句,余氏的鱼龙等语，默默用典，善读诗者沿波讨源，可上溯至老杜感时忧国的诗心。流沙河说《民歌》中“民是中华民族，歌是声音，民歌就是中华民族的声音”，其“悲壮情怀贯彻全篇”。可以说，若非诗人的诗艺贯彻全篇，作品就不可能发挥悲壮感人的力量。

《控诉一支烟囱》是环保诗，发表后引起很大的回响，对高雄市改善空气质量有积极的作用。这首诗的社会功能，与其艺术魅力有关。污染空气的工厂烟囱，被斥为“像一个流氓对着女童／喷吐你满肚子不堪的脏话”，它“把整个城市／当做你私有的一只烟灰碟”，害得“风在哮喘，树在咳嗽”，“连风筝都透不过气来”。在《珍珠项链》中，把夫妻生活及其感情浓缩为三粒珠子:“晴天的露珠”“阴天的雨珠”“分手的日子……牵挂在心头的念珠”。这些珠子“串成有始有终的这一条项链”，用来送给太太，在他们的三十周年结婚纪念日。《红烛》也写夫妻的恩爱，把二人比喻为一对红烛，一直并排烧着，从年轻的洞房之夜开始，到如今。“哪一根会先熄呢，曳着白烟？／剩下另一根流着热泪／独自去抵抗四周的夜寒”。文学家锐意创新，例如创造新的比喻。用比喻是文学的常规，用比喻这个理论却是打不倒，创不了新的。我们可根据所造新鲜妥帖比喻的多寡，作为衡量余氏诗艺的一个标准，正如我们以此检视中外古今其他作家的艺术成就。余光中绝对是一位比喻大师。

余光中的诗，辞采粲然，而且，章法井然。很多现代诗有句无篇，无政府主义地颠覆了传统诗歌熔裁组织的法则。余氏的诗，绝不如此，他维护诗艺的典章制度、起承转合。其诗的结构有多种方式，予人变化有致之美感；至于松散杂乱等某些现代诗人常犯的毛病，在余氏诗集中是绝迹的。他是富于古典主义章法之美的现代诗人。《民歌》的结构，上面已称道过。较长的作品如《苦热》《欢呼哈雷》等，其前呼后应、严谨周密处，堪为许多现代主义诗人的正面教材。现代诗的困境之一是读者少，读者少的原因之一是诗的内容难懂，难懂的原因之一是结构混乱。余氏的诗明晰、明朗、可读、耐读，吸引了读者，维护了现代诗的名誉。余光中的诗艺，还见于他建立的半自由体（或半格律体）格式：诗行不很整齐，也不过分参差；押韵，但不严格。他还擅于营造长句，下面以《珍珠项链》的下半篇为例加以说明：

每一粒都含着银灰的晶莹
温润而圆满，就像有幸
跟你同享的每一个日子
每一粒，晴天的露珠
每一粒，阴天的雨珠
分手的日子，每一粒
牵挂在心头的念珠
串成有始有终的这一条项链

依依地靠在你心口
全凭这贯穿日月
十八寸长的一线因缘

在这里，诗行的长短不同，但不太参差。“莹”“幸”押韵，“链”“缘”押韵。而这十一行，合起来是一个长句。这句子长而不冗不乱，具见诗人调遣文字组织句子的功力。而这是与他的英诗修养分不开的。余光中精湛于中英文学，兼采两个传统的长处，融合于其作品之中。以下是余夫子的自述：

无论我的诗是写于海岛或是半岛或是新大陆，其中必有一主题是托根在那片后土，必有一基调是与滚滚的长江同一节奏。这汹涌澎湃，从厦门的少作到高雄的晚作，从未断绝。从我笔尖潺潺泻出的蓝墨水，远以汨罗江为其上游。在民族诗歌的接力赛中，我手里这一棒是远从李白和苏轼的那头传过来的，上面似乎还留有他们的掌温，可不能在我手中落地。

不过另一方面，无论主题、诗体或是句法上，我的诗艺之中又贯串着一股外来的支流，时起时伏，交错于主流之间，或推波助澜，或反客为主。我出身于外文系，又教了二十年英诗，从莎士比亚到丁尼生，从叶慈到佛洛斯特，那“抑扬五步格”的节奏，那倒装或穿插的句法，弥尔顿的功架，华滋华斯的旷远，济慈的精致，惠特曼的浩然，早已渗入了我的感性尤其是听觉的深处。[4]

由是可见，他的诗融会古今中外，题材广阔，情思深邃，风格屡变，技巧多姿，他可戴中国现代诗的桂冠而无愧。余氏用高贵的紫色笔来写诗。

积学以储宝。这是余氏创作中西合璧的基础，也说明了其评论视野广阔的原因。上面说他有五色之笔，以黑色笔来写评论。说是黑色笔，因其褒贬力求公正无私，有如黑面包公判案。余氏具有中西文学的深厚修养，撰写文学评论时乃得纵横比较、古今透视，指出所评作品的特点，安顿其应得的文学地位。文学评论是余氏的另一项重要成就，在《分水岭上》《从徐霞客到梵谷》二书和其他文章里，他的表现和专业的、杰出的批评家没有分别。

余光中还用红色笔和蓝色笔。他是一位资深的编辑，编过文学杂志和文学选集。《蓝星》《文星》《现代文学》《中华现代文学大系》等，其内容都由他的朱砂笔圈点而成。他选文时既有标准，又能兼容众家，结果是为文坛建立了一座座瞩目的丰碑。这位编辑在审阅文稿时，一丝不苟，其严肃处，有时和批阅学生的文章一样。文学是文字的艺术。文字的运用，其精粗高下，是余氏数十年来日夕关怀的大问题。现代中文深受英文等西方语文的影响，影响有好坏。使中文丰富、生动的西化，谓之善性西化；使中文臃肿、笨拙的西化，谓之恶性西化。余光中和他的同道同文如蔡思果、梁锡华、黄国彬等，是清通优美中文的“守护天使”，又仿佛是力战粗劣中文这大风车的堂吉诃德。余氏的论中文西化诸文，气壮华夏山河，有“文起当代之衰”的力量。

恶性西化的中文，最早出现于翻译，而“翻译体中文”的弊端，诸如用字贫乏、滥用副词词尾、词组冗长、滥用被动语气、盲目搬用繁复别扭的其他英文句法等，余氏从 60 年代开始，就口诛笔伐。他从事翻译、翻译评论、翻译教学数十年，主张“要译原意，不要译原文”，“最理想的翻译，当然是既达原意，又存原文。退而求其次，如果难存原文，只好就径达原意，不顾原文表面的说法了”。[5]余光中翻译外国文学作品，卷帙颇繁，诗、小说、戏剧都有，对诗尤其用力用心，有时用心至苦，有如修炼译道的苦行僧。他的翻译固然大有贡献于文化交流，他也以自己的翻译为例子，说明译文与恶性西化中文之间可以划清界限，希望读者获得启示，择善而从。翻译始终以信实为第一义，以“译原意”为基本要求。余氏以蓝色笔来翻译，在色彩象征中，蓝色正具有信实之意。

余光中凭其璀璨的五色之笔，耕耘数十年，成为当代文学的重镇。五色中，金紫最为辉煌。他上承中国文学传统，旁采西洋艺术，在新诗上的贡献，有如杜甫之确立律诗；在现代散文上的成就，则有如韩潮苏海的集成与开拓。余氏作品，长销不衰，享誉于世。近十余年来，国内纷纷出版其诗集文集，从广州到长春，大江南北传诵其作品。这次安徽教育出版社决定出版余光中选集五卷，一为诗集，二为散文集，三为文学评论集，四为语文及翻译论集，五为译品集，最能反映余氏文学的全面成就。五彩笔挥洒结晶为五卷书，这是余氏的五经，有五色的璀璨、五音的铿锵、五香的浓郁、五金的坚固、五车的渊博，是这位诗宗文豪迄今为止最佳的选集。选集的编辑，由江弱水君倡议，余光中先生同意，安徽教育出版社全力支持。我与弱水商定编选原则与范围，由他具体抉择作品。我在上面论述余氏的诗风文采，作为导言。历来评论余氏诗文者甚多，我先后编辑了两本书，可供参考：一为《火浴的凤凰：余光中作品评论集》，台北，纯文学，1979 年；二为《璀璨的五彩笔：余光中作品评论集》，台北，九歌，1994 年。

余氏生平，可于多部专著或作家辞典中见到。为了方便本书读者，现简述如下。

余光中先生，原籍福建永春，1928 年生于南京。在四川读中学，曾先后在金陵大学和厦门大学的外文系读书。1950 年 5 月到台湾，9 月入台大外文系，1952 年毕业。先后任编译官及大学教职。1958 年到美国进修，参加爱荷华大学“作家工作室”。翌年得该校艺术硕士学位后，回台湾教书，先后任教于师范大学、政治大学，其间曾二度赴美国的多间大学任客座教席。1972 年任政治大学西语系教授兼系主任。1974 年到香港任香港中文大学中文系教授，至 1985 年回台湾，在高雄市任中山大学教授及讲座教授至今，有六年兼任文学院院长及外文研究所所长。

余教授活跃于文学界，经常演讲，担任文学奖评判，曾多次获得文学奖，包括吴三连、中国时报、“台湾文艺奖”、金鼎奖等颁发之奖项。多年来参与笔会之工作，1990 年起任会长。近年多次应邀到大陆演讲、访问。其著译诗文集等共四十多种。

余氏才学出众，且用功至勤。他温文尔雅，早生华发，而精力健旺。其演讲极为吸引人，内容充实、见解精到之外，往往风趣幽默，使人解颐。与三数知己聊天时，常常逸兴遄飞，机智灵妙，听者有如沐春风秋阳之感。他的诗歌朗诵，清晰浑厚，抑扬有致，极具神韵。

光中先生的夫人为范我存女士，育有四个女儿。伉俪二人情爱深笃，余氏的诗《珍珠项链》和《三生石》，写夫妻之情，一发表就传诵友朋之间，深婉动人。余家四位小姐，都学业有成，有两位目前在大学教书。余老先生讳超英，一生致力侨务，1992 年年初逝世，享寿九十七岁。余氏母孙秀君女士，早在 1958 年仙逝；余氏以新诗志其墓碑，又常于诗文中提及其母。

余氏有散文题为《何以解忧？》，认为除了酒之外，读诗、诵诗、学外语、翻译、观星、旅行等，都有助于解忧。他还喜欢开汽车，北美的高速公路、香港的大街小巷、欧陆的山野古道，以至台湾的南北干线，都是他驰骋过的。他希望有机会也在杨柳依依的咸阳马路上，追寻古人的踪迹。

——写于 1998 年春

注释

1 王鼎钧:《如此江山待才人》，刊于《联合报·副刊》，1996 年 2 月 14 日。

2 柯灵:《帮助我们增加信心》，收于黄维樑编著《璀璨的五彩笔:余光中作品评论集（1979—1993)》(台北:九歌出版社，1994)，页 384。

3 本文引述流沙河对《民歌》的评语，见流沙河选释《余光中一百首》(香港：香江出版公司，1989）一书有关部分。

4 余光中:《先我而飞》，刊于上海《文汇报》1997 年 8 月 10 日。

5 余氏对翻译、对中文西化的意见，黄维樑有介绍和评论，请参阅黄氏《余光中“英译中”之所得》一文，此文收于黄编《璀璨的五彩笔：余光中作品评论集（1979—1993)》中。

“余光中诗园”导赏

大陆西安市的大唐芙蓉园内有诗园，湖南省常德市内有诗墙，岳阳市岳阳楼侧的洞庭湖滨有诗碑。台湾高雄市中山大学附中校内也有诗园。上述大陆三地的诗园、诗墙、诗碑，所竖所刻所铸的，或古代，或古今都有，都是众多诗人的作品；高雄这所中学内的诗园，独树一家，名为“余光中诗园”。这个诗园所展示的余光中诗，是诗人亲自选定的，共二十首，分为三部分：体育馆圆形校徽旁的墙，三首；其邻近建筑八德馆六楼墙壁，一首；八德馆侧圆形花圃展示架，十六首。诗园在 2008 年 10 月 19 日建成开放，正是余光中先生八十大寿之期。

一　爱的教育

第一部分三首中，有《母难日》。余先生年幼时，因抗战走难，和母亲相依为命，三十岁时母亲去世。他所写悼念、忆念母亲的诗甚多。写《母难日》时，诗人已六十七岁，而母亲仍时时在怀想之中。他写道：“今生今世／我最忘情的哭声有两次／一次，在我生命的开始／一次，在你生命的告终”；“但两次哭声的中间啊／有无穷无尽的笑声”。诗人在自己生日即母难日感念母亲的恩典，用极简洁凝练的笔墨，通过生与死、哭与笑的对比，点出母爱的主题：母亲爱儿子，母子相亲相爱，生活愉快，充满了“无穷无尽的笑声”。这首诗启发读者，要珍惜亲子之情，让生活充满喜乐。这是爱的教育。

亲情之外，诗园还有友情、爱情。其《邮票》一诗，咏物兼抒情：“一张娇小的绿色的魔毡／你能够日飞千里／你的乘客是沉重的恋爱／和宽厚的友谊”。诗人但愿邮票罢工停飞，因为这样表示“朋友和情人也不再分别／永远相聚在一起”。佛家以“爱别离”为人生八苦之一，诗人“存好心”（佛光山的“三好”是做好事、说好话、存好心），愿天下有情的朋友和恋人相聚不离。

人有悲欢离合。很多恋人从《诗经》时代起，就对情人寻寻觅觅，日夕思念。诗园中的《风铃》，是余光中著名散文《听听那冷雨》修辞上的浓缩版本，以“叮咛叮咛咛”的拟声法，“敲叩着一个人的名字”——情人的名字。诗园另一首情诗《回旋曲》，写男子追恋情人，生死不渝，非常凄美：“在水中央，在水中央，我是负伤／的泳者，只为采一朵莲／一朵莲影，泅一整个夏天／仍在池上”。余光中向来重视诗歌的音乐性，曾有论文名为《岂有哑巴缪思？》宣示其立场。他的“妙思”（即缪思 Muse）是声情并茂的诗歌女神。回旋曲即 rondo，是西方音乐的一种曲式，就主题（theme）作回环往复的变奏。《回旋曲》分为六节，仿拟的正是这种曲式。在诗意方面它则是《诗经·蒹葭》“所谓伊人……宛在水中央”的变奏。

诗园中莲诗连连。《回旋曲》的白莲，在诗园的《等你，在雨中》里成为红莲："等你，在雨中，在造虹的雨中／蝉声沉落，蛙声升起／一池的红莲如红焰，在雨中"；"一颗星悬在科学馆的飞檐／耳坠子一般地悬着／瑞士表说都七点了。忽然你走来"。此诗有"吴宫""木兰舟""姜白石"这些古典，还有上引的"科学馆""瑞士表"这些现代。古典与现代融合，构成余光中 60 年代的"新古典主义"诗风。《回旋曲》和《等你，在雨中》都收在余氏诗集《莲的联想》中。读这些诗，我们联想到这位现代诗人对古典的兼爱。近几年余光中屡屡"呛声"，反对语文课程削减古典诗文，其情其理，我们大可追溯到他创作中的古典因素。古典是语文中不可匮乏的养分。《等你，在雨中》这类诗歌有语文教育的作用；当然少女怀春、少男多情，此诗有温柔敦厚之风，也有情感教育之效。

二　风物之美　乡土之情

余氏 1985 年定居高雄，至今二十四年。这位才高八斗的诗雄文杰，自定居以来，即为高雄打气卖力。诗园中《让春天从高雄出发》是很多高雄人最耳熟眼亮的一首。此诗气壮水陆，用"潮水""浪花""太阳"等与高雄港相关的意象，加上紧扣题目的"春天"和紧扣高雄市花的"木棉花"，气盛言宜地声称："让木棉花的火把／用越野赛跑的速度／一路向北方传达／让春天从高雄出发"。

高雄是台湾的第二大城，余光中高举"春天先来"的雄旗，奋然上进。台东在台湾诸市中，经济实力远在榜首城市之后；余氏发现台东市的清新可爱，以实景实事雄辩地为她击败北部和西部的城市。诗园中的《台东》说：“灯比台北是淡一点／星比台北却亮得多”，“人比西岸是稀一点／山比西岸却密得多”，如此等等。而太阳最早照到台东，所以，“无论地球怎么转／台东永远在前面”。和热闹烦嚣的大城相比，台东因余光中的观察和评断，乃在自然环境的排行榜上荣登首席。论者谓二十世纪的诗人兼批评家艾略特，改写了半部英国文学史；余光中改写了半部台湾城市史。

台湾的乡土文学盛极一时。余光中的诗，题材广阔；他既是城市诗人也是乡土诗人，我们还可把很多名号封给他。这里只说乡土。他咏过台湾盛产的多种水果，诗园里的《荔枝》是其一。此诗从南台湾路畔的水果摊，写到唐代华清池所在的骊山，从农妇写到杨贵妃，兼及苏轼、齐璜，以至梵高和塞尚，充分显示余光中的古典情致和艺术趣味。读者从甘甜之中啜吸文化营养。诗人一仍其惯技，总是用意象如赤虬珠、白瓷盘等作感性形容；语文科教师讲到“裸露的雪肤”和“急色的老饕”时，可能会因为诗句的性感而变得敏感。不过，中学生应已知道人间充满了色相。在图腾色相的这个时代，中学生其实早熟了。

诗园里生产《荔枝》，还飞着《火金姑》。闽南语称萤火虫为火金姑，名字美丽迷人。诗人在遐思：“多想一个夏夜能够／一口气吹熄这港城／所有的交通灯，霓虹灯，街灯／那千盏万盏刺眼的纷繁／只为了换回火金姑”。他颇怀旧。在享受现代文明之际，他往往悠然思古，要返回纯朴的乡土田园。余光中喜爱眼前的乡土风物；对数十年前的故园家国，则乡愁浓烈。

怀旧和乡愁，在英文中同为一词即 nostalgia：喏，思大家啊！名为余光中诗园，自然不能没有名闻遐迩的《乡愁》和《乡愁四韵》。“而现在／乡愁是一湾浅浅的海峡／我在这头／大陆在那头”四行，道出了很多宝岛人士曾有的伤感。诗情引起共鸣，加上其他的因素，《乡愁》成为余光中最著名的诗。在百年后的中国文学史中，此诗的名望地位可能跟在李白的《静夜思》之后。他的《乡愁四韵》，以长江水、海棠红、腊梅香为咏叹的意象，乡土性浓郁，回环复沓，韵味悠长，比《乡愁》更见经营之功。不过，《乡愁》已成为余光中这位诗人的名片。他曾半开玩笑地说：“《乡愁》是张大名片，盖过他整个诗人的面目。”《乡愁》和《乡愁四韵》的故乡情之外，诗园里的《民歌》更有强烈的国家民族之情。诗人和他的同胞，像江海的浪涛一样，要发出民族雄壮的声音，永不止息。诗中黄河、长江等中华民族的象征昂然出现，诗艺出色，诗名远播。

三　讽刺社会　思索人生

称颂高雄春天先来、台东太阳先照，又赞美火金姑之美、红荔枝之甜，以至咏叹佳人的情韵、乡土的芬芳，余光中的诗，也有对社会不美不善现象的批评，而其批评常用讽刺性的曲笔。诗园中的《项圈》讽刺的是崇洋。两位时髦小姐相遇时寒暄，所牵的狗也寒暄起来，互询所系的项圈的质料。一犬的项圈是铜的，一犬是金的；“露西的爱犬耸一耸肩头走开，／‘而且是美国制的！’”陈幸蕙对此诗的解释，言简意赅。她说：“《项圈》

一诗写于1954年，当时台湾经济尚未起飞，人民信心普遍不足，社会弥漫一股崇洋风气。余光中此诗以寓言方式，借两只狗伧俗可笑的对话，深刻讽刺了这种虚荣心理，力道强悍之余，也为彼时社会现象，留下了一帖文学见证。”

余光中写过多首环境保护的诗，对空气污染、猎食稀有禽鸟等现象加以批判。诗园里的《警告红尾伯劳》属后者。“鸟仔踏，遍地插”，为的是捕猎红尾伯劳。“美丽岛的天空／现在已经不美丽／贪钱的猎人够阴险／贪嘴的食客正流涎／贪婪之岛够贪婪”。诗人警告红尾伯劳，“小心啊莫闯进这黑店”。此诗劝鸟而非训人，这用的是曲笔；另一方面，诗人说这里的人贪婪、阴险，这里成了黑店，则是力数其恶、直斥其非了。误闯黑店的结果，是雀鸟“落魄在他乡／一串串，一排排／烧烤的店里倒着挂”，写来让读者如见其景，正是余光中一向创作的特色。

我们阅历社会世相，沉思冥想，是非善恶与悲欢离合杂然且纷然；我们时而清醒坚毅，时而疑惑踟蹰。诗园里的《西螺大桥》写于余光中三十岁那一年，咏叹一座桥梁的“力”与“美”，声言人生应有的抉择，我们也发现了对命运所感受的一股“神秘”：“……命运自神秘的一点伸过来／一千条欢迎的臂，我必须渡河”。余氏五十八岁写《天问》时，过了古人所说“四十而不惑”已十八年，但疑惑仍在：霞光、灯光、星光都一一消失了，人的生命也如此；为什么呢？诗人走时，又是怎样的光景呢？“是暮色吗昏昏？／是夜色吗沉沉？／是曙色吗耿耿？”诗园里这首《天问》，告诉青年的读者，人生复杂哩，我们要慎思明辨啊！余光中的夫人范我存女士，其名字由范父所定。范先生留学法国读哲学，为女儿取名“我存”，源于哲学家笛卡尔所说的

“我思想所以我存在”。屈原早有名篇《天问》。从屈原到笛卡尔到余光中夫妇到诗园的青年，都要思索人生的种种问题。

四 从“苍茫”到“壮丽”

人有生就有死，正如有日出就有日落。诗园里的《苍茫时刻》说“温柔的黄昏啊唯美的黄昏”来了，而苍茫时刻也来了。余光中形容“满天壮丽的霞光／像男高音为歌剧收场”——一个惊天动地“通感”（synaesthesia）式的比喻；既是收场，就得说再见：“即使防波堤伸得再长／也挽留不了满海的余光”。中山大学在高雄西子湾海边，余光中与海为邻。正如《文心雕龙》说的“物色之动，心亦摇焉”，海港的夕阳常常在他的心中然后诗中荡漾。夕阳挽留不了，人的生命也挽留不了。人最终的悲观在于此。诗园的青年读者，要知道这个人生的大道理。

青年读者更要知道乐观进取、坚毅不拔。诗园里的《夸父》问：“为什么要苦苦去挽救黄昏呢？”余光中对神话中逐日的夸父说：“何不回身挥杖／迎面奔向新绽的旭阳／去探千瓣之光的蕊心？／壮士的前途不在昨夜，在明晨／西奔是徒劳，奔回东方吧／既然是追不上了，就撞上”。这里诗人豪情万丈，改写了神话。豪壮之士往往带有颠覆性、叛逆性。教师和家长在教导青少年循规蹈矩之际，要明白他们的叛逆心理，要适量地包容，甚至要欣赏。诗园里的《五陵少年》写一个叛逆豪迈的现代李白，他愤怒、哭喊、豪饮，其生猛鲜活，绝不比王维、杜甫《少年行》中的人物逊色。

诗园里最为雄浑阳刚的，是《五行无阻》。人必有一死。不论死亡把诗人贬谪到什么荒远黑暗的地方，他必回来，什么路障都阻挡不了。莎剧《哈姆雷特》的主角，因为对死亡充满疑惑而恐惧，《五行无阻》昂然朗唱：

风里有一首歌颂我的新生
　　颂金德之坚贞
　　颂木德之纷繁
　　颂水德之温婉
　　颂火德之刚烈
　　颂土德之浑然
唱新生的颂歌，风声正洪
你不能阻我，死亡啊，你岂能阻我
回到光中，回到壮丽的光中

人要乐观进取，活出壮丽的人生；青少年尤其要得到这样的鼓励。“壮丽的光中”，壮丽的人生，这首诗应是余光中诗园的镇园之作。此诗情志豪壮，意象丰富而精确，结构严谨而流畅可诵，是诗教、诗艺的典范。

五　诗园：德智体群美五育

孔子说：“温柔敦厚，诗教也。”余光中诗园的诗，有温柔敦厚之篇，已如上述。叙写母爱、激励人生、讽刺时弊之作，也都是诗教，或者说德育。诗园的诗，因为述世事、用典故，读之无疑可增加知识，这是智育。为高雄与台东打气、称颂，则可凝聚人心、团结社群，它有群育的功效。写情人蜜约、荔枝甘甜、萤虫幻丽，是美的体验；余光中的诗题材广阔、情思深远、想象丰赡、修辞多姿、章法严谨，中华现代诗的众美集于一身；《文心雕龙》说诗之美者“视之则锦绘，听之则丝簧，味之则甘腴，佩之则芬芳”，余诗即如此；诵读涵泳诗园里的篇章，是美育。诗园中诸诗都由书法名家挥毫，这是美上加美。德、智、群、美都有了，五育中的体育呢？在诗园浏览吟诵之余，绕园慢跑，园中体操，或者走楼梯到六楼鉴赏墙上的《等你，在雨中》，这些身体的锻炼，就是体育。诗则《五行无阻》，园则五育俱全。

诗园的诗，如《乡愁》《乡愁四韵》《民歌》《等你，在雨中》《让春天从高雄出发》《台东》等，特别著名，甚至远近驰名，获选编入我国海峡两岸暨港澳，以至新加坡、马来西亚的语文教科书内，或铸刻立碑于校园、博物馆、名胜景点。文首提到的常德和岳阳诗墙、诗碑即有《乡愁》。诗教诗艺俱备，德智体群美五育俱全，从《乡愁》至《五行无阻》，余光中诗园沐在一片温柔而“壮丽的光中”。

【附记】2009 年 5 月初，我在高雄，在中大附中黄德秀先生的领引下，参观了诗园。他是诗园的创意和策划者，对诗园的建成，贡献至大。诗园的建成，也为了庆祝附中五十周年校庆。本文成于是年 10 月，发表于两岸多份报章。

余光中《乡愁》的故事

一 《乡愁》传遍四海五湖

1972年1月21日，余光中在台北厦门街家里，写了《乡愁》，只用了二十分钟。二十分钟的脑力劳动，影响持续了三十多年，遍及四海五湖，感动了亿万个炎黄子孙，近年则引起一些评议。

《乡愁》发表后，最早予以好评的，应是陈鼎环。陈在《台湾时报》1972年3月29、30日发表《诗的四重奏——从余光中的〈乡愁〉谈起》，说它唱的是“自古至今中国人的繁茂幽深、激荡微妙的乡愁”。陈氏喜爱此诗，并把它译为古体诗（这使人想起余光中的组诗《三生石》1991年秋发表后，小说家高阳即把它译写为四首七绝）。《乡愁》在台湾、香港等地传播。1975年6月，余光中在台北参加“民谣演唱会”，同年杨弦谱曲的《中国现代民歌集》唱片出版，内有《乡愁》等诗。这应是《乡愁》首次被谱曲成歌。

《乡愁》面世近十年后，于80年代初登上大陆传播，而且是热播。香港作家刘济昆说他把余光中等台湾诗人的诗集，寄给四川诗人流沙河，流沙河把《乡愁》等诗交给大陆的报刊发表。长沙的诗评家李元洛偶然读到报纸上登载的《乡愁》，又读到余氏的另一首诗《乡愁四韵》，于是撰写《海外游子的恋歌》一文，赏析此二诗。此文刊于大陆的《名作欣赏》1982 年第 6 期，翌年香港的《当代文艺》转载。李氏征引中西诗歌以助说明，指出这两首诗是“海外游子深情而美的恋歌”。李文说：“《乡愁》在国内的一些文艺集会上朗诵过。”然则李氏撰文时，这首“恋歌”已传诵了。

笔者于 1984 年夏天在北京拜访钱锺书先生，钱氏说，他曾在《人民日报》上读到《乡愁》。当时我忘记了问是何年何月的事。袁可嘉 1998 年在纽约写的《奇异的光中》一文说，在余氏《腊梅》《呼唤》《乡愁》诸诗中，他最爱《乡愁》，“此诗经中央人民广播电台播出后，已是家喻户晓”。袁文没有说明何时播出，我相信是距袁文写作很多年前的事了。《人民日报》刊出，人民电台播出，此诗广泛被人民目睹耳闻，不必多说。使《乡愁》更家喻户晓的，应是“春节联欢晚会”的演出。每年农历大除夕，中央电视台第一套（台）有数小时的表演艺术节目，听众以数亿计。《乡愁》上“春晚”，据说在 1992 年。它也上过端午节、中秋节等“夏晚”“秋晚”和弦歌悠扬的其他晚会。入乐的《乡愁》，有多个版本。大陆的语文科教材，选入了《乡愁》，更使它深入少儿易感之心。此外，大陆学者、批评家撰文赏析《乡愁》及余氏相同主题的其他诗，篇数之多，难以统计。

二 《乡愁》传播的政治性

《乡愁》的“愁”，有两种：①与亲人生离死别后的愁怀，是此诗首三节所写的。②离开故乡祖国后的愁怀，是此诗末节所写的。余光中自己曾把《乡愁》译为英文，题目定为Nostalgia。Nostalgia在英文中有两个意义：(a) 怀念过去的人、事、物；(b) 怀念亲人、故乡。人有怀旧之情，譬如在电气化火车时代，怀念喷烟的火车；在冷气机时代，怀念摇着扇子在天井乘凉的日子；在周杰伦风行的年代，怀念周璇的旧歌。这怀旧的意义，包含在nostalgia的 (a) 之内。余光中的《乡愁》，其意义和nostalgia一词并不全同。相同之处为：怀念亲人、故乡。不同之处为：《乡愁》没有“怀”念“旧”时事物之意；《乡愁》之“乡”明显有家国之思。

《乡愁》在中国大陆唱遍大江南北，余光中另一首诗《民歌》所希望做到的——从黄河至长江，从高原到平原，从青海到黄海，鱼也听见，龙也听见，梦也听见，醒也听见——《乡愁》做到了。《乡愁》处处闻的原因很简单：大陆上上下下，都希望台湾早日回归大陆，完成两岸统一大业。此外，此诗属歌谣体，意象鲜明，晓畅易诵，诗意乘着音乐的翅膀，就更容易飞入寻常百姓家了。

《乡愁》之传播，有其政治性。这政治性在2003年到达高峰。中国国务院总理温家宝该年12月访问美国，在多个场合宣示其两岸和平统一的主张和政策。8日温氏在纽约与侨界代表晤谈时，解说台湾问题一贯的政策外，还说：“这一湾浅浅的海峡，确实是我们最大的国殇、最深的乡愁。”《乡愁》已是名诗，余光中已是名诗人，温家宝这一席话，把诗和诗人的名向上推得更高，一夕间名满天下。各地华人社会的传媒都报道温氏引诗的事。这里只说台湾几份报纸对此事此诗此诗人的评述。

9日《联合报》的“A3焦点”版作头条处理。头条的内文包括这样的句子：“温家宝并以……感性口吻，引用余光中的诗《乡愁》……温家宝这番软性言语，让不少在场侨界人士为之动容。”头条之外，还辟栏附一短文《余光中的乡愁》，内文为此诗全文，以及相关的评介：温的“感性谈话，让各界人士强烈感受到他的‘温氏柔情’。”又说余是“风靡海峡两岸的诗人”，其《乡愁》等诗，“在大陆广受欢迎”。

同日《中国时报》“A3焦点新闻”版头条报道温家宝谈话内容，头条的小标题有“向侨界喊话‘浅浅的海峡是最深的乡愁’”字句，内文说温氏引此诗句，是温的“感性喊话”。同版还有余光中的访问记，其大标题为《余光中：乡愁是对大陆的怀念》。记者指出：“余光中昨日（8日）甫接受香港中文大学荣誉博士学位返台，他说并不知道温家宝的谈话内容与场合”。余大略听了温的谈话内容后，向记者说他的感想，包括：从《让春天从高雄出发》在政坛高唱多时，到这次的《乡愁》，“我的诗给政治人物用，也很多次了”。访问记还介绍了《乡愁》的背景、涵义，以及流传的情况。

三　余光中成为“乡愁诗人”

2003 年 9 月中旬，余光中在福建参加一系列活动，包括回家乡永春。《台港文学选刊》事前为他编辑的特辑，在 9 月号推出。这期的封面，引《乡愁》不用说，还以《乡愁的滋味》为副标题。10 月 21 日，他在江苏省常州市（余母和余太太都是常州人）度过七十五岁生日，翌日《北京青年报》报道此事，大字标题是《余光中诵诗解乡愁》。记者写道：20 日下午，余与剧作家“苏叔阳进行了中国文化、乡愁……的对话”。一片《乡愁》。过了个多月，在 12 月 8 日，香港中文大学颁授荣誉文学博士学位予余氏，其赞词没有忘记称他为“乡愁诗人”，仿佛这四个字就写在当日典礼的礼袍和方帽子上面。就在这一天，温家宝在美国和侨界晤谈时，引了《乡愁》的句子，于是“乡愁诗人”更名正言顺地成为余光中的标志，或者可以说是他的桂冠了。

12 月中旬，余氏在海口市演讲，《海南特区报》头版报道此事，小标题说“温家宝总理访美时引过他的《乡愁》诗”，引诗的新闻依然新鲜。

《余光中集》九卷本由百花文艺出版社推出，华中师范大学教授黄曼君 2004 年 3 月为文评介，题目是《“乡愁”后面的“重峦迭嶂”》。2005 年 2 月下旬，农历元宵节，余光中在成都参加诗歌盛会。2 月 24、25 日的《成都商报》《成都晚报》《华西都市报》刊登一幅又一幅的大大小小的余氏彩色照片；“激情对话”“激情吟诗”，以及“引领蓉城诗歌狂欢”的字眼充满了版面，弥漫着嘉年华的欢愉气氛，而《乡愁》的诗句，唱诵《乡愁》的报道，也充满着、弥漫着，因为四川是余的第二故乡，余是“乡愁诗人”。记者还郑重其事地写下了余氏披露的《乡愁》“创作内幕”：这首诗只用了20分钟就完成。同年10月，余光中到了重庆悦来场，24日《重庆晚报》头版新闻的标题为：“阔别60载余光中回故里诗性大发”。上海出版的《咬文嚼字》月刊，在2006年3月号刊出文章，咬住错别字；文首介绍在重庆“诗兴大发”的余光中时，说他是“中学《语文》教材《乡愁》一诗的作者”。《重庆晚报》报道余光中的回乡活动，下面的事情，大概没有报道出来。余氏这次重庆之旅，曾在路上被一个教师认出，这个教师立即集合他带着的学生，齐齐站在余氏面前背诵《乡愁》。大概在世纪之交的时候，陈幸蕙已这样写道：“整个华文世界，许多人认识余光中，……是从他的乡愁诗《乡愁》开始的”；我们几可谓“有华人处即有《乡愁》一诗”，“其所具‘大众性’与在华文世界普及率之高，于现代诗坛恐无出其右”。

这样，诗就是诗人，《乡愁》就是余光中了。《乡愁》之外，尽管余氏还写了很多狭义或广义的乡愁诗；然而，“乡愁诗人”只是个小小、窄窄、浅浅的称号。他的诗之天地，其实是非常广阔的。“乡愁”这项桂冠太小了，不合这个博大型诗人戴上。余光中要“摘帽”，乃有一个可名之为“淡化《乡愁》”的行动。在近年各地的很多个场合，除非被力邀，他并不主动朗诵《乡愁》。

2006年2月初，余光中驿马星又动，文旌东渡至加州洛杉矶。美国西岸的《世界日报》在1月28日预告余氏莅临洛城的消息，有关的报道，一开始就是“小时候／乡愁是一枚小小的邮票”这首诗。余氏夫妇在2月3日飞抵洛城，开始他在此地和几天后在德州休斯敦的“余光中之夜”和“余光中日”的连串活动。4日的诗歌朗诵“宛如一场语言音乐会”，“听众皆沉醉”。翌日众多华人放弃观看职业美足的“超级杯（Super Bowl）”而前往听余演讲；余氏“学贯中西”“妙语如珠”，这场演讲被誉为洛城华人社区的“文化超级杯”；11 日在休斯敦市演讲兼朗诵，也是风靡全场。主持人说：“今天休斯敦的天空很余光中”。在洛杉矶，余家绣口诵诗声，散入春风满洛城，此夜曲中闻什么？闻不到众人引颈倾耳想听的《乡愁》。在休市，诗人也“休”了《乡愁》，至少是让它休息。在洛城和休市，余光中所诵的诗，当然包括他“扣人心弦”的怀乡忧国之作，但他诵的是《罗二娃子》（用四川乡音），是《民歌》，而非《乡愁》。朗诵《民歌》时，他带动台下听众发声，唱出“副歌”式的“风也听见，沙也听见”“鱼也听见，龙也听见”……

超级名诗缺席，诗人幽默地说：“《乡愁》这首诗，像是他的名片，把他整张脸遮住了”；“盼读者了解他其余的作品”，展现他较完整的面目。

1979 年笔者曾用“博丽豪雄”形容余光中的诗文；1998 年钱学武出版其《自足的宇宙》，宏观细察地说明余光中诗作题材之广阔。“乡愁诗人”应该只是余光中众多称号中的一个。2004 年春夏之交，我在武汉华中师范大学演讲，解说余光中的诗，题目是《“乡愁”之外》。我们不要因《乡愁》弥漫华山夏水，而看不到余光中博大如华山夏水的诗文天地。然而，20 世纪中华文学的《乡愁》，其名气似乎已直追李白写于 8 世纪那“低头思故乡”的《静夜思》了，余光中难以避免地还要“乡愁”下去。连他自己也淡化不了。上面提到 2005 年秋余光中重庆之旅。抗战期间，少年的余光中居住在重庆的悦来场。六十年后回乡，《乡愁》也回来了。在《片瓦渡海——跨世纪的重逢》

中余氏写道：

从前那少年在那山国的盆地，曾渴望有一天能走出山来。但出川愈久，离川愈远，他要回川的思念就愈强。他要回来再看那沛然的江流、再听那无尽的江声，因为那江水可以见证，那是他和母亲最亲近的岁月。日后他写的《乡愁》一诗：

“小时候 / 乡愁是一枚小小的邮票 / 我在这头 / 母亲在那头”，正是当初他寄宿在学校，怀念母亲在朱氏宗祠的心情。

《乡愁》实在无法淡出，它的故事将继续被传说下去。

【附记】2006 年 5 月 20、21 日高雄市中山大学文学院将举办《台湾文化论述：1990 年以后之发展》学术研讨会。本人将参加会议，提出之论文题为“Poetry and Politics: Receptions of Yu Guangzhong's ‘Nostalgia’”。这篇《余光中〈乡愁〉的故事》为与英文论文配合的中文版本。中、英二文重点有异，内容不尽相同。黄维樑志，2006 年 5 月 11 日。

【补记】“乡愁”欲淡不能，近十年余光中在内地出席各种文学文化活动，主办者和媒体还是一无例外都提到《乡愁》、朗诵《乡愁》、称余氏为“乡愁诗人”。例如，2014 年 5 月 29 日，余氏参加“2014 中国（开封）宋韵端午诗会暨端午文化周”，朗诵其新作《招魂》，河南省郑州市的《大河报》报道这个活动，先全文引述《乡愁》，跟着写道：“40 多年来，余光中的《乡愁》被海内外中华儿女广为传诵”，接着才入正题。

“星空，非常希腊”的随想

最近马来西亚的一位朋友来信，谈到诗人余光中先生的名句：“星空，非常希腊”。这位朋友谢君，是中学教师。他说7月初在一个检讨中学华文课程会议中，一位中学华文教师对“星空，非常希腊”有意见，认为是“不可原谅的败笔”，甚至说这样的句子“误人子弟”。谢君向他解释，但无效。谢君问我：“当一般华文老师提到这个问题时，我们要怎样回答才比较圆满呢？”现在我尝试回答这个问题。

余光中这个名句出自他的《重上大度山》一诗，诗写于1961年10月12日。此诗分为四节，第一节的最后三行是：

拨开你长睫上重重的夜
就发现神话很守时
星空，非常希腊

向来有不少人谈论、背诵、引述这句名句，有时引述错了，例如变成“天空，非常希腊”。这情形就像卞之琳的四行名诗《断章》引述者众，却常常错引若干字一样。名句变为讹句，这是无可奈何的。这名句出自《重上大度山》，但此诗却非名诗：余光中自编的《余光中诗选》、《守夜人》（*The Night Watchman*）两本选集都没有选；刘登翰等编的《余光中诗选》、流沙河选释的《余光中一百首》，以至陈燕谷等选的《中国结》（余光中诗文选）、卢斯飞著的《洛夫余光中诗歌欣赏》等，也没有。《重上大度山》为什么不入选集，以及刚才说的名句讹句问题，这里顺笔一提，不细论了。回到主题。

“星空，非常希腊”中，“非常”是副词，“希腊”是名词；这样的构造，用一般的语法规则来衡量，确是不通的。这就像我们说——“大地，非常中国”“山水，非常桂林”“都会，非常纽约”——“不通”一样。

然而，我们须知道，诗人享受特权（poet's license），可以创新，可以不理会语法。“礼教岂为我辈而设哉！”这是名士、狂士的豪言；“语法岂为我辈而设哉！”这是诗人、词客的壮语。翻开《世说新语·任诞》，我们看到礼法被藐视；翻开唐诗宋词集子，我们看到语法被打破。杜甫的“香稻啄余鹦鹉粒”，李清照的“帘卷西风”，都是倒装句子。王力的《汉语诗律学》，有专论近体诗语法的部分，其中论及“名词作形容词用”的，就有李嘉祐这样的诗句：“孤云独鸟千山暮，万井千山海色秋。”其中“暮”字、“秋”字都改变了词性。说到“变性”的著名诗句，相信大家都会记得“春风又绿江南岸”的“绿”字。

“若无新变，不能代雄。”文学就是这样，诗尤然。多年前，我写过《现代诗诗法四变》一文，综述现代诗中变形换位的种种修辞法，因为现代诗人十分善变。多变以至滥变，为变而变，变得走火入魔，自然不美不妙；适当的变、中庸之变，却是诗艺的表现。

善变者可使诗句新巧、灵活、简练。“星空，非常希腊”的词性改变——把“希腊”这个名词当作形容词用，正是这样的。在这里，“希腊”包罗极广，神话、诗歌、艺术、历史，等等，尽在其中。语法上的词性改变，更使读者眼前一亮，惯性被打破了，仿佛突然看到满天闪烁的星星。《重上大度山》一诗发表后不久，就引起批评，有人说“非常希腊”不通。余光中在1962年2月5日写的《现代诗：读者与作者》一文，已述论了这桩公案。余氏认为：“如此表现，有其必要性，因为无论将末行改成‘星空，非常希腊化’，‘星空，非常像希腊的星空’，都不美好，也不是作者的原意。”余氏还引述美国诗人爱伦坡的句子：

To the glory that was Greece
And the grandeur that was Rome

指出 Greece 和 Rome 是名词而非形容词，因此都不合语法；然而，爱伦坡的句法“简朴而又耐读”，不容改动。数十年前美国康乃尔大学的修辞学教授威廉·斯托克（William Strunk）写过《风格的要素》（*The Elements of Style*）一书，列述种种清规。不过，他也指出，“最优秀的作家有时也违背修辞法则”，而其违法有创意在焉。余光中是极优秀的现代作家，也是位著名的教授。他没有开过语法修辞的课，但有这方面的专业知识，更绝对可以写出四平八稳通顺无病的句子。事实上，他数十年来写的正是清通（当然远远不止如此）的中文，且提倡这样的中文。

“星空，非常希腊”不是败笔，而是偶然出格的佳笔。“误人子弟”吗？只要同意上面我所说的,那么,这一句大有“娱人子弟”之效。

——写于 1996 年

余光中月光中

不知道在密密麻麻的网站中，有没有“月光与诗”这样的网站。如果有，那么以下的句子应该收藏在里面：

那就折一张阔些的荷叶
包一片月光回去
回去夹在唐诗里
扁扁地，像压过的相思

这些唯美的文字，在20世纪60年代，从台湾流行到香港，为现代诗读者所耽读。在满月下，文艺青年手执一卷薄薄的《莲的联想》，与情人朗诵，喁喁细语何谓新古典主义，谁是余光中。荷叶、月光、唐诗、相思，这首《满月下》中的意象，以及串起来的节奏，就像诗集里《等你，在雨中》那些，最能娱悦年轻人的眼睛和耳朵，为余光中赢得美名。

“包一片月光回去”，是谁的月光？是余光中的月光，也是李白的月光。豪迈的李白，在日月星辰中，最爱的不是壮烈的太阳，而是柔丽的太阴。他好像专门徘徊在月光中，用笔蘸着月色写诗，或对月怀乡，或邀月共舞，演奏着今人李元洛说的《月光奏鸣曲》。余光中告诉我们，他蓝墨水的上游是屈原的汨罗江；应该补充说，也是李白的长江。余光中向李白致意，说“月光还是少年的月光／九州一色还是李白的霜”（《独白》）。他进一步分析李白月光的源头；在《寻李白》中，他寻到了：

酒入豪肠，七分酿成了月光
余下的三分啸成剑气
绣口一吐就半个盛唐

人的五官六感，在余光中这些诗句里“打通”了——钱锺书说的“通感”。余光中用彩笔写李白的绣口，这三行豪气万丈，众口交誉，成为现代诗的经典名句，网站应该有此收藏。

诗缘情，诗人为情而造文。李白对月多情，自然而然成为月亮的专家。余光中不专攻月亮，似乎对太阳的关注多于太阴。然而，中国历代的诗人，自《诗经·月出》的作者以来，都恋月甚至拜月；余光中这丰产的诗人，不论夜空中月圆还是月缺，他的作品里是不缺月的。余光中叙写夸父逐日、后羿射日、梵高向日以至哈雷奔日。他在《五行无阻》中宣称大勇者不惧死亡，无论死亡怎样谪他贬他，都不能阻拦他“回到正午，回到太阳的光中”，“壮丽的光中”。余光中的右手写太阳，而左手呢，写太阴。这阴柔的手至今写了十多首月亮的诗。

他向月亮专家李白致意，但无意与谪仙竞赛，最多是静静地学习，并希望个别篇章能青出于蓝。余光中在四川度过少年的岁月，一定读过同乡的名篇“小时不识月，唤作白玉盘；又疑瑶台镜，飞在青云端”。以镜喻月，可能不始于李白；但后人借镜写月，还有比向李白借更方便的吗？1974年，余光中在香港教书，时逢中秋，这位中文系教授感慨百端，张若虚的月照人、苏东坡的共婵娟，都涌到他的笔下：

冷冷，长安城头一轮月
有一只蟋蟀似在说
是一面迷镜，古仙人忘记带走
镜中河山隐隐，每到秋后
霜风紧，缥烟一拭更分明
清光探人太炯炯
再深的肝肠也难遁
一面古镜，古人不照照今人
一轮满月，故国不满满香港
正户户月饼，家家天台
天线纵横割碎了月光
二十五年一裂的创伤
何日重圆，八万万人共婵娟？
仰青天，问一面破镜

涌到笔下的当然还有李白的故乡情，还应该有向李白借的镜。我这样猜想：上述《中秋月》一诗中的“迷镜”“古镜”“破镜”，应该和李白的“瑶台镜”有点镜月缘。

“仰青天，问一面破镜”。破镜是个沉痛的意象。1949年之后，多少家庭被分隔在两岸，不得共聚天伦？家如此，不统一的祖国亦如此。这正是《乡愁》一诗所写的：“乡愁是一湾浅浅的海峡／我在这头／大陆在那头”。他的乡愁，萦绕已久，在 1951 年写的《舟子的悲歌》中，早有这样的月光：“昨夜／月光在海上铺一条金路，渡我的梦回到大陆。”

1974 年，大陆“文革”的余波未了，秋后霜风凄紧，诗人在香港虽然生活无忧，但国家呢？香港这块殖民地上，家家户户在天台赏月，而天台上电视天线“纵横割碎了月光”，诗人看到的是一面破镜。余光中在这里融情于景，景与情合，诗心通过精当的诗艺表现出来了。

破镜何时重圆，让“八万万人共婵娟”呢？发表《中秋月》之后十八年，余光中回到了海峡的另一头。2002 年 6 月，余光中在《新大陆　旧大陆》一文中写道：“自从 1992 年接受北京社科院的邀请初回大陆以来，我已经回去过十五次了，近三年来尤密。”

余光中登长城、访故宫，在泰山欲观日出，临黄河手掬沧波。这个“雪满白头”誉满神州的诗人，随意随时回来重访他“风吹黑发”时的故土，而有新的发现：“我回去的是这样一个新大陆，一个新兴的民族要在秦砖汉瓦、金缕玉衣、长城运河的背景上，建设一个崭新的世纪。”以《乡愁》一诗在大陆打开知名度的乡愁诗人余光中，他的乡愁已经消了。他“小我”的月镜已重圆，虽然“大我”的月镜还在黏合之中。

近年来，月光中的余光中，不再兴起浓浓的故乡情。他在武汉桂子山望月，不再是“何日重圆，八万万人共婵娟？／仰青天，问一面破镜”，最多是再想起李白与苏轼：“月色无边，桂影满院……/东眺赤壁，坡公正夜游”。举头望明月，低头思美人；“月出皎兮，佼人僚兮”。余光中的月亮诗完成了特定的时代使命，回到《诗经·月出》，回到基本的、普遍的象征。他在七十岁那一年写了三首月亮的诗：《月色有异》《银咒》《绝色》。在一片美丽的银咒清光中，诗翁在高雄的西子湾等待西子浣纱归来：“无边的月色都由你作主/只等你轻轻的莲步，一路/是真的吗，向我迎来”。这是《月色有异》。而在《绝色》中，月是绝色，雪是绝色——

若逢新雪初霁，满月当空
下面平铺着皓影
上面流转着亮银
而你带笑地向我步来
月色与雪色之间
你是第三种绝色
不知月色加反光的雪色
该如何将你的本色
——已经够出色的了
合译成更绝的艳色？

月色、雪色、绝色、本色、出色、艳色，目迷于六色，成为诗翁的一绝。《绝色》和《月色有异》中的“你”，美绝艳绝，是他的佳人，也是他的缪思。也写于七十岁的《我的缪思》中，他这样说：

我的缪思，美艳而娉婷
非但不弃我而去，反而
扬着一枝月桂的翠青
绽着欢笑，正迎我而来
且赞我不肯让岁月捉住
仍能追上她轻盈的舞步
才二十七岁呢，我的缪思

缪思年轻，诗翁年轻，月亮当然也年轻。《绝色》之不足，第二年，诗人又有《魔镜》：

落日的回光，梦的倒影
挂得最高的一面魔镜
高过全世界的塔尖和屋顶
高过所有的高窗和窗口的远愁
而淡金或是幻银的流光
却温柔地俯下身来
安慰一切的仰望
就连最低处的脸庞

高不可触，那一面魔镜
挂在最近神话的绝顶
害得所有的情人
都举起寂寞的眼睛
向着同一个空空的镜面

寻觅各自渴望的容颜
不管是一夜或是一千年
空镜面上什么都不见
除了隐约的雀斑点点
和清辉转动淡金或幻银
却阻挡不了可怜的情人
依然痴痴向魔镜
寻找假面具后的容颜
从中秋找到元夜，就像今宵
对似真似幻的月色
苦寻你镜中的绝色

魔镜之魔，不是恶魔、魔鬼；而是魔幻，“似真似幻”的幻，“淡金或是幻银的流光”的幻。这面镜朦胧若梦，迷人若神话，其流光“温柔地俯下身来／安慰一切的仰望”。诗人以其魔术师的笔法，点染金光银影，鼓动“所有的情人／都举起寂寞的眼睛……／寻觅各自渴望的容颜”。本来是吴刚在伐桂，桂旁有玉树，魔术师叫一声变，月球上这些斑驳的影子，就成为“隐约的雀斑点点”。雀斑点点，在年轻的面庞上，这容颜是众所仰望、追寻的绝色。月出皎兮、佼人僚兮。皎兮、僚兮、皓兮、懰兮、照兮、燎兮，魔术师叫一声变，就成为绝色。

乡愁诗人不再乡愁。出生地南京，他重访过；少年时勤学七年的四川，他重访过；母校所在地厦门，他重访过。今年的中秋佳节，余光中将到福州并游武夷山而且前往祖籍故乡永春。五年前，我有长文通论余光中的诗歌，题为《情采繁富，诗心永春》。在永春，而且在中秋佳节，我相信诗人一定有诗。书册与网页，都将有新的藏品。淡金幻银的流光，任他剪裁入卷。破镜正在黏合重圆，魔镜仍然有绝色，而李白传来一面天镜，是什么新的镜呢？余光中月光中，一片天机。

【附注】余光中写月亮的诗，包括下列这些（括号内为写作年份）:《新月与孤星》（1954）、《月光曲》（1962）、《满月下》（1962）、《月光光》（1964）、《月蚀夜》（1967）、《月光这样子流着》（1968）、《中秋月》（1974）、《中秋》（1980）、《中元夜》（1987）、《月色有异》（1998）、《银咒》（1998）、《绝色》（1998）、《魔镜》（1999）、《桂子山问月》（2000）。钱学武著《自足的宇宙：余光中诗题材研究》（香港：香江出版有限公司，1998）对余氏诗篇加以分类，可参看。本文提到余氏的《新大陆　旧大陆》一文，笔者所引，乃根据《香港文学》月刊 2002 年 7 月号所载。又：本文提到的《情采繁富，诗心永春》一文，刊于《联合文学》1998 年 10 月号。至于本文文首提到的《月光奏鸣曲》，则收于李元洛著《怅望千秋——唐诗之旅》（上海：东方出版中心，1999）。

——写于 2003 年 8 月

有时令人啼笑皆非的狮子和白象

——余光中笔下的梁实秋

梁实秋（1903—1987）是散文家、批评家、翻译家；在翻译方面，代表作是《莎士比亚全集》的翻译。我青年时读他的《雅舍小品》和莎剧翻译，心仪其人，而我人在香港或美国，并没有想到要拜访他、结识他，或者说，去“猎狮”。倒是80年代初我的壮年时期，在台北的饭局见到这头“狮子”。师范大学英语系教授、诗人、画家罗青请客，向梁公执弟子之礼，他和梁夫人韩菁清女士频频为梁先生夹菜，但梁美食家的胃纳似乎不广，我看不到“狮子”张大口。他打的一条花领带，予我印象最深；后来听人说，他的衣食都遵夫人之命而为。饭局上梁翁寡言，与传说的谈锋健锐不同。那时梁实秋年逾八旬，虽如西塞罗《论老年》所说的年长但得少者尊敬、爱戴，毕竟已垂垂老矣。狮和人一样，也有雄狮成为老狮之时。

“猎雄狮”的是青年余光中。余是梁的私淑弟子，1987年在文章中曾谓，如无梁实秋的提掖，只怕难有光中的今天。余光中在梁氏生时和身后，写过多篇文章谈论老师其人其文，篇幅在四千字以上的有 1967 年的《梁翁传莎翁》、1987 年的《文章与前额并高》、1988 年的《金灿灿的秋收》、1995 年的《尺牍虽短寸心长》四文。当年余光中这位后生之结识前贤梁实秋，他自称为“猎狮”。1951 年台湾大学学生余光中二十三岁，如李贺之于韩愈，把一叠诗稿呈给在省立师范学院（后称师范大学）任教的文学名家梁实秋；不久后梁氏来函加以鼓励，余氏趋梁府拜访，由是相识。余光中把“仁蔼”“雍容”的“文章巨公”比作一头白象，又喻为“文苑之狮”。以下是《并高》中的余氏猎狮史：

当时我才二十三岁，十足一个躁进的文艺青年，并不很懂观象，却颇热中猎狮（lion-hunting）。这位文苑之狮，学府之师，被我纠缠不过，答应为我的第一本诗集写序。序言写好，原来是一首三段的格律诗，属于新月风格。不知天高地厚的躁进青年，竟然把诗拿回去，对梁先生抱怨说：“您的诗，似乎没有特别针对我的集子而写。”

假设当日的写序人是今日的我，大概狮子一声怒吼，便把狂妄的青年逐出师门去了。但是梁先生眉头一抬，只淡淡地一笑，徐徐说道：“那就别用得了……书出之后，再跟你写评吧。”

量大而重诺的梁先生，在《舟子的悲歌》出版后不久，果然为我写了一篇书评，文长一千多字。

此文后来在报刊发表了，梁师真是“量大而重诺”。文艺青年余光中与诗朋文友，常做客于梁府。有一次，在 1955 年晚春某夜——

梁实秋斟了白兰地飨客，夏菁勉强相陪。我那时真是不行，梁先生说“有了”，便向橱顶取来一瓶法国红葡萄酒，强调那是一八四二年产，朋友所赠。我总算喝了半盅，飘飘然回到家里，写下《饮一八四二年葡萄酒》一首。梁先生读而乐之，拿去刊在《自由中国》上，一时引人瞩目。

1842年产的葡萄酒？夏菁有疑惑。“后来我知道，如果这瓶酒真是百年陈酒，可能要值数千美金；1842年或许只是酒厂创设的年份。这件事情，我从未问过梁先生，诗人多情，佳作难得，让它流传千古！”

梁实秋赐余光中以陈年佳酿，知道这个青年有才、可教。三年后，余氏有一次去看梁先生时，梁氏忽然问：“送你去美国读一趟书，你去吗？”这是大事，三个月后，余光中果然去了爱荷华大学，揭开了这位作家、学者生命史的新页。这就是上引余氏说的梁实秋对他的一大“提掖”。数十年间二人交往，或见面或通信。余光中1973年应邀办理到香港中文大学任教的手续，梁翁为他写推荐信。7月梁实秋致函余氏，云：

光中：得来书，甚喜。介绍信附上，希望你能顺利成行。香港在某些方面可能比美国还好些。至于学校好不好倒无所谓，因为教书本非我们的本愿，不得已而为之，在哪里执教都是一样。

在青岛、北京、台北等地的大学教了数十年书、桃李遍天下的梁实秋，竟说“教书本非我们的本愿，不得已而为之”。梁氏似乎也不怎样喜欢演讲。在余氏引述他致友人的信中，梁氏写道：

我是一个 family man，离不得家。所以我总是懒得到外面去。最近香港中文大学又要我去演讲三天，我还是拒绝了。俗语说：“金窝银窝不如家里的狗窝”，我就是一个舍不得离开狗窝的人。

如果他喜欢演讲，那么，这个“宅男”离开可爱的家庭几天，应是可以忍受的。现代交通便捷，学者常常前往与研究对象有关的地方参观、考察，以利作业；或者抱着向往、朝圣的心情，去旅游一番。梁实秋翻译了莎士比亚全集，后来还撰写英国文学史，却从未涉足过这位英国国宝的故乡，他一生根本没有去过英国。莎氏十八岁时离开故乡，“老时没住几年就死了，斯特拉福不是他一生活动的背景，有何可看？”这是梁翁不访莎翁故乡的理由。

梁氏早岁留学美国三年，晚岁在美国居留多年，而他对美国多持批判态度，认为美国人“急功近利，所见不远”，对美国文学也无大好感。美国是电影帝国，好莱坞电影君临天下，而梁实秋排斥电影，认为它“殊少价值，除非你是去戏院消磨时间”。余氏本人喜欢旅游，数十年中参访过中外无数作家的故居或纪念馆；对于梁翁不去莎翁故乡所持的理由，他的反应是：“实在令人啼笑皆非。”台北的正中书局出版过梁氏的《偏见集》。梁氏自谓好议论，数十年间的种种议论，大抵有中正平和的，也有偏颇离经的。（当然，论点是中正是偏颇，大抵视评论者本身的观点而定。）余氏为门生后辈，礼貌上不好用“偏见”形容其师的论点，而用“啼笑皆非”；还有，用此语时梁氏也已逝世了。

以上几则议论，都见诸梁致余的书信。梁实秋与钱锺书等是 man of letters——既是文人，也是多写信的人。月前杨绛女士强力反对公开拍卖先夫钱锺书的书信，卷起一场风云。余光中在其文章中公开了梁翁的信，不过当然没有拍卖。7 月杪台北《文讯》杂志为了筹款而拍卖名家书、画、文稿，据说余光中的诗稿有一个字四千元台币的高价纪录。梁实秋的手稿和书信，不知道这次有没有在拍卖之列；若有，“价值”又如何。（余氏有四位千金；一字四千金，拍卖所得如归余家小姐分享，则一字四千金可各得一千金。一笑。）

余光中描述梁实秋，最有趣的应是他买腰带的事。梁氏“有点发福，腰围可观”，据说他总买不到够长的腰带。有一次，“他索性走进中华路一家皮箱店，买下一只大皮箱，抽出皮带，留下箱子，扬长而去。这倒有点《世说新语》的味道了，是否谣言，却未向梁先生当面求证。”

文学重形象思维，即强调具体性、形象性。余光中深谙此理，“买带还箱”是活生生的一幕趣剧。趣剧的主角形貌神态如何，余氏另有刻画。向来为梁实秋造像、写传者，多用意笔泼墨，似乎只有余氏用工笔重彩：

五十岁左右的梁实秋——谈吐风趣中不失仁蔼，谐谑中自有分寸，十足中国文人的儒雅加上西方作家的机智。他就坐在那里，悠闲而从容地和我们谈笑。我一面应对，一面仔细地打量主人。眼前这位文章巨公，用英文来说，形体“在胖的那一边”，予人厚重之感。由于发岸线（hairline）有早退之象，他的前额显得十分宽坦，整个面相不愧天庭饱满，地阁方圆，加以长牙隆准，看来很是雍容。这一切，加上他白皙无斑的肤色，给我的印象颇为特殊。后来我在反省之余，才断定那是祥瑞之相，令人想起一头白象。

虽然色相俱在，这工笔还不算太“工”，因为眼、耳、口的形状如何，都付阙如。但余氏确如漫画家绘画知名人物一样，抓住了最醒目的部位，也就是隆准、长牙和宽坦的前额。上面这段描绘见于余氏《文章与前额并高》一文，突出梁氏的前额，正因为此文要兼谈“文章巨公”的文章，其中蕴藏着他的书写策略。

上面“令人啼笑皆非”，加上“风趣”“谐谑”的评论，再加上形体“在胖的那一边”的形容，不禁使我想起莎士比亚笔下的约翰·福斯塔夫爵士（Sir John Falstaff）。19 世纪初英国批评家威廉·哈兹里特（William Hazlitt）说：在福斯塔夫身上，“我们看到鲜活饱满的机智幽默”。莎剧《亨利四世 I》中的福斯塔夫，既老且嫩，又怯又勇，精明而愚蠢，言辞行动常常令人啼笑皆非，是个超级喜剧人物。女王伊丽莎白极为喜爱这个角色，并敕令莎士比亚编写新的剧本，让这个人物继续演出好戏。莎翁遵命，果然写出 *The Merry Wives of Windsor*（梁实秋译为《温莎的风流妇人》）。梁实秋教授当然不是一个福斯塔夫爵士，是半个吧。

梁实秋一生的翻译，成品众多，把莎士比亚全集译成中文，这方面的巨大贡献人尽皆知。余光中在四篇文章中都多少谈及其翻译。《梁翁》一文顾题思义，应该全文或大部分篇幅都论梁氏的翻译才对，而事实不然。此文论莎翁的成就，论汉诗英译，论硬译，而谈论梁氏翻译表现的，大概只占全文六分之一的篇幅。余氏认为“梁实秋这三个字和翻译是不可分的”，莎剧之外，梁氏还译过很多其他西方作品。余谓梁译莎剧的译文本身——

> 对于信达雅三者，都能兼顾。我曾就《哈姆雷特》和《罗密欧与茱丽叶》二剧的梁译与原文，作对照的阅读，而对译者的苦心，对译者把伊丽莎白朝的英语嫁给中文的一番苦心经营，感到异常钦佩。大致上，我浅尝后的一点印象是：由于梁先生“知彼”之深，似乎有时候梁译宁可舍雅而就信。

梁实秋翻译莎剧，原文的无韵体（blank verse）片段，往往只译成散文，而不照无韵体格律；对莎翁的巧妙修辞如双关语（好像 *Hamlet* 中的 sun、son），也往往译得欠精当。这大概就是余氏所说的“梁译宁可舍雅而就信”。其实说梁译于“信”不足也可以，因为原文是双关语，译者巧译之，译文也有双关语之妙，只是一种“信实”。大抵梁实秋要把莎士比亚全集译完，如果字字句句都推敲踟蹰，就不知道大业何日可成了。

在《秋收》中，余光中说“梁氏的译本有两种读法，一是唯读译本，代替原文，一是与原文参照并读。我因教课，曾采后一种读法，以解疑难，每有所获”，又说译莎翁全集是“赫九力士大业”，其“有恒而踏实的精神真不愧为译界典范”。

余光中写过无数对翻译的实际批评，寻章摘句析论各家所译济慈、雪莱等诗篇的得失。举办了二十多年的“梁实秋文学奖”（包括散文奖和翻译奖两项），余氏年年任翻译奖评审，每年都写了往往是长篇大论的评审报告，句句字字以至标点都不放过（其《含英吐华》一书就是余氏所写评审报告的结集）。这种做法及其背后的“有恒而踏实的精神”，可说是一种“次赫九力士大业”。

梁氏春华灼灼、秋实累累，其成就广获肯定，其著译影响深远。1967年梁氏的莎剧全集中译竣工，“师范大学英语系的晚辈同事设席祝贺，并赠他一座银盾，上面刻着我〔余光中〕拟的两句赞词：‘文豪述诗豪，梁翁传莎翁’”（见《并高》一文）。以文豪称梁氏，可见余氏早有推崇。1992年余氏在议论莎翁十四行诗中译时，提到梁氏，尊他为“译界大师”。这里所引二语以及上文已引述的种种，具见在长时间里梁氏在余氏心目中的尊崇地位。

对于这位恩师，余氏虽然不一定时时拜望，甚至通信也不勤；恩师之恩，弟子却感念不忘。《秋之颂》文集本为祝寿之书，是余光中发起编集的，原拟在1987年农历腊八的庆祝会上奉献给梁先生，贺他八十六岁华诞，怎知寿星公在是年重九后三日因心肌梗塞逝世，书晚了一步，成为追悼专集。为了纪念梁氏，台湾文化界举办梁实秋文学成就研讨会、设立梁实秋文学奖、设立梁实秋奖学金，又计划建设梁氏纪念馆、出版全集。

种种纪念活动，余光中都多少有参与。他对梁实秋文学奖的参与，可说最为持久有力，最为动人。“躁进的青年”早变成仁蔼的诗翁，年过八旬，余翁仍然亲力亲为，从事上文笔者说的“次赫九力士大业”。余翁数度为梁翁文学馆的建立而发声，前年春天，台湾的中山大学图书馆辟室而成“余光中文学特藏室”，在启用典礼上致辞时，余氏为梁实秋文学馆或梁实秋文学室之未建而耿耿于怀（同年秋天，在台北的师大附近，梁实秋故居终于修葺竣工开放）。从青年“猎狮”者到青松诗翁，余光中对梁先生之恩，一直没有忘怀；他多次为文称颂其师的人与文，致力发扬、传播其师的翻译事业。梁氏晚有弟子传芬芳。今年是梁先生诞生 110 周年，笔者撰写本文，也有纪念这位翻译大家之意。

——写于 2011 年 9 月

记余光中的一天

一 《春来半岛》[1]

吐露港畔、马鞍山下的沙田马场，马儿歇暑去了，骑师度假去了，草地懒洋洋地青绿着。这是6月下旬的一天，各种考试已成为过去，试卷和论文的评阅已大功小功都告成。校园里的花草树木在三十度的气温中似乎显得有点倦意，学生和教师不再穿梭于建筑物与建筑物之间，似乎也都歇暑和度假去了。也许吧！不过，在中大的太古楼里面，有些人仍然忙碌着。[2]

6月26日上午九点多，我在大学火车站接了一位出版界的朋友，一起到太古楼，在五楼的走廊，余光中先生与我擦身而过，他说："正要开会去！"好像是《联合校刊》的编辑会议，可是他来不及分说了。光中先生1974年来中大教书，属联合书院，多年来一直是《联合校刊》的主编。他在五六十年代主编过《蓝星》和《现代文学》等文学期刊，尽心尽力，为文坛建立典范。现在任校刊的主编，可说是一位教授对学校的服务，性质是"止乎礼”（所谓 ceremonial），多于“发乎情”。编务有多位同事协助，不过他有时还是亲力亲为，要拿起红笔来修改文稿。

校刊的编务，大概不会花费太多的时间。然而，众多不花费太多时间的工作加在一起，花费的时间如用沙漏计算，就沙高成塔了。洪范、皇冠等出版社，都等着出余先生的诗集和文集。他的《从梵谷到徐霞客》是皇冠“三十而立”丛书之一，1984年就预告了出版消息的。林以亮先生的《文学与翻译》和黄国彬兄的《宛在水中央》，也属于这套丛书，都已出版了。而不久前，我问光中先生《从》书的情形，他说：“还没有时间编哩！”

光中先生的创作和评论，同样杰出，同样著名。数年前他在巴黎饱览名画，归来后撰成论画长文。前年他在山明水秀的沙田，读遍了中国古今的山水游记，借以消暑，于秋冬之间发表了论中国山水游记艺术长文。去年，他评论的主力，放在龚自珍和雪莱的比较上，成果是数万言的辞理俱胜之作。《从梵谷到徐霞客》收的应是这几篇论文的全部或局部，照理要辑成一集，不会花费很多整理的时间。可是，看过余先生书信和手稿的人，都知道他那种一笔不苟的严谨作风。现代的成名作家，出书容易，把发表过的文章影印成一叠，以千金一掷的豪气交给出版社，这就行了。光中先生在这方面十分吝啬，锱铢必较。他一定要修饰文稿，分辑归类，前附序言或后附跋语，作品的写作或发表日期也要一一注明，这才算打点停当，好像母亲体体面面地把女儿嫁将出去。

台北那边的出版社，虽然善于等待与敦促，到底鞭长莫及，比起香港这边来，就要吃亏了。香江出版社成立伊始，负责人林振名兄邀我主编丛书，已定名为《沙田文丛》，余先生的书自然是长鞭所及的对象。26日这一天上午，林兄来中大的目的有二：与梁佳萝（锡华）兄和我商量梁著《独立苍茫》的封面设计，一也；取余先生的新书《春来半岛》的书稿，二也。

《春来半岛》的副题可能定为“余光中香港十年诗文选”，我身为主编，对此书的内容和书名的建议，采取了十分主动的姿态。余先生今年年初以来，驿马星大动，足迹遍布亚、美、欧三大洲。先是1月有新加坡之行，继而4月南下马尼拉，5月东去美国，文曲星动，妙思（Muse）翅展，都为了传文学的佳音。26日这一天下午，则将起程游欧，向文学艺术的殿堂朝圣。这几个月来，如不远行，也必有近游。香港台北或香港高雄之间，经常在周末去来，次数难以确计。即使在香港，他也不安于山人的静居，而登高临深，和这里的峰岭缔结山缘。原来他9月将回台湾任教于中山大学，对香港的山水，有无限的别意。这半年来诗人四处驰骋，我乃戏称他为“穿梭诗人”。余先生自称或他封的雅号，如“艺术的多妻主义者”“沙田帮帮主”“台湾十大诗人之首”已经很多，对这“穿梭诗人”的锦花，他只报以淡淡的一笑。诗人常动而我常静，他将去港而我留，建议编一本十年选集以为纪念，且频频催促他交书稿，乃成为我的责任。

光中先生于1974年来中大，除去了1980至1981年度回台客座于师范大学，居港时间刚好十年。离港在即，别情依依，连他的腕表也日日夜夜“倒数着香港珍贵的时间”（见《东京上空的心情》一诗）。早在去年春夏之间，余先生已兴起了一股香港的离情，这里有诗为证：

看路边婷婷的多姿
妩媚着已经有限的
这港城无限好的日子
而在未来的诀别
在隔海回望的岛上，那时
紫荆花啊紫荆花
你霞里的红颜就成了我的
——香港相思

洋紫荆是香港的市花，而这首诗就叫作《紫荆赋》。如果用这首诗的题目，做他香港十年诗文选集的书名，岂非大佳！我把这个想法告诉余先生，他同意适合做书名这个说法，却补充说："这个名字要留给我下一本诗集，将由洪范出版社出版的。"退而思其次，我得到《春来半岛》一名——原本是他一篇散文的题目。光中先生和黄国彬兄同年来中大，跟着在三年内先后来的有梁佳萝兄、蔡思果先生、陈之藩先生等作家。在1974年或以前就在此的已有一些，1974年之后，阵容大大加强，诗风文采，增益了吐露港周遭山灵水秀的气象，为沙田文学带来了春天。烂漫的春色，乘风南下，点染了九龙半岛，且越过了维多利亚海港。一叶落而知秋，一花开而春来，何况众芳竞放？把书题为《春来半岛》，谁曰不宜？我轻轻提出这个建议，光中先生轻轻点头表示接纳。

《春来半岛》前半部为诗，从1974年写的《沙田之秋》到前几天完篇的《十年看山》，共廿二首；后半部的散文，从1977年《思台北，念台北》到今年的《飞鹅山顶》，共十篇。

沙田二字，见于五篇诗文的题目，诗人对这里山水人物的多情，已无庸赘言了，何况还有准备题于扉页的这些句子：

每当有人问起了行期
青青山色便梗塞在喉际
他日在对海，只怕这一片苍青
更将历历入我的梦来

6月中旬，沙田诸友有攀八仙岭的壮游。《春来半岛》的篇目，就在那天登山前由余先生交给我。我后来按目在各书刊寻文，一一影印，对文稿的体例予以统一，最后加上《十年看山》等两篇最新作品的手稿，就把书稿交给了林兄。余先生向来亲自整理书稿。手迹和书刊的影印，向来绝少假手他人。有时在周末，他独自留在影印室，斯时校园安静，他印个不亦乐乎。除了汽车之外，影印机大概是诗人最熟悉、最感亲切的机器了。这次他实在忙不过来，由我代办影印等事，是个例外，因此值得一记。当然，他欧游回来之后，必会从头到尾把书样亲校一遍，不在话下。

二　与永恒拔河

送走了林兄，我返回办公室。光中先生已开完会议，我问道：“中午要不要和余太太到云起轩吃面去？”

中大由崇基、新亚、联合三间书院组成，中大的每个教师或学生，必属于三院中的某一院。光中先生、佳萝兄和我为中文系同事，但同系不同院，三人依序属于联合、崇基和新亚，恰成三分之势。新亚的楼宇房室，命名最见深思美意。楼有诚明、乐群、学思、知行，等等，室则有丽典、云起之属。“坐看云起时”那轩，位于山顶，轩内青绿布置，轩外葱翠草地，在其间舒舒坐下，悠然观看云起云飘，诚为平日忙里偷闲的一桩乐事。中午轩内供应面食，尤以牛肉面驰名校园遐迩，使此轩令人目悦心赏之外，还满足了众人的口福。光中先生日常多在家里用午膳，虽久闻云起轩面食之名，却未尝其实。诗人锦心绣口，与相熟朋友在一起的时候，其妙语如珠，早有口碑。他自己有一次在文章里面也对此表示颇为得意：“思果一走，沙田的鸥鹭顿时寂寞，即使我能语妙天下，更待向谁去夸说？”（见《送思果》）我原本也想将平日的诗人隽语录下，以助平凡的记忆，可是缺乏恒心与毅力，何况他作品中的警句已经太多，读者已应接不暇，我不该贪心。

光中先生与生人在一起时，语言颇见拘谨。在国际的鸡尾酒会中，他是块不融解的冰；二十多年前留学美国那段日子，他曾有此比喻。破冰不易，况且破冰非用时间与精力不可。余先生在文坛上交游已广，无意于在校园中过分“曝光”，建立公关的形象。凡此种种，依我的猜想，是余先生日常多在家用午膳的原因。不过，现在离校在即，云起轩的面食在下山前理应一试。于是，我明知他今天异常忙碌，还是问一下：“要不要和余太太到云起轩吃面去？”

余先生悠然答道：“出发前要办的琐事太多了，以后再说吧！”气定神闲，是他一向的表情；虽然我深知他素来务多事繁。内子常说我是紧张大师，应该向余先生学习。

我可以想象得到，他回家用午膳的情形。走出了办公室，下了楼，驾着车牌 CP7208 的日产桂冠房车，大概两分钟光景，就抵家门了。家中余太太准备了简单的菜，摆好了桌子，就连同丈夫和大女儿珊珊边谈边吃起来。谈的可能是欧洲列国周游的行程，可能是急待处理的一些公私函件，可能是日前八仙岭攀登的余情，可能是四个女儿的恋爱。诗人曾戏称他的家庭是个女生宿舍，现在，“四个小女孩，都已经告别了童话，就在这样浩阔的风中，一吹，竟飞散去世界各地了”。现在，家中已缺少热闹的莺声燕语，气氛不再“宿舍”了。珊珊去年赴美深造，目前回港度假，羽毛丰满的新燕，不久又要离巢了。

“……最近还有写诗给你吗？”诗人可能这样问女儿。他很关心那个与永恒拔河的诗坛新秀。女儿略带腼覥，欲说还休。从她的眼神中，朦朦胧胧的时光倒流了。那位贤惠的太太变回情人，变回女朋友，变回一首首轻轻柔柔的情诗。三十多年来，用诗与永恒拔河，赢得多少名声与友情。曾几何时，这里高朋满座，那一年的年夜饭从大除夕吃到元旦凌晨——“寅吃卯粮”；佳萝佳萝，The Merry Wives of Windsor, The Gaylord of Shatin!（温莎的俏娘儿，沙田的佳公子！）这些都是友侪公认的席间警句。在愉悦（merry，gay）的高谈阔论中，诗人的酒量也与时俱进，不再羞涩了。金黄的嘉士伯（诗人最喜欢的啤酒）、浅紫的顶冻鸭（Very Cold Duck）、葡国的 Rose 红酒、绍兴的陈年花雕，使多少个端午、中秋、重阳、除夕夜宴的逸兴遄飞。在另一种时光倒流中，李白、东坡、但丁、莎翁，都来干杯；屈原、杜子美、叶芝、艾略特，都绽开愁眉，也应邀展颜来干杯。那是沙田文友最盛文风最旺的时期，也是家里人口密度最高的时期。可是，近几个月来，两千平方呎的大房子，却只住着夫妻两个……

我的想象告一个段落。和同事潘铭燊兄用过午膳后，我回到在三楼的办公室。开了冷气，把炙人的烈日挡在窗外，把劳形的文牍拨在案边，翻看刚刚收到的钱锺书《谈艺录》补订本。钱锺书和余光中二先生，都是当今文学界了不起的人物，二人都是比喻大师，一重评论，一重创作。他们的作品，机智俊俏，有益复有趣，读来绝无冷场。钱氏论写作之劳心时，引法国巴尔扎克的话："设想命意，厥事最乐。如荡妇贪欢，从心纵欲，无挂碍，无责任。成艺造器，则譬之慈母勤顾育，其劬劳盖非外人所能梦见矣。"这使我想起余先生论诗与散文的那串比喻："诗像情人，可以专门谈情，散文像妻子，当然也可以谈情说爱，但是家务太重太难了，实在难以分身……"《谈艺录》补订本是钱先生亲自从北京寄赠的，文学大师不忘远在南方的晚辈，这是多么动人的鼓励。光中先生也十分欣赏钱氏的作品，他和我合教现代文学一科，钱氏的小说和散文是指定的读本。他如果知道《谈艺录》的补订本已经出版，也必然非常高兴。

三 《假如我有九条命》

下午四时左右，我带着《沙田文丛出版缘起》一文，到五楼余先生的办公室找他，如果他在的话，就让他看一看。他果然在。余先生每天早起晚睡，下午有小寐的习惯。他身体清瘦，白发苍苍，但精力充沛。我推门而入，看到他正在整理案上的文件书报，依然现出气定神闲、从容不迫的样子。余先生的办公室在走廊的末端，是最清静的角落。室大约一百四十平方呎，两排书架，一个书柜，一张书桌，空间很宽广。书架上贴有香港话剧团公演《不可儿戏》的海报。余先生之舌粲莲花，有如王尔德（Oscar Wilde）；他之中译王著《不可儿戏》，既以娱人，亦为娱己。去年此剧首演，连满十多场；今年卷土重来，门票被抢购一空。此剧近日且曾应邀在广州演出，一新内地观众的耳目。余先生眼看观众反应如此热烈，自然深感兴奋。他诗文双绝，小说也写过，有《食花的怪客》《万里长城》等三数篇，唯独从来没有写过剧本。近年雅聚的沙田诸文友中，也没有人写过剧本。香港的创作剧，好的甚为难求，沙田诸友，大可尝试一下，一辟新境界。光中先生就快回台，将来要写这边人事的话，隔海追忆，一定多了层“美学的距离”（aesthetic distance）了。

“工作总做个不完！有一本英文写的书稿，论的是《诗经》，大学出版社请我审阅。一大本，带到飞机上去看会很麻烦啊！”余先生说，却一点也没有烦躁的样子，不了解他的人可能会认为他言不由衷。窗外远处是大埔道，路上车辆往来，络绎不绝。审阅文稿，担任校内外写作比赛的评判，主持讲座或座谈，诸如此类，沙田诸文友“欲罢不能”。基督教徒得向上帝作十分之一的奉献。身为文学界人物，似乎也必须为文曲星服务。有一次，我对佳萝兄说：“眼力花了，口水干了，车马费自己付了，我们都是‘文学的义工’！”余先生在台在港，参与文学活动都非常热心，对青年社团的邀请，一本扶掖后进之情，更尽量答应。他不止一次半开玩笑地说：“你免费替他们演讲，免费替他们做评判，有时还要捐钱赞助他们的活动，而他们反过来在报刊上写文章骂你！”余先生树大难免招风，名大难免招骂，左中右老中青都批评过他。不过，如果把账目整理一下，就会发现掌声远多于嘘声。

为大学出版社看阅书稿，正如主编联合的校刊一样，也是一种校内服务。余先生为大学出版社审阅过好些稿子。不知道出版社有没有主动邀请过他，要出版他的诗文集。闻说世界上好些大学出版社，都以高高在上的姿态，等人送来书稿要求出版，却极少主动访求佳作。余先生在中大工作了十余年，这期间完成的作品，怕已有十余本书的分量。向来，他的书，港台的一般大小出版社，都争着要。

他行将出版的《春来半岛》是《沙田文丛》的第一本，由我执笔的文丛出版缘起，有这样一段：

> 沙田这十年来作家云集，文风大盛。诗、散文、小说、文学批评，灿灿生辉，有如吐露港上的跃金沉璧，使此地的灵秀益增气象。正如余光中先生所说：“有这么几枝多情的笔，几番挥洒，便把沙田的名字，写上了中国文学的地图。”（见《文学的沙田》一书编者序）经过十年间多情多采的健笔挥洒耕耘之后，沙田已不仅是沿河海开垦出来的一块土地——香港的一个卫星城市；它是崇山峻岭怀抱之中，回响着韩潮苏海之声的一块文学良田。

文中引了余先生编著的《文学的沙田》一段话，所以在丛书出版前拿来让他看一看。他看后没有表示什么，我们跟着随便聊了几句。临离开他的办公室前，我说："五点整我来接你们，等会见。"

距离五点钟只有大半个小时，我想起很久没有看《联合报》了，于是到大学图书馆看报纸去。《联合报》和《中国时报》是台湾最畅销的报纸，其文学性副刊是注意当代中国文坛者所不能放过的。我经常在新亚书院的教职员休息室看《中国时报》；要看《联合报》，就来大学图书馆。大约每半月至一月来此专看此报。香港报纸的副刊文章，一般而言，没有台湾这两大报的副刊文章写得那样细心，且大都十分短小，五六百字一篇的最多，虽然短篇适合工作繁忙读者的快速节奏，到底太短了，往往有论而乏据，能精悍而不能绵密，有情味而无气势。就好比音乐一样，两分钟就完的流行曲，和三十分钟一首的交响乐，予人的感觉自然不同。台湾的副刊文章，则长短皆有。

余先生自从二月以来，每周在《联合报》副刊发表一篇千余字的《隔海书》。我这个"余学"学者，经常来看《联副》，更怀有"研究"目的。"余学"一词，是我编著的《火浴的凤凰——余光中作品评论集》在 1979 年出版后，由诗人戴天创用的。有些学术研究者面对的资料，往往十分枯燥，研究的乐趣，通常在沙砾中发现金子时才闪爆出来。我这个"余学家"，却永远以阅读研究对象的原始资料为乐。就以这次阅读的几篇《隔海书》为例，说明一下。6 月 2 日那篇题为《夜读叔本华》，9 日那篇题为《你的耳朵特别名贵？》，16 日那篇题为《五月美国行》。这些小品，不能代表余氏散文的最高成就，但读来总令人觉得情理兼胜，辞采斐然。《耳朵》那篇有下面一段：

早在两百七十年前，散文家斯迪尔（Richard Steele）就说过：“要闭起耳朵，远不如闭起眼睛那么容易，这件事我常遗憾。”上帝第六天才造人，显已江郎才尽。我们不想看丑景，闭目便可，但不听噪音，无论怎样掩耳、塞耳，都不清静。

以上这几句，有征引，有发挥，有幽默，文字的“风景”已颇可观；接着这句，无疑使出了比喻大师的看家本领：

更有一点差异：光，像棋中之车，只能直走；声，却像棋中之炮，可以飞越障碍而来。

沙田诸文友的作品，虽各具面貌，却有一个特色，就是文字清通且多姿彩。比起不少握笔的人，沙田诸友的用词造句，大抵相当严谨，甚少破绽；大家都不满足于平庸单调的文字，而致力于辞藻的经营。“桂纶翠饵，反所以失鱼”，刘勰早就对过分华丽的文字提出了警告；可是，在大量制造的平庸文字充斥的今天，失去的艺术是应该寻回来的。我曾与国彬兄谈到沙田诸友的这个特点，大家所见略同。光中先生的诗文情采兼备，领一代之风骚，在《夜读叔本华》中，借叔氏之语，加以发挥，有下面的卓论：

作家的风格各如其面，宁真而丑，毋假而妍。这比喻也很传神，可是也会被平庸或懒惰的作家用来解嘲。这类作家无力建立或改变自己的风格，只好绷着一张没有表情或者表情不变的面孔。看到别的作家表情生动而多变，反而说那是在扮鬼脸。

颇有一些作家喜欢标榜“朴素”。其实朴素应该是“藏巧”，不是“炫拙”，应该是“藏富”，不是“炫穷”。

《五月美国行》一篇像日记，主要写会女儿和晤老友的经过。虽然有点流水账的样子，但水面上的花纹仍可供品鉴，如：“一阵西风，把三姊妹吹到天各一方，昼夜都不同时，哪像从前在晚餐桌上，可以围坐成六瓣之花，而以灯光为其金蕊。”三女佩珊读书的学校，在East Lansing，诗人译为“东兰馨”，透着芬芳的女子气息；老友夏菁现居之地，是Fort Collins，诗人翻作“可临视堡”，有“登高能赋，可以为大夫”的情怀。这些文雅的翻译，都别具匠心，染上了译者主观的感情色彩。

专栏文字，什九都是“书被催成”的。余先生常为“截止日期”所催迫，但是用墨甚浓。莫扎特的天才脑袋藏满了甜美的音乐，只要坐下来，一挥笔而乐谱立就，用不着修改。这使萨列里既羡且妒。余先生大异于常人的脑袋藏满了情理景物，只要坐下去，一挥笔，墨饱力劲，几乎不用修改，就是一篇上佳的散文（写诗则往往数易其稿）。读过他作品手稿或书信的人，都对他文稿的工秀整洁，啧啧称奇。夏志清先生的字小而草，每引起手民误植。有一次他写信给编辑，要求更正错字。信末这样说：“以后写字，真要向光中兄学习。”余先生连发给学生的课程纲要或考试题目，也如此一笔不苟。他的字写得慢，因此工整，因此可以有充分酝酿斟酌的时间，使下笔后极少修改。可见想得天成的文章佳构，妙手之外，巧心以至苦心，更为要紧。我问过余先生每天写稿字数的最高纪录，他说：“不过两千来字。”

光中先生的字写得慢，而交游广，新知旧雨间的书信来往，是他的一大负担。据说萧伯纳的一生，最少写了二十五万封信和明信片；换言之，每天在十封以上。在我认识的朋友中，刘绍铭兄的信写得又快又勤，草书式的短函很能追上这个时代的节拍，且可能追上萧翁的纪录，甚或越过他。编辑痖弦和董桥兄二位，一来由于性情所近，二来由于工作需要，相信更能越过萧翁。但是，我敢说，光中先生一定遥遥落后。他的《尺素寸心》一文，说自己乐于接读朋友来信，却害怕写信；他犯了久不回信甚至屡不回信的罪，“交游千百，几乎每一位朋友都数得出我的前科来。”负疚太重，救赎之道，是幻想自己有九条命，这样才能应付书信的往来，才能“和远方的朋友隔海越洲，维持庞大的通讯网”。九条命之说，见诸近作《假如我有九条命》一文（刊于《联副》7 月 7 日）。

其他八条命用来做什么？诗人说：有一条要“专门用来旅行”！

四 《紫荆赋》——香港相思

6 月 26 日这一天下午五时整，我抵达中大教职员宿舍第六苑二楼，准备把余氏伉俪送到启德机场，他们要到欧洲旅行去。见到他们时，行李已大致整理好。九年来，我常到余宅，对这里的一切都很熟悉。客厅中那张沙发坐过哪个有名的到访者，什么人一起在这里拍过照，我都留下了印象。来自台湾的远方朋友最多，近数年来，也有好些大陆南下的慕名者。香港青年作者协会的会员，不久前来此专诚做了访问，得到一些临别赠言。前几天，佳萝兄嫂、国彬兄和我们一家四口，在余宅聚餐。佳萝兄将赴岭南学院高就，国彬兄利用假期，将赴加拿大与妻儿团叙。日子一到，四个人就会天各一方。吃饭前，佳萝嫂拿着摄影机，为四个男人合照留念。（过了几天，照片冲印出来，在晚霞和鹿山之前，四人在露台并排而立。红透半边天的晚霞，予人夕阳无限好的感觉；但四人面带笑容，神态轻松，场面仿佛是刚刚重聚，而非离别在即。）

过了几分钟，下楼登车，抬头一望，还见到余宅露台十多盆丰茂的植物。余先生对那些兰花、茉莉、昙花和海棠，都倾注过诗情。没有应酬的晚上，诗人吃过晚饭之后，在露台凭栏远眺，吐露港、八仙岭以外，极目之处就是神州了。乘了一阵凉，看看电视节目，七彩缤纷过后，就是书桌旁灯光中的白纸黑字的世界。诗人的“黑白”世界其实比荧幕的彩色更丰富而多姿，不过，《故园风雨后》（*Brideshead Revisited*）和《荆棘鸟》（*Thorn Bird*）等近年的片集，甚得诗人青睐，为他的书斋生活提供了不俗的娱乐。

我开动了玉绿色的“葛天娜”，在蜿蜒的山路行驶，傍晚的和风阵阵吹来，车里的人兴起了话题。我出示钱著《谈艺录》，他翻阅了一下，表示真难得。“看到了最新出版的这一期《文艺》季刊没有？”余先生问。我说看到了，跟着提及王良和写的那篇《销尽三千烦恼丝——记余光中》。王君尚在中大求学，这篇文章语言生动，颇为雅洁，不乏风趣。历年来中文系的学生，每有具备写作才华的，惜乎很多可造之才，缺乏恒心与毅力，一毕业就与写作告别。我们几位同事，都希望文学薪传有人。王良和这篇文章，有如下的一段：

有人称余光中为现代李白，其实，我觉得余师更像东坡。“多情应笑我，早生华发……”，固是坡公的自照，以之形容余光中，亦堪称贴切。此外，坡公与余师皆擅用比喻而又极富幽默感，其诗文亦雄亦丽，才气超迈，可比之处甚多。

王君说得对，余氏像东坡。由于他“才气超迈”，年轻时转益多师，而文学之为艺术，又有中外同、古今同的普遍性（这一点渊博的钱锺书先生最为强调），余氏自然可以和许多古今中外的大家比较。李白、东坡固可以拿来相比，杜甫、白居易以至丁尼生、叶芝等也可以。当然，相比是一回事，独特与否是另一回事。余氏有其卓然自立的成就。

行行重行行，狮子山隧道公路上，洋紫荆的花期已过，凤凰木擎着热情的红焰。汽车把“凌波的八仙”留在后面，马鞍山也在后面，来迎的是“镇关的狮子”了。余先生发表在《中国时报》的近作长文《山缘》，形容山是“世界上最雄奇最有分量的雕塑”，且表现了对港九新界奇伟山岭的由衷赞美。山水之有名，本身的条件并非充分条件，尚须经过诗文名家的品题。挡风玻璃外狮子山这座“最雄奇最有分量的雕塑”，就沾过诗人吟咏的笔墨。在气氛黯淡的 1983 年秋天，诗人驱车开进狮子山麓的隧道：

时光隧道的神秘
伸过去，伸过去
——向一九九七

迎面而来的默默车灯啊
那一头，是甚么景色？

《明报月刊》的主编董桥兄，摘了最后一行，放在杂志的封面上，配以一幅色调低沉的孤舟航行油画，图文并“默”地反映了那年秋天很多香港人的心情。

最近一年来，香港恢复了生气。现在进隧道，就不那么神秘了。出了隧道，沿着一号公路奔驰，九龙塘那段架空的新路，开起车来特别舒畅写意。我们谈谈重谈谈，余先生余太太向我说明欧游的行程，逍遥畅游的快意形于神态。不过，如果这次旅游是一枚硬币，而图画那面代表逍遥，则文字那面就是忙碌。太古有文学，文学与余光中同在。摆脱了太古楼的忙碌工作后，在凡尔赛宫，在西敏寺，他的眼睛会忙于欣赏艺术，脑袋会忙于构思下一篇诗文。

汽车朝着机场的方向，也就是飞鹅山的方向前进。他们一会儿起飞了，看到云霄下的山水，那是飞鹅山，那是狮子山，那是鲤鱼门,那是维多利亚港,都可以辨认出来。欧游之后回来，也将在高空认出这些山水。金耀基先生月前旅游归来，远远看到中大校园耸立的水塔，兴奋地有了回家的感觉。余先生在港十年，相信也有这种感觉。然而，欧游回来后不久，九月初他们又要离开，久久地离开了。

快到机场，眼前雄奇的雕刻更显气势。狮子山跟着是飞鹅山。向北，在地理上远远的北，地图上近近的北，是衡山；更北，是黄山是泰山是恒山是万里长城……如果一会儿他们乘坐的飞机被劫，向北飞，以长城为终点，那么，余先生他们当可乘机饱览阔别三十多年后，神州山河的壮丽景色了。我这样不着边际地想。

机场到了，他们下车。举头一望，不远处大概是飞鹅山那列峰峦了。我一面祝他们旅途愉快，一面想起光中先生《飞鹅山顶》一文末段的句子，想起他的“香港相思”：

对着珠江口这一盘盘的青山，一湾湾的碧海，对着这一片南天的福地，我当风默许：无论我曾在何处，会在何处，这片心永远萦回在此地，在此刻踏着的这块土上，爱新觉罗不要了、伊丽莎白保不了的这块土上，正如它永远向东，萦回着一座岛屿；向北，萦回着一片无穷的大地。

——写于 1985 年 7 月

注释

1 本文四个小题都取自余光中先生作品的题目。

2 太古楼本称“新教学楼”，因楼内有太古堂，故又有太古楼之称。

和独白的余光中对白

掉头一去是风吹黑发，回首再来已雪满白头。——《浪子回头》

一个不寐的人，一头独白对四周全黑。——《独白》

“掉头一去是风吹黑发，回首再来已雪满白头。”余光中在呼应着、“文本互涉”着李白的“朝如青丝暮成雪”。不过，在这里，余光中不像李白浪漫主义那样朝黑而暮即白，而是写实主义地写数十年前“掉头一去”的“浪子”，“如今回头”时的黑白对比。究竟余光中在什么时候头发上霜凝雪飘的呢？“红学”的研究课题之一是《红楼梦》的作者曹雪芹是胖还是瘦。“余学”中余光中的头发怎样由黑变白，其诗怎样作黑白的反映——这样的一个课题，比刚才说的“红学”那个，意义大有不同。

1969年余光中到香港演讲，当时我是大四的学生，以游之夏的“身份”在一茶会与仰慕的“莲的联想”者见面。诗人一头浓发，一双粗眉，都是黑色的，好像是文星版《莲的联想》《左手的缪思》深黄色封底的作者照片活动起来了。

一年半以后，在1970年的感恩节，我在美国驱车奔驰一千公里，登上海拔一英里高的丹佛城，仰望群山和山上的诗人，白雪飘飘，好像飘上了诗人的头发，而且要“诗意地栖居”在发丛中。万里雪飘，茫茫一片，四十二岁的诗人算不算已早生华发呢？商禽、苍梧、全浩、我和诗人及其家人盘桓了数天，我念着天地之悠悠，竟忘了细察诗人是否已生华发。

我那时在美国读研究院。在《敲打乐》诗集中读到《当我死时》：“当我死时，葬我，在长江与黄河／之间，枕我的头颅，白发盖着黑土／在中国，最美最母亲的国度……”

白发盖着黑土，读者因这戏剧性的对比而眼前一亮：白发盖着黑土，最美……《当我死时》是1966年的作品。1976年的夏天，我在香港的马料水见到诗人时，头上的发丝，已黑白相映了。原来早一年，即1975年，诗人已有这样的诗句：

……灯下，你古老的温柔的手
轻轻安慰他垂下的额头
白了的少年头轻轻垂下

这个“他”是余光中自己。这首《温柔的灯下》用第三人称而非第一人称写成，维持了一种美学的距离。白了少年头时，诗人四十七岁。苏轼“早生华发”，见于他四十五岁时写的《念奴娇·赤壁怀古》。“多情应笑我，早生华发”，多情多忧多愁，人生识字忧患始。乌台诗案使苏轼的乌发变白？苏轼旷达，尚且可怜白发生。“可怜白发生”是辛弃疾说的。韩愈也可怜白发生，他年纪还不到四十，就视茫茫而发苍苍且齿牙动摇。岳飞更可怜了,“白了少年头”。“白了少年头”是虚写还是实写呢?果真满江红而满头白?岳飞写《满江红》时只有三十多岁。

余光中三十岁时在美国深造，八十四岁的美国元老级诗人弗洛斯特一头银发，年龄差距逾半个世纪的东方西方两个诗人会面时，余光中很想偷偷剪下弗老的一绺白发，作为纪念，作为美的证物。

“白即是美！”余光中如是说：

微灰是浪漫的，纯白是古典
……
黑白相映，更赢得缪思的垂青
笑少年是热带无雪更无韵
中年是温带有雪便有情
亦如黑人肯定自己的本色
说，黑即是美，让我们肯定
白即是美……

白色不恐怖，白色是美丽。这是余光中的白色颂歌。写《白即是美》的那一年，余光中又写了《独白》。深夜读书、写作时，瞻前顾后，上天下地，古人与来者，一片悠悠，一片寂寂寥寥冷冷清清弥漫在吐露港畔高楼的书斋之中。“少年的乌头”不复见。天上地下只剩一盏灯，最后灯熄，只“一个不寐的人，一头独白对四周全黑”。这是余光中的“独白”：独自一个白头；黄昏早逝，离曙色尚远，喃喃话语出自口中出自笔下，孤独地写诗独自在表白。“一头独白对四周全黑”。余光中何其喜用对比若是!

《白即是美》,《独白》,无独有偶,两首诗都写于1978年。一算,他正好五十岁。年已半百,锦瑟无端五十弦。三十而立,四十而不惑,五十而知天命,而头白,而独白,而说白即是美美即是白。“日月忽其不淹兮,春与秋其代序;惟草木之零落兮,恐美人之迟暮。”恐诗人之迟暮? ——不迟暮,白即是美!

《舟子的悲歌》《蓝色的羽毛》《钟乳石》《万圣节》《莲的联想》《五陵少年》《大国的夜市》《敲打乐》《在冷战的年代》“*Acres of Barbed Wire*”《白玉苦瓜》《天狼星》诗集已出版了这些册,长篇短制浪漫古典现代后现代中国西方诗篇式式形形感性知性内涵丰富风格多元,《左手的缪思》《掌上雨》《逍遥游》《望乡的牧神》《焚鹤人》《听听那冷雨》《青青边愁》散文集已出版了这些卷,精新郁趣博丽豪雄句式长短中西兼融在文字的风火炉锤扁又拉长已炼出金光灿灿的余体在“壮丽的光中”的余光中体。还翻译了小说诗歌与传记,还编辑杂志专刊与丛书。非凡鸟浴火是凤凰。“恐修名之不立兮”,而余光中的修名已立,好评从台湾海外都接踵而来。赢得身前名也必然是身后名,“可怜白发生”。可怜也有可爱的意思。可有余迷像余氏当年要剪一绺弗洛斯特的银发一样也要剪下一绺余氏的白发留作“白即是美”的纪念?

一剪,白发落地。帕瓦罗蒂。帕瓦罗蒂没有白发,至少我看不到。《我的太阳》和《小夜曲》唱了又唱,从翡冷翠唱到维也纳唱到紫禁城,白天唱到黑夜虽然常常唱到满额大汗,却都只唱那些《我的太阳》和《小夜曲》。灯火辉煌,帕瓦罗蒂不必担心白发落地因为不曾长出白发,因为不必“一头独白对四周全黑”，不用吟安一个字拈断几根须，不是要吐出心血乃止，不用像余光中那样写出《乡愁》还要再写《乡愁四韵》，写出《民谣》还要再写《摇摇民谣》，写出《戏李白》还要再写《寻李白》，写出《等你，在雨中》还要再写《珍珠项链》。诗贵创新，不能重复先贤也不能重复自己，诗人不能只守成，因为诗人要突破，凤凰要不断火浴，彩笔要永久璀璨。帕瓦罗蒂没有白发而余光中白了少年头一头独白。

白即是美，可是余光中反口了。白即是美美了两年，余光中在 1980 年梦想回归黑发。《两相惜》说：

哦，赠我仙人的金发梳
黄金的梳柄象牙齿
梳去今朝的灰发鬓
梳来往日的黑发丝
……
梳去今朝的灰黯黯
梳回往日的亮乌乌
哦，赠我仙人的金发梳

1980 年前后，香港吐露港滨宋淇、思果、锡华、国彬等和余光中建成了一个小小的盛唐，这是余群余派沙田帮的全盛期，锡华说的也是喻大翔说的“中国自西式大学成立以来，似乎没有一间在文坛上一时之内劲吐异彩如中大的”黄金时期，而余光中说，赠我一把金发梳。李白在盛唐也必然有这样的梦想。“酒入豪肠 / 七分酿成了月光 / 余下的三分啸成剑气 / 绣口一吐就半个盛唐”，余光中笔下这样的一个李白，“朝如青丝暮成雪”的青莲居士，必然也祈求金发梳。

仙人没有赠来金发梳，头发一直在灰在华在花在白在独白着。1984 年的《不忍开灯的缘故》中，余光中“已经五旬过半了／正如此际我惊心的年龄……天地悠悠只一头白发／凛对千古的风霜”。翌年写《老来无情》，说自己老了。这一年他告别吐露港的山精水灵，到高雄中山大学当文学院院长。余光中说他不是高雄的过客，而是台湾的归人。“春天从高雄出发”，木棉花文艺季在高雄盛开。这一年他写《欢呼哈雷》充满了国家民族的昂扬意志。他向刷着潇潇长发的哈雷彗星致敬，并明言七十六年后哈雷彗星归来。然而，下一次哈雷彗星重来时，“人间已无我”，“我的白发／纵有三千丈怎跟你的比长？”白发啊白发，这一母题（motif）这一主乐句（theme）又来了。1988 年《还乡》的白发母题就如特写镜头：“蒲公英的一头白发”；“还认得出吗？这一头霜雪与风尘／就是当年东渡的浪子？”真是“乡音无改鬓毛衰”了。

1988 这一年，流沙河在《诗人余光中的香港时期》一文中，说诗人写黄昏落日的诗愈来愈多，他的向晚意识已出现。《黄昏》《马料水的黄昏》《暮色之来》《黄昏越境》……这是无限艳丽晚霞的大展示。流沙河比余光中年轻三岁，对岁月一样的敏感——从屈原和荷马开始，哪个诗人不对岁月敏感呢？荷马勾勒倾国佳人海伦，说她看见镜中自己的皱纹时，潸然泪下，沉思道：“为什么我遭遇二度劫持呢？”第二度劫持是岁月无情，催她老去。唉，恐美人之迟暮！岁月如流，流沙河应该在紫霞赤金的艳丽中看到那诗中的白发的。

1988年，流沙河的半个同乡余光中，已至少半头白发。到他们1997年首次会面时，余光中已雪满白头了。流沙河说，香港时期（1974—1985），“余光中是在九龙半岛上最后完成龙门一跃，成为中国当代大诗人的”。一如郑朝宗之敬重钱锺书，诗人流沙河敬重诗人余光中，评价他是中国当代大诗人。流沙河还说，就算余光中在八十年代停笔，他在文学史上的地位已稳如泰山。对，已稳如泰山或者四川的峨眉山了。而半个蜀人的余光中仍然在旷野攀登，仍然在灯下独白。写诗，是在书房苦练，诗之路艰险，并非坦途，1987年写的《壁虎》如是说。

1992年，余光中初访北京，初登长城——他说的“白发登城”。翌年抱孙，做外祖父了，诗人的生命揭了新页。外孙太小了，“还不算是预言”，“我太老了，快变成了典故”，六十五岁的余光中在《抱孙》中写道。诗人幽默，且一生不辍创作，他以典故自喻。“老了，且太老了”，余光中不讳言老。不过，《抱孙》一诗都不提白发，令我这个“猎白”者交了白卷。不提白发，而老字用了。大概从《抱孙》开始吧，老字用得愈来愈频密了。它成了这些诗文的关键词，电脑鼠标一击，老字带起的词可列印成页。翌年，在《老来》中，一开始是“老来的海峡无情的劲风／欺凌一头寥落的白发”。“老”和“白发”一起出现，读者触目惊心呢，还是应用平常心看待？“寥落”在诗中有了呼应：发已更稀，不堪再造林。杜甫的“白头搔更短，浑欲不胜簪”不就是这样的形象吗？杜甫伤感于白发稀疏时是四十五岁（《春望》成于757年），余光中叹息“不堪再造林”时是六十六岁，表面看来，这位现代诗人对自己的体貌状况是应该庆幸的。

事实是余光中对白发有无限的感叹，写《老来》之后翌年，余光中回母校厦门大学参加校庆典礼，写了《浪子回头》，里面有前引的“掉头一去是风吹黑发，回首再来已雪满白头”。这首白发之歌，黑发与白头的对照，成为余光中近年的萦心之念。三十年前，夏志清说怀国与乡愁是余光中的萦心之念，所谓 obsession with China。今天，也是满头白发的夏志清，如果再评析余光中的诗文，一定会指出他新的念：obsession with snow-white hair。黑发与白头这一双再平凡不过的词语，在想象与创意极为丰盈的余光中笔下，不断单纯地呈现。在千诗万句构成的璀璨缤纷形象中，黑发与白头是近期余氏诗篇中黑白片一样醒目的意象。1998 年他在《余光中诗选》第二卷的序中说：“我的晚年何幸……把一位老诗人的白头安顿在此……故乡当然也认不出我就是四十年前风吹黑发掉头而去的……”2002 年 6 月，他写的《新大陆　旧大陆》，首段又引用了自己的“掉头一去是风吹黑发，回首再来已雪满白头”。

老人、老诗人以至诗翁，余光中在这几年的诗文中都自认了。老年、晚年、暮年这些字眼，也慷慨地出现（注），这些词汇构成他 90 年代以来的“自画像”。“悦读”余光中的陈幸蕙，也注意到“自画像”中诗翁这一幅了。余光中 1985 年离开香港后，我仍然有不少机会和他见面。从中年到老年，从华发到白发，从诗人到诗翁，人活在变化奇妙的时光中，余群余派沙田帮如蒲公英，风飘云散。而且，曾在蔡元培墓前敬礼的“黑发黄郎”已不再黑发；90 年代锡华的华发，在年前的照片出现时，已成了“雪满白头”；80 年代的思果，那时蒙了“不白之冤”，为余光中所羡，现已逾八旬的他，不知黑道白道争持得怎样。我这几年，从中大到川大，从马料水到荔枝角，从沙田到福田，沧海桑田，福福祸祸，祸祸福福，从中年到什么年——晚年？后中年？仍然是中年？却仍然心怀沙田帮，阅读余光中，数十年而不变。读他的“雪满白头”，也读他的缪思。他问:“岁月愈老,为何缪思愈年轻？”他的缪思——或者说“妙思”（Muse）——“美丽而娉婷”，他的妙思：

非但不弃我而去，反而
扬着一枝月桂的翠青
绽着微笑，正迎我而来
且赞我不肯让岁月捉住
仍能追上她轻盈的舞步
才二十七岁呢，我的缪思

余光中说:“要诗人交还彩笔，正如逼英雄缴械。与永恒拔河，我从未准备放手。”诚然，他一直在与永恒拔河。雪满白头这十年，他的散文、诗篇、评论等产量仍然不减，紫色金色黑色红色蓝色的五彩之笔依然璀璨。他写西班牙斗牛，余风仍在。而《深呼吸——政治病毒一患者的悲歌》证实他是个愤怒的诗翁。

近作《新大陆　旧大陆》说:“自从一九九二年接受北京社科院的邀请初回大陆以来，我已经回去过十五次了，近三年尤其频密。”长沙的李元洛全程陪他作湖南之旅；武汉的博士生导师黄曼君在“余光中暨香港沙田文学国际学术研讨会”上背诵他的《等你，在雨中》；南京大学邀他演讲，并在百年校庆晚会上诵诗；他的《乡愁》在中央电视台和各地方电视台一次又一次地合乐而诵而歌；厦门大学的徐学完成并出版了《火中龙吟：余光中评传》；他的诗集文集以至类似全集的作品集，从深圳到长春，出版了各种版本。他写诗，写游记，关于长城、南京、黄河、泰山……消减了他的乡愁。在台湾，余光中七十岁寿辰那日，《中国时报》南部版头版刊出大幅彩照，是诗翁暖寿的高兴场面。

尽管已雪满白头，他的笔依然“蓝得充血”。1991 年余光中写了《五行无阻》，他说，任死亡把他贬谪到至荒至远的地方，都不能阻拦他回到光中：

即使你五路都设下了寨
金木水火土都闭上了关
城上插满你黑色的战旗
也阻拦不了我突破旗阵
那便是我披发飞行的风遁
风里有一首歌颂我的新生
　　颂金德之坚贞
　　颂木德之纷繁
　　颂水德之温婉
　　颂火德之刚烈
　　颂土德之浑然
唱新生的颂歌，风声正洪
你不能阻我，死亡啊，你岂能阻我
回到光中，回到壮丽的光中

这是“光中宣言”,向死亡宣战。余光中作品中不忌讳死亡,他表示不怕死亡。不怕死亡,当然也就不惧年老,不惧白发了。

然而,余光中真的不惧死亡吗?人真的不惧死亡吗?丹麦王子哈姆雷特惧怕死亡啊,很多很多人惧怕死亡啊!

在“高楼对海”之际,灯下的白发诗翁,心事重重:

起伏如满满一海峡风浪
一波接一波来撼晚年
一生苍茫还留下什么呢
除了窗口这一盏孤灯
……
有一天白发也不在灯下
一生苍茫还留下什么呢?
……
还留下什么呢,一生苍茫?

杜甫曾“独立苍茫自咏诗”,沙田帮之一梁锡华曾以《独立苍茫》为其长篇小说的题目。“一生苍茫还留下什么呢?”与永恒拔河,而诗真是不朽之盛事?《白玉苦瓜》宣示永恒的信心,然而,这首《高楼对海》问:“一生苍茫还留下什么呢?”这是安魂曲一样不断变奏的主题乐句。《白即是美》宣示不惧白发,而《两相惜》祈求仙人赠他还原黑发的金发梳。自称老人、老诗人、诗翁,然而,不介意别人这样称呼你吗?说已届晚年、暮年、老年,这样,未来还有多少时日呢?真的不怕“辞逆旅之馆,永归于本宅”?本宅是何地何乡?从来没有旅客自这“乡”

归来啊！接近四十年前，余光中的《鬼雨》说：千古艰难惟一死，满口永恒的人，最怕死。但凡天才的人，没有不怕死的。”又说：“莎士比亚最怕死。一百五十多首十四行诗，没有一首不提到死，没有一首不是在自我安慰。”莎翁自我安慰，诗歌永生！

怎样自我安慰呢？——死是迟早要来的，安慰自己并不老吧！人到中年百事哀，其中包括哀老年之将至。老本身就是病，病可治而老不能医，钱锺书如此警隽地说。中年之后是什么年？我郑重提出建议，向一切怕老的人，不要说是老年。那么说是“后中年”吗？这太西化了，而且，“后中年”到何年呢？我说是“华年”，《锦瑟》所说的“华年”。华是华发白发之华，也是华美之华。“华年”之后呢？那是“裕年”，裕是余裕之裕。人均寿命现在是八十岁吧？过了八十岁仍健在，这以后的额外岁月是上苍额外的赐予，是余裕之年。

不妨向年龄五十以上的男人女人做个问卷调查，今后不用老年晚年而用华年裕年之说好不好。

不管它华发白发，只要妙思依然妙龄，“美艳而娉婷”，“绽着欢笑，正迎我而来”，诗人绝不缴回彩笔，“诗还有一千首未写完”。黄昏的晚霞，不，华霞，非常绚烂，“生命仍然在壮丽的光中”。于是，在“一生苍茫还留下什么呢？”的沉思中，诗人凭着自信，且一凭诗人本色铸造新词：只是五十六十或者七十八十而已，甚至“年方九十”而已，说，我正当华年！

【补注】上面已引录了余光中的很多很多白发、老年语句了。再补充若干如下。2000 年 7 月出版的诗集《高楼对海》所收作品，几乎三首五首就出现一次。1995 年的《抱孙女》：“而凭我一头风霜的见证。”“原谅祖父吧，这忧患的老人。”同年的《为孙女祈祷》：“快七秩之叟了。”同年的《悲来日》：“你的皱纹啊我的白发……”1996年的《夜读曹操》：“暮年的这片壮心……”同年的《吊济慈故居》：“引来东方的老诗人寻吊……”1997年的《只为了一首歌》：“关外的长风吹动海外的白发。”1998年的《老来多梦》：不必引了，题目自明。同年的《因你一笑》不直接写老，而用比喻：“我的歌正要接近尾声……这世界本来准备要关闭……”尚未结集的诗，如2000年10月写的《再上中山陵》：“而我，白发落拓的海外浪子……”2002年1月写的《钟声说》：“浪子北归，回头已不是青丝，是白首。”在散文作品中，2000年写的《思蜀》：“两个乌发平顶的少年头，都被无情的时光漂光了。……小学弟〔指余光中〕早就变成了老诗人。”

——写于2002年夏

余光中特藏室启用典礼致辞

高雄市中山大学图书馆近辟“余光中特藏室”，于 2011 年 3 月 24 日举行落成启用典礼，主礼者有年逾八旬的余光中教授、中山大学校长杨弘敦教授、中大图资处处长杨昌彪教授、政治大学陈芳明教授，和我。我应邀在典礼中致辞，数日后把当日讲话略加修饰而成本文。“余光中特藏室”布置清雅，藏品珍贵；中大图书馆筹设的“中山大学余光中数位文学馆”亦于此时建构完成，上网可寻得。我讲话中提到的余光中特藏室，其五种财富、五种用途等说法，应该也适用于其他作家（或作家群）的特藏室或文学馆。

我非常高兴来到高雄中山大学图书馆，参加这个余光中特藏室落成启用典礼。我今天早上从宜兰经台北来到这里。在北部，我“听听那冷雨”；这里高雄的阳光真好，我们都在阳光中，在余光中。

清代的翁方纲（1733—1818）是个杜甫迷，十六岁开始读杜甫的诗，五十年后写出了《翁批杜诗》这本书；之后这位粉丝继续读其杜诗。我则为余光中的长期读者，数十年来，我的文学思维经常离不开余光中。说到目前台北仍在举行的“花卉博览会”，我马上想起余光中的近作《花国之旅》：花博中有“色彩合法暴动”，却又是“唯美主义的大殿堂”，那里“琪花瑶草将我们宠成了仙人”；花之国万卉争艳，花之多，连极爱花极喜戴花的屈原“也无法逐一点名”。电视新闻出现利比亚等地的战火和炮声，我就想起余光中的《如果远方有战争》。这诗说战争中，“榴弹在宣扬真理”，“战车狠狠犁过春泥”。北非动乱，杀戮在进行；日本大地震大海啸后，人们则奋力抢救生命。欲其死与保其生，对立并存。这个世界就如叶芝的诗《再度降临》（The Second Coming）说的“分崩离析，中心不存”，而余光中翻译过这首著名的诗。

回到阳光中、余光中的高雄，我马上想起他的《控诉一支烟囱》、《让春天从高雄出发》：“让木棉花的火把／用越野赛跑的速度／一路向北方传达／让春天从高雄出发”。（他也写过《台东》一诗，大大赞美了台东，希望高雄人不要嫉妒。）与高雄及其邻近地方有关的还有“余光中诗园”（里面有《母难日》《五行无阻》等二十首），还有《垦丁十九首》，这些诗很多人都读过，都欣赏。

余光中是博大型诗人，其诗情感丰沛深刻，技艺精湛。他也是杰出的散文家、批评家、翻译家，还是位出色的编辑。我说过，他手握五色之笔：用紫色笔来写诗，用金色笔来写散文，用黑色笔来写评论，用红色笔来编辑文学作品，用蓝色笔来翻译。数十年来作品量多质优，影响深远；其诗风文采，构成二十世纪中华文学史璀璨的篇页。我之外，海峡两岸以至全球其他华人社区，还有很多人都是他的知音、粉丝。余先生成就的杰出，为大家所公认。很多年前，梁实秋先生已说："余光中右手写诗，右手写文，成就之高一时无两。"成就高，余先生是中华的文豪，更不愧是"高雄"——高雄的文雄。今日出席典礼的陈芳明教授以前也说过，余光中"有点石成金之笔"，说他的诗在台湾、大陆以至世界已"创造新的典范"。诚然，说余先生有多杰出就多杰出。四百年前，本·琼森（Ben Jonson）极力称颂其前辈莎士比亚，说人和诗神妙思（Muse）怎样褒扬他，都不会过分（"I confess thy writings to be such / As neither man nor Muse can praise too much"）。对诗翁余光中，也可作如是观。

余先生在香港的中大教了十年书，在高雄的中大则快二十六年了。在中山大学图书馆辟室特藏余氏作品和相关资料，顺理成章，还有别的大学、别的地方更适合吗？在离五福路不远的这个特藏室，珍藏手握五彩笔的余氏文学财富，我认为应有五项：一为余氏与中山大学有关的物品、资料，包括印上余氏诗句的茶杯、雨伞等。二为余氏与高雄有关的物品、资料，包括书法家楚戈写的《让春天从高雄出发》——这几乎是高雄的市歌、市诗了。三为余氏与各地有关的物品、资料：海峡两岸以至更远，包括台北《厦门街的巷子》、香港《春来半岛》、泉州《乡愁》、新疆《策勒的来信》、纽约《登楼赋》等相关文物。四为世界各地余学论著种种资料，包括我最近编好的这册《余光中作品评论第四集》。当然最大的一笔文学财富，是余氏的作品，包括数十本余氏著译书册及手稿。

余光中特藏室应该有五个用途：一是让中大师生多认识这镇校之宝。二是让访客来中山大学参观，多了一个亮点、景点。

三是让余氏的粉丝浏览书、稿、图片、电子影音等，还可让参观者到附近的中大书店购买纪念品。四是让余氏的知音细览各种文本等资料。五是让余学学者在此做研究。

五项财富、五个用途，五途无阻，像余先生诗说的“五行无阻”。这个室可扩大，发展成为“余光中文学馆”。别的大学和地方，如台湾的台大、师大、政大，香港的中大，南京的南大，泉州的永春县，可能会仿效，或辟室或建馆，向这位大师致敬。五彩、五富、五途，像余诗《五行无阻》说的顺畅无阻，“在壮丽的光中”。

护泉的人

月前我写了《杨绛就是锺书》一文，后来演讲，以他们伉俪的著作和生活为话题，投射的照片有一张是这样的：钱锺书稍微低头在看书，杨绛依偎着他，注视同一篇页；两位长者都戴着眼镜，神情专注而愉悦。我说，这照片应该是他们一生，也就是“杨绛就是锺书”的最佳写照。这张照片也使我想起余光中和他太太范我存。

余光中是福建泉州永春人，久居台湾高雄，今年八十八周岁。我不久前寄上生日贺卡曰：“高雄庆米寿，彩笔誉永春”。高雄有台风大水为患，我致电祝寿兼问候，与伉俪闲谈，其间余太太说：“我近来在为光中整理书信，包括你写给他的。”又说：“本来九月我们要到杭州。我父亲曾在浙江大学当教授，我在那里出生、读书，市政府要给我一个荣誉市民的衔头。”

类似钱锺书、杨绛一起看书的情景，在我脑海出现。余先生和太太戴着老花眼镜，各自或一起看书报杂志，交换心得，偶加月旦；余先生握管写作（他不用电脑），余太太在旁边的书桌，为丈夫校对新书的书稿；最近则为整理一个抽屉一个抽屉几十年的书信……丈夫的手迹日日亲炙，她偶尔替他写回信，字迹竟有几分“余体”了。从前家里四千金、余老先生和范老太太两位长辈的饮食起居，为丈夫欢迎或婉拒访客，种种照料种种事务，“凡”事都由“我”（范我存）负责。余先生四处演讲，所到之地，余太太总是仪态优雅地陪伴着。有时余先生徇众要求诵读其名诗《乡愁》，到了“我在这头，新娘在那头”，就在台上加强语气地读出“我在这头”，然后指着台下第一排正中座位上的妻子：“新娘 [就] 在那头”。这时听众大笑而余太太微笑，就像新娘那样腼腆。

正因为有范女士的“存”在，余先生才可以全心全意致力于他的永春文学大业。与余氏伉俪为老相识的杰出散文家张晓风，曾发表文章称许余太太为“护井的人”。余先生的作品如井水清甘，读者饮之怡神。我认为也可称她“护泉的人”。八十八高龄的余老，文心与笔力都不老；创作和翻译，仍然从这位泉州人的泉眼升喷。钱锺书称杨绛为“最贤的妻”，我想余老非借“钱”不可，也要这样形容妻子。伉俪年事高，范女士没有到杭州领受荣衔。在高雄，如果近年是一片天蓝的话，“高雄荣誉市民”的美誉，早就应归她所有。

五四以来的名作家，妻子料理家务之外，还为丈夫的文学事业出力，从黑发至白头的，似不多见。胡适的太太江冬秀识字不多，就算有心也欠实力。郁达夫与王映霞反目成仇，不用说。朱自清的元配相夫教子到了含辛茹苦的地步，应付家务之外，并无时间为夫君的文事略尽微薄。梁实秋曾记述与太太程季淑一起吟诵英文诗，却没有说太太为他校对或整理文稿。巴金写的《怀念萧珊》一文，有恩爱，也有遗憾：萧珊没有在文化事业上用功，令巴金失望；“文革”时期知识分子成为牛鬼蛇神，萧珊对丈夫所写“天雨粟、鬼夜哭”的文字，大概只能“敬鬼神而远之”。

余太太早在恋爱阶段，就为男朋友誊抄《梵谷传》的翻译稿，此后一直“兼任”丈夫的助理和秘书。钱锺书盛称杨绛为贤妻、为才女。范我存是贤妻；也是才女，只不过她述而不作而已。我和余氏伉俪相识数十年，余太太谈文艺论时局，常见精警之论。她对玉器研究深有心得，又巧手编织中国结。最能滔滔而“述”的是艺术：贤能者多劳，她竟然可以抽出时间当义务解说员，经常在高雄的美术馆为参观者介绍古今艺术品。

余太太快要八十五岁了。她近来整理书信，老花眼镜所见，花样年华以来两人间的情书和家书，那一股股如泉涌出的情意，一定是回味甘香，格外珍贵。

——写于 2016 年 10 月杪

到高雄探望余光中先生

五十二年前开始阅读余光中先生的作品；初见余先生，是四十八年前的事。在香港和高雄的大学先后与余教授同事，一共接近九年；当然，我是晚辈同事。

去年 7 月，得知余先生跌倒受伤，住院多天。我与余先生和余太太一向有通电话，知道大概。是年秋冬之间，读到余先生亲撰的文章《阴阳一线隔》，颇吃一惊，因为所述情形比电话中说的严重。他写道：7 月 14 日太太急病住院，“次日我在孤绝的心情下出门去买水果，在寓所‘左岸’的坡道上跌下了一跤，血流在地，醒来时已身在（医院的病）床上，说话含糊不清。再次日才能回答我是某人”。已有两年多没有见面，诗翁如此“蒙难”，我应该前往高雄探望两位老人家。

一　诗翁现在更需要保护

我是长期老读者，内子和犬子读龄较浅，也都是诗翁的知音或粉丝。内子背诵过长长的《寻李白》一诗，酷爱其名句“酒入豪肠，七分酿成了月光 / 余下的三分啸成剑气 / 绣口一吐就半个盛唐”，几乎可以和长沙的知音李元洛作背诵比赛；她还在学报发表过文章，讲诗翁的1990“梵高年”；2010年8月深圳音乐厅的大型诗乐晚会“梦典”，余先生是主角，内子则为晚会的策划和导演。犬子和余爷爷“交流”过多次，深圳、香港、澳门都有他们留下的大小两双脚印；对《乡愁四韵》和《唐诗神游》等诗，理解虽然不透彻，背诵却非常流畅。去高雄探望二老，当然要“三人行”。

因为旅行证件、学校假期等问题要解决，终于在6月17日，三人从香港飞到了高雄。下午即到余府，见到的诗翁，手持拐杖，行动缓慢，身体弱了。

2011年余先生八十二岁，在佛罗伦萨攀登百花圣母大教堂和乔托钟楼，直至绝顶，和达·芬奇一样看尽文艺复兴的佛城全景。两年后在西安，仰视着小雁塔，跃跃欲登，导游说：“很抱歉，六十五岁以上的老人不准攀爬。”老者如童稚般不听话，放步登高，塔外的风景不断匍匐下去，终抵塔顶。杜甫当年登大雁塔时四十岁，诗圣九泉之下有知，对豪气干云的“小余”，一定大加称赞。不过是登塔五年之后，今年6月所见，诗翁行走要靠手杖，有时还要人搀扶。

余先生近年重听，两周前做了白内障手术，视力未恢复；加上另眼有疾，写诗并不朦胧的长者，眼睛却有点朦胧。这次在余家客厅，他说话不多，音量不大；对不少话题，余太太倒是滔滔而谈，或补充先生内容，或娓娓忆述细节，语言清畅。她去年病后，康复良好，现在精神爽健，虽然也届耄耋之龄，看来却年轻。

和二老“闲话家常”时，余先生在我耳边说：“维樑啊，我现在去不了学校，又开不了车，难道我的校园生活就此结束？”大学向来是余光中传诗道、授文业的大讲坛，高速驰车是他“咦呵西部”（在美国）、驰骋宝岛的大乐事，他还想望过在神州的丝绸之路“飚车”，追踪古英雄的足迹，如今只能轻轻地叹息。他喜欢旅行，行毕多有写游记；其中外游记山水与人文共融，情趣与辞采兼胜，陈幸蕙称他“极可能是现代文学中‘游记之王’”。诗翁如今的旅游，多半只能神游了。

妻子范我存女士爱丈夫护丈夫，才不让他做这事做那事。张晓风有文章写余太太，名为《护井的人》；诗文杰作如泉喷涌的老作家，余先生现在更需要保护。

二 在“左岸”的雅舍谈诗诵诗

诗翁行动缓慢，“护井的人”不让他到西子湾中山大学山上的文学院办公室。室中一壁海景窗户之外，其余三壁和一地板堆高的书刊，以及不断涌进的新印刷品，文字的墨浪甚于西子湾的海浪，任何人都难以招架，遑论书海畅泳。然而，久违了妻子之外的另一个终身伴侣，思念之情何时或已？

2004 年夏天，我和陈婕参观中大光华讲座教授余先生的阔大办公室，十分惊讶，对她说：“从前在香港中文大学，余教授的学校办公室和宿舍书房，各类书报刊各就其位，井然有序，书斋不闹书灾。”余先生为人写序，结集成书，书名正是《井然有序》。时隔十三年，我想现在办公室的灾情一定更为严峻。

其实不去办公室，家里的书报刊还是整理不完的。

自从迁出中大校园的宿舍之后，余家一直安居于高雄市中心之北，在一心路二圣路三多路四维路五福路六合路七贤路八德路九如路十全路再北上，在光兴路的左岸大厦。大厦在爱河之西，以左右分西东，即是左岸。中国长江以东的南京苏杭一带，谓之江东，或称江左，人文荟萃；巴黎有塞纳河，其左岸是文化蓬勃之区。文坛重镇安家于“左岸”，不亦宜乎！

余家在左岸高楼安居多年，宽敞而不豪华的大宅，因为“卷帙繁浩”过甚，乃另购新居，在原宅的下一层。新居摆设简雅，明亮素净，成为会客之厅。我从前在台湾教书的那些年，数度探访，且曾留宿。如今所见的“雅舍”，摆设与书刊比前增多了。马英九先生曾二度来此探望余先生伉俪。他敬佩诗翁，曾购买余著《分水岭上》数百本，嘱咐各级属下阅读，借此提高中文写作的能力。

在“左岸”的雅舍，我自然想到《雅舍小品》的作者——他私淑的恩师梁实秋先生。梁先生在80年代不管师生关系是否构成“利益冲突”，大加称赞：“余光中右手写诗，左手写散文，成就之高，一时无两。”在雅舍，我们谈诗，也诵诗。

犬子若衡受命背诵《让春天从高雄出发》，念到中间的“让春天从高雄登陆”，正继续朗读“让木棉花的火把”，戴上助听器倾听着的诗翁，敏锐发觉，温和地指出：“接下去应是‘这轰动南部的消息’。”

晤谈时，余家的“老三”佩珊博士一心二用，边听边对着电脑做她的创意产业文案。近年这位东海大学的教授，常驻中国东海的左岸上海，发挥其专业所长。去年二老住院医疗，几位千金先后从外地回来探视照顾，余先生对此“情动于中”而欲形于诗，告诉我说:“正在构思一首诗，写几个女儿回来探病、探亲；将来有一天回来却是要……”跟着补充说:“不过，我会写得 subtle（含蓄）一点。”余太太不想接续这话题，指着茶几上的荔枝，叫大家继续品尝。

我这个资深读者怕甜，压下食欲，却记起诗句:“七八粒冻红在白瓷盘里／东坡的三百颗无此冰凉／梵谷和塞尚无此眼福／齐璜的画意怎忍下手？”余光中有诗写荔枝：在冰箱冷冻后才饕而餮之。

在雅舍谈诗，我还带有使命：索取最新出版的集子，扉页有亲笔题赠，由我带回去送给李元洛兄。诗翁体虽弱而心健，近月仍用功不辍，大幅度增译增注旧版的《英美现代诗选》；一问，才知道此书新版尚未面世——却也快了。

三　中大校园的余光中诗篇

6 月 19 日我们来到中山大学校园。图书馆里有“余光中特藏室”，我六年前该室揭幕时出席了仪式（典礼中我的发言后来写成《笔灿五彩，室藏五财》一文，收在拙著《壮丽：余光中论》里），参观过藏品。这日浏览珍贵手稿等物，内子眼尖，一张香港中文大学给余先生的聘书，被她发现：1974 年起诗人任中文系教授，月薪高达港币 7180 元（此外还有住房津贴等）。年前犬子在澳门大学听余爷爷演讲“旅游与文化”，屏幕上亮相了有诗人 Robert Burns 的英镑钞票，和有画家 Delacroix 的法郎钞票；凝视信件，他“见钱开眼”的眼开得更大，对香港的大学教授薪酬，极感兴趣，表示希望长大后要当教授。

在知音和粉丝必游的特藏室，王玲瑗女士向我们介绍附属“余光中数位文学馆”的新内容，并解说正在拍摄的“余光中香港时期”纪录片，还要求我在香港配合拍摄等事。

趁着在校园，内子进入书店，购买了印有余先生诗篇的多种礼品，包括雨伞、布袋、茶杯、杯垫和铅笔。余教授曾劝说年轻人“少买名牌，多读名著”，而今名著通过名牌诗人而可读，内子大感满足。

诗翁的诗篇广传校园。炎阳下我们挥汗游观，看到行政大楼门前的四根圆柱上，贴着余先生亲笔书写的诗四首：《西湾早潮》《西湾黄昏》《西子湾在等你》；当然，还有非常著名的《让春天从高雄出发》——有一年我乘搭计程车，赴高雄文学馆讲“余光中与高雄”，谈话中知道司机知道此诗。张晓风形容余光中的硬笔书法，谓其“劲挺”“方正”，“像他的脸，也像他的为人”。诗翁的字，自成一家；在诗文之外，我们多了一种“余风”。

校园里的国际会议厅命名为“光中厅”。另一建筑校友会馆，名为西子楼，里面有余教授的诗《西子楼》，烧制成铜板的；是日热昏了头，竟然没有到馆参观。

17 日下午抵达左岸大厦的管理处，在登记访客资料时，我顺便说要拜访的是中山大学的“镇校之宝”，管理员更正我说：“余教授是高雄之宝，是台湾之宝啊！”我想，对于马先生两次来访，管理员一定印象极为深刻，引以为荣。

四 “高而且雄”：诗碑、诗园、机场题诗

镇校之宝的诗韵，飘逸出中山大学校园。2012年元旦澄清湖水边竖立了诗碑《太阳点名》，年前王庆华兄带我来此参观过。这次与妻儿来高雄，出发前犬子受命背诵它的片段：“春天请太阳亲自／按照唯美的光谱／主持点名的仪式／看二月刚生了／哪些逗人的孩子／‘南洋樱花来了吗？’……”6月20日上午由徐锦成教授驾车导游，到澄清湖看诗。

水清湖大，曲桥幽径，几经寻觅，才在“蜜蜂世界”附近找到棕褐色的长方形诗碑。犬子最高兴，双手张开如鹏鸟展翅，欢迎大家来读来赏这高雄的太阳和花树之颂。诗碑立在鲜美的芳草地上，几株小树茂叶青葱；诗碑两侧的白鹤芋，丰润的花瓣和叶子白绿相映。诗碑面对湖水粼粼，仿佛太阳面对百花美美。不过，阳光和水分也有负面的作用；五年经历，有点沧桑的诗碑，似要面貌更新了。

澄清湖之外，高雄几个地方也有余先生的诗。中山大学的附属中学，校园里有“余光中诗园”，共有诗翁自己选定的二十首。诗园在2008年10月建成开放，翌年我来此参观，还写了一篇导赏的文章。后来佛光大学研究生陈小燕就此诗园种种，撰成硕士论文。

高雄市内的历史博物馆，有一面墙的瓷砖烧制了楚戈书法的名诗《让春天从高雄出发》。我多年前观览过，书法豪迈，但诗墙被楼梯阻挡，位置不佳。这次时间不充裕，澄清湖之后，锦成就驱车直奔机场，我们却又再见余先生的作品：23号候机

厅的贴壁长框，银光闪闪，是诗翁撰作手书应景的《台湾之门》。此诗得来不易，在机场几经询问才知道所在地。长框里兼展示余先生自译的英文本。原诗首句是“高而且雄”，末有“充盈与豪兴”、客机正在“攀升”的象征性诗意。“高而且雄”，这首诗应该放大，摆放在机场的大厅大堂才对。

17 日至 20 日四天三夜的高雄行，和余先生和太太一共聚首三次；诗是余家事，“闲话家常”之外，共进晚餐两顿。18 日晚，余家第二位千金幼珊教授也在；陈芳明教授是日从台北来高雄演讲，晚上来看诗翁伉俪，一起进餐。从高雄到台北到香港，文艺话语丰富，谈兴颇浓，几有西子湾校园和沙田校园昔日高士雅集的风采。

——写于 2017 年 7 月

诗翁常在我心间

高速丝路上诗韵琴音

从前在北美奔驰、在香港行驶，近年在内地速驾，我的公路“迈里数”（mileage）已是云月“八千里路”的数十倍了。没有想过要书写高速，因为读过时贤的精绝散文后，“眼前有景道不得”。

一位诗文双璧的前辈，在美国驾车疾驰时：“所有的车辆全撒起野来，奔成嗜风沙的豹群。直而且宽而且平的超级国道，没遮拦地伸向地平……霎霎眼，几条豹子已经窜向前面，首尾相衔，正抖擞精神，在超重吨卡车的犀牛队。我们的白豹追上去，猛烈地扑食公路，远处的风景向两侧闪避，近处的风景，躲不及的，反向挡风玻璃迎面拨过来，溅你一脸的草香和绿。”

“时速上了七十哩，反光镜中分巷的白虚线便疾射而去如空战时机枪连闪的子弹……挡风玻璃是一望无餍的窗子，光景不息，视域无限，油门大开时，直线的超级大道变成一条巨长的拉链，拉开前面的远景蜃楼摩天绝壁拔地倏忽都削面而逝成为车尾的背景被拉链又拉拢。”

所引片段比喻连串，动感十足，阳刚万分。新大陆的经验如此，作者想象在“旧大陆”的新建公路上，也就是古代的丝路上：“甘州曲，凉州词，阳关三叠的节拍里车向西北，琴音诗韵的河西孔道，右边是古长城的雉堞隐隐，左边是青海的雪峰簇簇，白耀天际，我以七十英里高速驰入张骞的梦高适岑参的世界，轮印下重重叠叠多少古英雄长征的蹄印。”

古韵悠扬，好一则当代丝路文学！这末段引自《高速的联想》，1977 年余光中写的。四十年来，这位诗文双璧的前辈，并没有在“旧大陆”驾过车。不久前在电话中与八十八高龄的诗翁谈及丝路驰骋事，可惜廉颇老矣。（写于 2017 年 1 月）

桂冠飘香到现在

香港的粽子飘香，端午节近了。对 80 年代香港沙田一小众来说，端午节是诗人节、诗人祭，祭的是屈原。主祭者当然是余光中。那时，沙田的中大校园，最有诗意的宿舍是第六苑 2B。我们在诗人家中朗诵《楚辞》，也朗诵自己写的诗，其中必有余光中写的咏屈原。他隔几年就有咏屈原的新作。

沙田的日子，随风而逝，余光中已移居高雄逾三十年了。他仍然咏三闾大夫。2010 年他亲往湖北秭归朗诵新作《秭归祭屈原》，新诗而满有古风：“蒲剑抖擞，犹似你的气节”；“角黍峥嵘，岂非你的傲骨”。屈原是这位现代诗人永恒的思念。

两年之后，即2012年，他的《颂屈原》又诞生了。此诗只有六行，全引如下："王冠不锈能传后几代呢／桂冠不凋却飘香到现在／秦王的兵车千轮扬尘／何以一去竟不返／楚臣的龙舟万桨扬波／却年年回到江南"。我屈指一算，这些咏屈原的诗，至少是第九首了。难得的是九首诗的重点互异，虽然主题都是称颂他、赞叹他。《颂屈原》说的是帝王早朽、诗灵永恒，是笔比剑有力且持久，英谚所谓 The pen is mightier than the sword。诗文的一重要手法是对比，此诗正如此。"兵车千轮扬尘""龙舟万桨扬波"：他一向喜欢用古典风味的对偶语句。

诗翁现在八十九岁。5月上旬央视"朗读者"有他的片段；他把《民歌》献给"中华民族：我的同胞"（镜头有他亲笔写的这几个字）。他的咏屈原诗篇，也可说是为中华民族而写的。余光中在高雄，这位诗中之雄，不知道今年还有高咏否。（写于2017年6月）

苍茫时刻与诗翁告别

余光中先生12月14日逝世，我赴高雄在29日出席"告别追思会"。早一天黄昏我先赴殡仪馆的灵堂，慰问家属，在苍茫的时刻瞻仰诗翁遗容。29日上午阳光淡薄，无复高雄阳光的壮丽。会场是"景行厅"，厅口有一副挽联。厅外有多块巨幅展板，上有先生的生活照片和名诗如《白玉苦瓜》《让春天从高雄出发》的全首或片段；此外还有"奉花芳名录"，上载约三百个机构或个人的名字。

我进入厅内，正播出诗翁的诗歌朗诵，和余家四位千金的诗和歌。我感觉沉重，没专心听。诗比较轻松，歌好像是Amazing Grace（《奇异恩典》）。厅的布置雅洁，深红色地毡配以两列素白花簇。厅的前端是大幅画板，上有余先生半身像，并有“唯你的视线无限，能超越地平线的有限”语句——应是先生好友董阳孜的手笔，董是台湾著名的书法家。厅里坐与立大概三百人。仪式开始，罗青致辞，跟着有中山大学校长和李瑞腾等四位台湾的大学教授。共五人，向诗翁致敬。跟着由不同组别的团体或个人向先生行礼，余太太、四位千金、女婿和两个外孙答礼。会刊简要，内容是罗青撰写的《诗人余光中教授生平事略》，和余先生的诗《苍茫时刻》。

我心绪低沉，只有和罗青和陈幸蕙等几位略为寒暄。从香港来的出席者，就我所知见，连我有五人；没有看到有内地的友好出席。内地的流沙河、李元洛和喻大翔都有致送挽联，我也有；唯一出现的是厅口那一副，罗青写的。罗青是台湾的诗文书画名家，是余先生生前极欣赏的才士。（写于2018年1月）

余太太绳玉之美

去年（2017年）6月到高雄探望余光中先生夫妇，知道余太太范我存女士即将出版一本名为《玉石尚》的书，我期待着。12月29日我在高雄，书刚刚面世，我有幸成为最早的读者之一。

范女士八十六岁了，清丽优雅，本书一如其人。余先生在世时，爱大气玉石，即大自然的崇山峻岭；余太太大小兼爱：

大块山石和小块美玉。她收集古玉，从香港开始，后来在高雄在上海，一直与玉结缘，藏品颇多。余先生为山石也为美玉配诗，余太太则为典藏美玉配结——配以中国结。她艺术修养深厚，相夫教女主持家务之外，好学不倦。1985 年与丈夫定居高雄后，抽空上课，从头学起中国结来。高雄的课，让她的兰心巧手“结”出佳品。

以结配玉的隽编，有七十多件，这本《玉石尚》通过上乘的摄影和印刷，雅丽呈现。她编织的结，三角形四方形菱形重叠四方形，简约的繁复的，都有；其结与不同形状的古玉相配，就好像高艺的诗人，所作内容与形式配合一样。余太太这里在呼应余先生的美学。中国结一般用大红色的绳，余太太用的颜色是灰银、灰蓝、灰紫、灰红和灰绿，而以后两者为主色；咦，这不就类似写诗用的贯串意象吗？有一作品用纯粹的红色，是比较淡浅的中国红，是极为雅致的“吉祥玉佩”。

余先生的诗壮美与柔丽兼之，《玉石尚》一书柔丽。玉的温润晶莹，佩以绳的委婉多情，待人常常成人之美的余太太，其书“绳”玉之美（粤语“绳”“成”同音）。出书前诗翁大概来不及写序，本书附他的诗《问玉镯——我存所佩》，此诗尚玉，赏玉，赏妻子这位玉人。（写于 2018 年 1 月）

余光中“爱得不够”

收到刚出版的余光中“最后著作”《从杜甫到达利》（今年 8 月由台北的九歌出版）一书，我先看的是余先生 2016 年 8 月及以后所写的一些诗文。是年7月诗翁跌跤受伤颇重，住院半个月才回家；8月他写了《阴阳一线隔》短文，讲述此事，自言“死亡的阴影……巨大而逼近”。是年11月下旬，余光中写了《梦见父亲》，我觉得此文潜藏了一种“思源”心理。

世间之有余光中，因为先有余父和余母。少儿时期，神州战火弥漫，余光中与母亲逃难，相依为命；成年后余氏的诗文常常咏怀慈母。至于父亲，他任职事忙，儿子事业精进、工作忙碌，父子接触和交流都少。余父九十七高龄去世，儿子眼看父亲火葬，写诗咏叹。后来父亲遗留的一顶帽子，儿子常戴以志思念的，2008年不慎丢失，难过莫名，翌年写了《失帽记》遣怀，中有句子：“父亲在世，我对他爱得不够，而孺慕耿耿也始终未能充分表达。”七年后对父亲思源愧疚之情未了，乃有这篇《梦见父亲》。

父亲是好父亲，儿子是好儿子。其间没有矛盾，更无叛逆和责骂；反之，儿子事业大成、名望崇隆，“扬名声显父母”是做到了。儿子因为对父亲“爱得不够”而自责。《梦见父亲》和《失帽记》二文中，作者一再后悔父亲在世时，没有多陪他谈话；如能尽孝，则父亲年老体弱，应该“抱住他消瘦的病躯，亲吻他的耳朵，告诉他不要怕，我在这里，不会走开……”

对余光中其人认识不深的，会以为其人淡如素菊；认识深、多读其诗文的，会认为其人浓如向日葵、如木棉花。在“死亡的阴影……巨大而逼近”之际，他深情地思源、感恩，他的“源”来自他“爱得不够”的父亲。（写于2018年秋）

余光中为杜甫“辩护”

余光中晚年写作潜藏一种“思源”心理。他写父亲这人生之本，还写中国文学这志业之源。《从杜甫到达利》一书，有文章题为《诗史与史诗》，开首即说：“杜甫的诗，我每读一首，都在佩服之余，庆幸中华民族出了如此伟大的诗宗。”

余光中少儿时读过很多古文和诗词，成年后写过不少赏析我国古今诗歌的文章。但他是英语文学教授（也曾在香港十年任中文系教授），翻译评注过一册又一册的古今英语诗篇，又自谓受英诗启发，获其滋养。离世前那一年在“死亡的阴影”中，唯恐时日无多，尽量把感念最深的人和事说出来。他感念至深的是杜甫，且为杜甫“辩护”。

杜甫是我国伟大诗人，没有蒙受过什么不白之冤，辩护什么？原来中西文学一经比较，论者就慨叹中国古代文学没有西方荷马、弥尔顿那样的史诗（epic）。余光中写道：杜甫“一生写了那么多诗，合而观之，其实也可称史诗”，并称其“主题是安史之乱”。文中析论杜甫诗的品质，述其感人之深：“《梦李白》多首，从致敬到劝诫，语重心长，催人泪下。”文末曰：杜甫这位“‘诗史’可谓创作了‘史诗’，可列于国际的史诗而无愧”。

余光中一生用中文创作出大量璀璨的诗文，识者已多；他对美丽中文的颂赞，形诸笔墨。这位英语文学教授，爱中文和中华文学，比英语和英语文学更深。中文及中华文学，是他一生志业的本源；在人生的黄昏，他要赶紧郑重说出来，哪怕有些话已经说过。（写于 2018 年秋）

到诗翁的新居去

2018年10月研讨会结束那天的翌日，即重阳节的前三天，锦成驱车带我去找诗翁。从高雄市区向北到旗山，郊野青色依然，是一片一片的旗海绿浪。山来了，蜿蜒的路上，我想起诗翁数十年来居住过的地方。

台北厦门街的家，我去过，那里诗人和李贺有亲密的接触。诗人写论文，“在厦门街寓所北向的书斋里，一连五六个春夜，每次写到全台北都睡着，而李贺自唐朝醒来”；醒来，是要为现代诗打气。

后来诗人在香港沙田校园的宿舍，藏着我近十年的记忆。两岸的学者作家来此拜访，屈原杜甫的诗在此朗诵，诗人妻子做的饭在此飘香；“沙田帮”谈笑古今鸿儒，莎士比亚的“温莎风流的娘们”让诗人对出下联：“沙田快活的公子”。

然后是80年代中期以后，诗人在高雄校园的半山居，以及河堤光兴街的公寓；我从香港、宜兰、深圳到访多次。勤奋的五彩笔不畏岁月，但诗人的头发被时光漂得更白更稀，他变成诗翁。在爱河的河堤，爱散步的诗翁前年跌倒了，伤得重，自此“体貌衰于下”。高雄人爱诵《让春天从高雄出发》，研讨会的讲者当然忘不了这首名作，忘不了诗翁。

诗翁现在居住在龙岩的安泰，我们找到地方了。山上青草绿树，视野广阔，屋宅新美；走进厅堂走进房间，找到诗翁的居所。诗是“精致的骨灰瓮”，西方一位批评家如是说。我们看到一个精致的瓮，釉着“白玉苦瓜”那种白色，旁边有诗翁的小照。我鞠躬行礼。诗翁2017年12月起居于此，南台湾这里，有他吟咏过的林木和水果伴着他。

《当我死时》说“当我死时，葬我，在长江与黄河之间……”；我告诉锦成，诗是1966年写的，那时他三十八岁。龙岩的新居，是暂时的，他将迁移到台湾北部三芝的“光之殿堂”；是的，诗翁在光中。（写于2018年10月）

打喷嚏，喷出了彩霞

常常听人说某篇文章有“文采”，某个作家“文采飞扬”。什么是文采，很多人却说不出来。可以这样解释：文采就是文字的姿采，是表情达意之外对修辞艺术的讲究。有文采的作品，通常语言灵活，它适量地用典、讲对仗、用夸张手法；它结构严谨，包括首尾呼应；它有新颖妥帖的比喻。平仄、押韵的讲究，也是文采的范围。

最近在某文学馆里看到一位名作家的自述：“我事写作，原因无他。从小到大，数学不佳。考入大学，成天‘泡茶’。读中文系，看书很杂。偶写诗文，幸蒙刊发。百无一用，乃成作家。”（A则）另外一位名作家，在其著作中则说：“我写作，是迫不得已，就像打喷嚏，却凭空喷出了彩霞；又像是咳嗽，不得不咳，索性咳成了音乐。”（B则）

两则说法的意趣不同：A则是“偶然写作后来发展成作家”说，态度低调幽默；B则的理论近于韩愈的“不得其平则鸣”说，写作是不得不然，且奋力求美，说法别致。说到文采，B则显然优胜，因为它有新颖的比喻。

古希腊的亚里士多德极言比喻的重要，还夸张地说“创造比喻是天才的标志”；我国宋代陈骙的“文之作也，可无喻乎”说，好像要跟他呼应。诚然，文学如果没有了比喻，就像孔雀拔掉了尾巴——哈哈，这个比喻虽好，却不新鲜，因为是散文家秦牧用过的。B 则的“喷出了彩霞”和“咳成了音乐”还有对仗之美，而且彩霞和音乐，一指意象，一指声律，英语所谓 metaphor 和 meter（二者是“双声”，或者说押头韵），二者合起来是“诗美”的要素。这些也都是文采。[补记：A 则作者是汪曾祺，B 则是余光中。]（写于 2018 年）

【附录】

各地对余光中的评论选辑

（黄维樑 2018 年整理）

在美国的夏志清教授 1974 年写道：“台湾散文‘创新’最有成绩的要算余光中。”在香港的胡菊人 1976 年写道：“在台港现代诗人中，余光中是最富儒家入世精神的一人。”

秦家懿（Julia C. Lin）教授 1985 年在美国出版的《当代中国诗歌论集》（*Essays on Contemporary Chinese Poetry*）一书写道：余光中的“作品极为繁富”，“在诗艺上多创意”，“他的诗融汇古今中外；当代一些新诗，极端地扭曲文字，内容则晦涩难明，使一般读者望而生畏。余氏的诗，没有这样的弊病。”

台湾大学外文系教授颜元叔 1985 年写道：“余光中先生应为中国现代诗坛的祭酒。”

大概在 80 年代中期，时在台湾的梁实秋教授（1903—1987）称“余光中右手写诗，左手写文，成就之高一时无两”。

1985 年菲律宾资深报人施颖洲以浪漫主义情怀写道：“余光中如非新文学运动以来最伟大的作家，至少也是今日最伟大的作家。以作品成就而论，新文学运动至今，无人可望余光中之项背，无论是质是量。”

1988年四川诗人流沙河写道：余光中在香港（1974—1985）“完成龙门一跃，成为中国当代大诗人”。

1994年时在香港的梁锡华写道：“看他[余光中]甚么时候朝瑞典发一箭，诺贝尔文学奖必中。”（《璀璨的五彩笔》页522）

武汉的古远清教授2016年说：“两岸谁的文学成就高？团体赛大陆是冠军，大陆作家多，大陆名家多，大陆的长篇小说气势磅礴，但是台湾有很多单打冠军。……余光中是两岸诗文双绝的单打冠军。”

香港的陶杰在《明报月刊》2017年2月号的文章《拈花微探余光中》中写道：“中国文学史三千年，余光中是创作力最旺盛，世界足迹涉游最广、时期风格变化最繁丰，而诗作题材最阔、气势最宏大的一位”，他还称余光中是“现代的诗圣”。（诗翁仙逝后，陶杰在报章撰文称：“余先生本是当代应得诺贝尔文学奖第一华人之选”，更谓“余光中的诗教和文学，拨开政治的不成比例的争议，成就独步三千年中国文学史，诗歌才旷处高于太白，情深处齐比工部，不但散文与庄子司马迁并胜，而产量之丰，风格之变，又俱犹有过之”。）

余光中逝世后，各地悼念的文字涌现。以下摘录若干评论。

台湾的陈幸蕙称余光中为当代中华文学的大师，又说：不论在海峡两岸、东南亚、海外地区、整个华人世界，“余光中都是非常受尊崇的、极少数的文学巨头之一”。

马来西亚南方大学院资深副校长王润华说“余光中诗歌影

响力无远弗届”；“南洋理工大学中文系主任游俊豪认为余光中对新马诗人的影响十分深远”。（同上，页 28）

湖南长沙的李元洛写道：“这位罕见的全能型的文学天才，其成就大略有如宋代的苏轼，其名字已经煌然镌刻在中国当代文学史上，并且必将传之久远。”

文人相轻的多，诗人可能更甚。诗翁仙逝次日台湾《联合报》报道：“同为诗坛大家的郑愁予昨受访时指出，论全方位的文学表现、以及高洁之人格表现，余光中是‘诗坛第一人’，在华文现代诗坛‘没人可超越他’。”

夏志清遗孀王洞在《敬悼余光中，兼忆蔡思果》说：“像余先生这样学贯中西、精通绘画音乐的大诗人、大散文家、大翻译家，可谓前无古人后无来者。”

彦火（潘耀明）：“余光中是世界级大诗人、大作家。”

原香港中文大学校长金耀基的《人间有知音：金耀基师友书信集》（香港：中华书局，2018）中，作者对余光中有极高的评价，他说：“黄维樑以‘壮丽’状其文采，可谓余的诗、文之解人。……余光中没有获诺贝尔奖，很难说是余光中还是诺贝尔奖的遗恨，几乎可以肯定的，余光中将与李白、杜甫……苏东坡等中华诗坛骄子共在，中华的文学殿堂中不能不为光中设一把座椅。”余光中在世时和辞世后，各地的评论极多，此处是一些“抽样”而已。

综合篇

钱锺书、夏志清、余光中的忧患意识

【引言】2020 年 12 月 6—8 日澳门大学中国文化研究中心举办“第三届中国文化（澳门）论坛：中国文化的时艰关怀与忧患意识”，我应邀参加，发表论文，题为《汉语新文学的“忧患之书”和“忧患之诗”——以钱锺书、夏志清、余光中为论述对象》。此论文附“提要”如下。钱锺书自称其《谈艺录》为“忧患之书”；余光中则谓他“三十六岁，常怀千岁的忧愁”（见《逍遥游》）；夏志清论中国现代文学，探讨其“感时忧国的精神”。本文解说三人之忧患，是何忧患，其书其文其诗所写忧患情景为何，并尝试把其忧患意识放在整个汉语新文学的语境来透视。屈原和杜甫是中国历史文化中两位极为“忧国忧民”的大诗人，余光中有多篇诗歌书写他们，本文会对这些诗篇加以论述。本文写的是钱锺书、夏志清、余光中三位学者作家，是个“随意抽样”式的选择；为何如此，本人有书名为《文化英雄拜会记》（即《大师风雅》），述说的正是他们三位的作品和生活，对他们比较熟悉。现在会议论文经过稍微调整，包括题目的改动，而成为下面本文。

忧患意识：从夏志清的“感时忧国”说起

目前处境困难、艰难甚至已形成灾难，或可见的将来处境困难、艰难甚至会形成灾难；人对此有忧虑、担忧之心，是为“忧患”；“患”是患难、祸患、灾难的意思。我国先秦典籍中，关于忧患，有两个极为重要的陈述。一是《易·系辞下》：“作《易》者，其有忧患乎？”二是《孟子·告子下》：“入则无法家拂士，出则无敌国外患者，国恒亡。然后知生于忧患而死于安乐也。”“生于忧患，死于安乐”的意思是：忧虑祸患则生长发展，安享快乐则堕落死亡。根据《孟子》的说法，则我们必须对未来具有忧患的意识，即使我们正处于相对安乐太平的岁月。《论语·卫灵公》引孔子曰：“人无远虑，必有近忧”，成为后世俗语名言，更可能是《孟子》格言之所本，或其引申。这样说来，则中国人的忧患意识可说是源远流长了。

忧患可以以个人为对象，也可以以整个社会、整个国家民族为对象。近年中国国家领导人表示国人应该具有忧患意识，主要对象是国家民族。有学者这样解释忧患意识：“忧患意识是指一个人的内心关注超越自身的利害、荣辱、成败，而将世界、社会、国家、人民的前途命运萦系于心，对人类、社会、国家、人民可能遭遇到的困境和危难抱有警惕并由此激发奋斗图强，战胜困境的决心和勇气。”（《国外爱国主义教育及其对我国的启示》，《中国社会科学网》2013.12.13；引用日期为2014.07.01）这位学者把忧患意识作为“爱国主义教育”的一部分，并指出美国日本等的教育，有这样的思想内容。

读中国历史，我们知道从古到今，中华民族的兴与衰、光荣与屈辱、安乐与祸患，交替出现，爱国之士莫不有忧患意识。即使在太平安乐的岁月，我们也应该“居安思危”。读外国文学，我至今印象特别深刻的就有但丁（在《神曲》中）、马修·阿诺德［在《多佛海滩》（Dover Beach）］、叶芝（在《再度降临》）对国家以至人类的危机感，或谓忧患意识。忧患意识不但是中国人的集体意识，也是人类的集体意识；我舍“集体潜意识”一词不用，干脆只用“集体意识”，因为它既历史悠久而且显然可感。

屈原至杜甫至范仲淹至顾炎武，至晚清，中国哪个时代的知识分子没有忧患意识；五四以来，从鲁迅、闻一多一直数过来，哪个现代作家不“感时忧国”？“感时忧国”一词出自夏志清论文 Obsession with China:The Moral Burden of Modern Chinese Literature 的中文翻译，此词大抵与“忧患意识”同义。“感时忧国”四个字连在一起，似乎不见于古代典籍，这里我尝试对此词略作诠释。夏志清这篇英文论文刊载于 1967 年出版的 *China in Perspective* 一书，后来成为夏著 *A History of Modern Chinese Fiction*（1971 年由耶鲁大学出版社出版）的一篇附录。夏志清的私淑弟子刘绍铭，与学术界多位青壮年友人合作，翻译夏著为中文；这篇附录由刘绍铭任教香港中文大学时的高足丁福祥和潘铭燊负责翻译，题目定为《现代中国文学感时忧国的精神》。丁就读于英文系，潘则为中文系，二人中英具优。杜甫诗有名句“感时花溅泪”，陆游诗有名句“位卑未敢忘忧国”（“忧国”一词也见于其他典籍），“感时忧国”一词极可能由丁、潘二人融合杜甫、陆游诗句翻译出来，又得到老师认同而确定。

本文讲论汉语新文学的忧患意识，只限于三位中华学者作家，包括夏志清，所以先谈他的著名文章，作为引子；另外两位是钱锺书和余光中。为什么是这三位？选这三位，可说是个随意抽样，也因为我对他们的作品认识比较深刻。我的《文化英雄拜会记》一书，讲的正是他们三位的作品和生活。想深一层，说不定他们三位正好各具代表性：钱锺书（1910—1998）在世时居于中国大陆（曾留学欧洲三年），余光中（1928—2017）居于中国台湾香港（出生至1949年在大陆），夏志清（1921—2013）居于美国（1947年起至辞世），三人代表不同地域卓有成就的中华学者作家，合起来有可能成为全体现代中华知识分子的一个缩影。

人的思想和行为，受到禀性、教育、时代、环境的影响，他们三人的忧患意识自然有其形成的背景。本文尝试阐释的是：其忧患意识如何表现出来，他们面对所“忧”之“患”，可有“激发奋斗图强，战胜困境的决心和勇气”，如此等等。

钱锺书：忧患之书《谈艺录》和《管锥编》

先说钱锺书。他1933年在清华大学毕业，1935年得庚子赔款奖学金到英国牛津大学深造，两年后得B.Litt学位，在法国进修一年，回国，在西南联大教学一年；转至蓝田师范学院教书，于此写作《谈艺录》部分书稿，两年后转至上海，1942年此书完稿，六年后此书出版。在自序中，钱锺书开宗明义说：“《谈艺录》一卷，虽赏析之作，而实忧患之书也。”跟着说：“始属稿湘西，甫就其半。养疴返沪，行箧以随。人事丛脞，未遑附益。既而海水群飞，淞滨鱼烂。予侍亲率眷，兵罅偷生。”不用多说，这是个日本入侵几至国破家散、人人忧心忡忡的患难时期，这是撰写《谈艺录》的时代背景。“忧患之书”就此而言，是国难时期写成之书。

钱锺书的小说《围城》虽然写的是衣食无忧的知识分子，时代的动荡、人民的穷困在作品中仍有所反映。主角方鸿渐等几个人，从上海前往湖南的“平城”（小说里三闾大学所在地），其艰辛跋涉等种种困阻，就与逃难没有什么大分别。我仔细计算他们的旅程，从出发到抵达，竟然用了二十余天。这旅程写出了当时中国的贫穷落后。（顺道一则轶事。余光中先生自言读过《围城》不下十遍，我曾“考他一考”，问他这一趟旅程所用日子的数目，他回答不出来。哈哈！）钱锺书在其旧体诗中，对日寇侵华带来的灾难，也有哀叹，也忧心未来的祸患。其《哀望》大概是 1937 年 12 月在欧洲所作：“白骨堆山满白城，败亡鬼哭亦吞声。……艾芝玉石归同尽，哀望江南赋不成。”晚清以来，整个 20 世纪中国的灾难，当然不只在日本侵略时期；之后数十年仍然有各种战争、动乱，民生仍然多艰。钱锺书一生不从军不从政，更不革命，对时局只有忧患之感，而无奋斗图强、战胜困境、为国为民的实际行动。

“国家兴亡、匹夫有责”，爱国者应以行动救国，而读书也可以救国，数学家苏步青是个著名的例子。钱锺书爱国是毫无疑问的，他也“救国”吗？我认为钱氏锺爱书，钟爱读书之外，有写书“救国”的心愿。尽管钱锺书的书我读得不透彻（七十多册的手稿集更连亲睹亲揭的机会也未有），我想他极可能有这个心愿。钱锺书“救国”，“救”的是中国的文化。《谈艺录》是“忧患之书”，《管锥编》写于大动乱的“文革”时期，何尝不是“忧患之书”？

五四时期的众多中国知识分子极端轻视诋毁中国传统文化，以为西方文化优异先进，而低劣的文化导致国民的愚昧、国家的落后，因此中国文化必须被打倒。钱锺书在牛津大学取得B.Litt学位，其学位论文探讨17、18世纪英国文学里对中国的观察和评论，他深知不少英国文士对中国文化的歧视、偏见。《谈艺录》序谓他谈艺时“凡所考论，颇采‘二西’之书，以供三隅之反”。“二西”一指西方希腊希伯来罗马以来的西方文化，二指西域的佛教文化；意思是他拿西方文化来和中国文化并观比较。

通晓七种语言、博极群书的钱锺书，其读书的心得，是序言跟着说的“东海西海，心理攸同；南学北学，道术未裂”。这里我要说的主旨，是前八个字“东海西海，心理攸同”。（“南学北学，道术未裂”中的南学北学，可能没有特定指称，也因此可能基本上是为了和前面八个字对仗。）对此我的解读是：钱锺书认为中西文化大同，即中西文化的核心理念和核心价值相同。此处我必须顺便郑重指出：有读者，特别是目迷于钱著文字之丛林而没有透视全景的读者，或是意识里有让权威降格、令自己升格的有相当声名地位的读者，他们批评钱著，说《谈艺录》《管锥编》里面只有大量繁杂的知识和议论，没有大学说，没有系统理论架构；即所谓只有“小结果”而缺少或没有“大判断”。这是我大大不以为然的。

中西文化大同。如果对中西文化加以比较论述，则两者应该平起平坐，“我”不低于“你”，“你”不高于“我”。如果有人肆意贬低中国文化，对不起，我钱锺书要起而还击。对此一个极为重要的例子是《管锥编》第一篇评论《论易之三名》中，黑格尔因为“鄙薄吾国语文，以为不宜思辨”，被钱锺书斥骂，说他“不知汉语，……无知而掉以轻心，发为高论”。钱锺书之斥骂，非仅仅由于要“辩证然否”(《文心雕龙》语)，而是由于黑格尔的谬论，涉及一个大道理，这就是他跟着说的“……遂使东西海之名理同者如南北海之马牛风，则不得不为承学之士惜之”。请注意，《管锥编》开宗明义提出东西海名理相同说，恰恰呼应《谈艺录》序言所说的“东海西海，心理攸同”——钱氏学说的“大判断”。

《围城》讽刺中国知识分子固然不遗余力，对法国人、爱尔兰人、美国人也极尽挖苦之能事。在短篇小说《灵感》里，钱锺书讥讽欧洲所谓汉学家中文知识的浅薄，顺便把诺贝尔文学奖评委嘲笑一番。钱锺书在其著作中这样“修理”西方人，其“潜台词”是：不要以为你们西方人你们西方文化，高我们中国人中国文化一等；你们我们是平起平坐的。

钱锺书和杨绛夫妇，都是爱国之士。《管锥编》论《离骚》一节，借屈原的遭遇暗写自己不去国的原因：“眷恋宗邦，生死以之，与为逋客，宁作累臣。”换言之，爱国的钱锺书通过他的著述发声，为中国文化辩护：在文化上，中国博厚精深，是泱泱大国。文化是国家民族的精神养分，中国有与西方平起平坐的文化；中国眼前国力陷于低谷，却是可以借着文化养分奋力提升的，国人不要自卑丧志。爱国包括爱国家民族的文化传统，钱锺书用这样的方式爱国。这两本大书，加上数十册的笔记，让他以海量的证据和论述，也就是他毕生智慧和精力的结晶，讲出这个大道理，叫人不得不相信的大道理。《谈艺录》和（后来的）《管锥编》这些“忧患之书”，成于“生病”的中国，是作者发奋著书立说，借用《文心雕龙》的说法，是“蚌病成珠”，成为在文化上使国人建立自信、力求民族减少忧患甚至脱离忧患之书。

余光中：忧患之诗《敲打乐》和《乡愁》

次说余光中。1984 年我第一次到北京，心血来潮要拜访钱锺书先生，竟然如愿。访谈时钱先生告诉我，他在《人民日报》上读到转载的余光中诗作《乡愁》。这首诗正好让本文这里展开对余光中作品里“忧患意识”的论述。1972 年 1 月 21 日余光中在台北厦门街家里用了大约二十分钟的时间写成《乡愁》一诗，其末节为：“而现在／乡愁是一湾浅浅的海峡／我在这头／大陆这那头”。浅易的文字蕴藏的是深沉的忧患意识：大陆的“文化大革命”持续进行着，已有种种的破坏种种的灾难，诗人隔着台湾海峡思念大陆，灾难何时消除呢，人在台湾何时可以返回大陆呢，忧思不已。

余光中少年时期因日寇侵略而逃亡，甫成为大学生就因为内战而流离，继而到了台湾，1964 年 8 月写的散文《逍遥游》，抒发即将赴美国讲学的心情，他痛心回顾近代中国的历史：“扬州和嘉定的大屠城”；“阿 Q 的辫子。鸦片的毒氛。租界充满了惨案流满了租界。……我们阅历的，是战国，是军阀，是太阳旗，是弯弯的镰刀如月。”这里篇幅虽短，描写的却是《乡愁》里深深隐藏的中国百年灾难的“高清”全景画面。

现代中国的战争和动乱导致人民大量逃亡、流离、饥饿、死亡，而苦难延绵无已。余光中的诗表露忧患意识的，比比皆是。1964 年至 1966 年余光中第二次旅居美国，在美国北部和东部的卡拉马如、葛底斯堡、芝加哥、纽约、华盛顿等多个大小城市教学和旅游，眼见美国的文明先进，忧念中国的落后贫穷，情绪激越，1966 年 6 月 2 日在密歇根州的卡拉马如写了长诗《敲打乐》，是“爱深责切”家国之情的大爆发，里面有针对当下中国的，更把一些羞耻现状追溯到二千多年前：

中国中国你是条辫子 / 商标一样你吊在背后 / [略]中国中国你跟我开的玩笑不算小 / 你是一个问题，悬在中国通的雪茄烟雾里 / 他们说你已经丧失贞操服过量安眠药说你不名誉 / 被人遗弃被人出卖侮辱被人强奸轮奸轮奸 / 中国啊中国你逼我发狂 / [略]我们有流放诗人的最早纪录 / （我们的历史是世界最悠久的！）/ 早于雨果早于马耶可夫斯基及其他

可是，尽管如此，余光中却认同这样的一个中国，此诗接续道：“我的血管是黄河的支流 / 中国是我我是中国”。写此诗时，大陆的政治境况，所谓“山雨欲来风满楼”，令人担忧。两个月后，“文化大革命”进入全面发动的阶段。

1971 年 12 月起十个月之内，余光中写了三首诗即《民歌》（1971.12.18）、《乡愁》（1972.1.21）、《长城谣》（1972.10.20），无不深怀忧患意识。《乡愁》上面已引述过片段。《民歌》的首

节是：

传说北方有一首民歌 / 只有那黄河的肺活量能歌唱 / 从青海到黄海 / 风　也听见 / 沙　也听见

这首“民歌”象征中华民族的声音，甚至是生命；如果黄河结冰唱不了，有长江；长江结冰唱不了，有“我的红海”即诗人的热血；“我的红海”结冰唱不了，有“你的血他的血”。《民歌》饱含忧患意识，却同时展现坚强的民族自信，因为后继有人，命不会绝。《长城谣》的前面部分为：

长城斜了，长城歪了 / 长城要倒下来了啊长城长城 / 堞影下，一整夜悲号……

写的是个恶梦，可见连做梦也离不开对国家民族的忧患。长城就和黄河、长江一样，都是中国的象征。

中国古代诗人中，屈原和杜甫的忧国忧民人所共知。余光中写诗咏怀古人，对象是屈原的诗最多，从 1951 年的《淡水河边吊屈原》到 2010 年的《秭归祭屈原》，六十年中几达十首。2010 年那首长八十五行，在一场面盛大的纪念典礼中朗诵出来，对“长太息以掩涕兮，哀民生之多艰”的三闾大夫尽情刻画致哀，诗中“秭归秭归，之子不归”两句的叹息，有如“副歌”，多次重复。“秭归秭归，之子不归 / 行吟泽畔，颜色憔悴”正是典型的屈原形象；他“沉吟叹息在汨罗江头 / 国破城毁，望不见郢州”。其《离骚》最是这位楚国大夫忧患意识的倾怀表达，余光中从《离骚》说到自己的《乡愁》:“如你，我也曾少壮便去国/《乡愁》虽短，其愁不短于《离骚》”。

余光中的忧患之诗，遍布其一生的十多本诗集；国家民族的忧患之外，还有对生态环境、对战争的。余光中的环保诗，最为人传诵的应该是《控诉一支烟囱》，这里从略。有人读《乡愁》，认为此诗不过尔尔，偶然读到《如果远方有战争》（1967年作品），马上对余光中另眼相看。1967年越南战争烽火燃烧，对人类受苦的不忍之情，诗人这样述说：

如果有战争煎一个民族，在远方/有战车狠狠地犁过春泥/有婴孩在号啕，向母亲的尸体/号啕一个盲哑的明天/如果一个尼姑在火葬自己/寡欲的脂肪炙响一个绝望/烧曲的四肢抱住涅槃/为了一种无效的手势

说回余光中对国家民族的忧患意识。和钱锺书一样，他不从政也不从军，更不革命。面对种种祸患灾难，诗人有何反应？有何“奋斗图强，战胜困境”的实际行动？大概和经历过安史之乱及其后乱局的杜甫一样，“不眠忧战伐，无力正乾坤”；也和杜甫一样：写诗。杜甫说“诗是吾家事”，余光中则会说“诗是‘余’家事”。散文、评论、翻译以至编辑作业，也是“余”家事。

余光中一生创作，对其文学表现充满自信，他甚至豪气万丈宣称中国会以他的名字“光中”为荣。在散文《蒲公英的岁月》，他坚持说他“是中国的”，文末是这样的一句：“他以中国的名字为荣。有一天，中国亦将以他的名字。”（这篇散文以一般少

见的第三人称“他”叙述。）其诗如《五行无阻》等含有词组“壮丽的光中”，此可解读为双关语：诗人被“壮丽的光中”照耀；“壮丽”是余光中作品的风格。余光中的作品获得各地论者极高的评价，我自己这样认为：他手握璀璨的五彩笔：用紫色笔来写诗、用金色笔来写散文、用黑色笔来写评论、用红色笔来编辑文学作品、用蓝色笔来翻译。五色之中，金、紫最为辉煌。他上承中国文学传统，旁采西洋艺术，于新诗、散文的贡献，近于杜甫之博大与创新，有如韩潮苏海的集成与开拓。余光中作品规模博大，影响深远，是光耀中华的诗杰文豪。（澳门大学在 2013 年 12 月授予余光中荣誉文学博士学位，在赞词中誉他为“一棵长青的文化大树”，其名字已“几乎家喻户晓”。）

文章可看作雕虫小技，也可称为雕龙大艺。文学在当今之世，很难成为经国的大业，和不朽的盛事；然而，大文豪的出现，可为一地一国增光。现代西方文化持续强势，在文学方面，中华作家往往以西方作家的马首是瞻，认为西方作家成就高超，国人缺乏自信（在汉语作家无人获得诺贝尔文学奖的时代，崇洋之风更炽热，自信更低）。余光中吸收中国和西方文学的营养，创出自己的风格，成就自己的大业；这样的大作家，诚能为中华民族增光。如果西方文学批评界有足够的“知音”，如果他们不特别看重小说文类，如果中文的国际地位进一步提升，则余光中在国际上有足够的分量为中华增光。就我阅读所得，余光中在诗歌上的成就，怎样会比西方的叶芝和艾略特逊色呢？

夏志清：文化的忧患意识

关于余光中的忧患意识，夏志清曾在《怀国与乡愁的延续——论三位现代中国作家》中加以论述（另外两位是姜贵和白先勇；此文原文为英文，我缺乏其发表时间和刊物名称等资料；中文译本为节译本，题为《余光中：怀国与乡愁的延续》，刊于《明报月刊》1976年1月号）。夏志清谓余光中深深怀念“祖国旧日的光荣”，六十年代在美国巡回教学时“不断写萦怀祖国的诗篇”；指出其长诗《敲打乐》表现“激愤绝望的心情”，“结尾时作者完全投入中国及中国的耻辱”。当然，正如我上面说过的，这是余光中“爱深责切”的愤慨情绪，他虽然感到耻辱，但我要指出，他是认同国家的，上面引述过他“是中国的”一语，以及《敲打乐》中“我的血管是黄河的支流／中国是我我是中国”两行。此外，在《忘川》一诗（1969年3月写的，时在香港）里，余光中感怀百年国耻，曾悲愤地宣称：“蹂躏依旧蹂躏／患了梅毒依旧是母亲”。龙应台就引用过这个句子。

夏志清发表过《现代中国文学感时忧国的精神》一文，约十年后发表文章“延续”讨论这个主题，可见他对这个主题的重视。夏志清1947年赴美留学，几年后取得耶鲁大学的博士学位，跟着担任教职，成为美国公民，长期在哥伦比亚大学任东亚系教授，直至退休。他在文学评论和散文里，常常表示对中华政治社会文化各方面事物的关怀和议论。近年《夏志清夏济安书信集》五大卷陆续出版，让读者看到兄弟二人通讯所谈及的生活及其种种感怀。夏济安对大陆和台湾的社会政治文化现状多有不满，常有牢骚和批评。夏志清关心中国的事，表达一些忧虑，但没有强烈的情绪。

夏志清写作《中国现代小说史》，自言其职责是“对优秀作品的发现和评审”（“the discovery and appraisal of excellence”），至于析论作品中的思想，包括“感时忧国的精神”，他是用一种实事求是的学者批评家态度来探究的。《中国现代小说史》一书和此书附录的《现代中国文学感时忧国的精神》一文中，其态度都如此。专注论述“感时忧国的精神”的文章里，夏志清从十九世纪初期的李汝珍《镜花缘》到二十世纪五十年代杨朔《三千里江山》，集中探讨四篇小说的内容思想；他认为时代不同，国家民族的落后、腐败、耻辱和振兴情势不同，但其忧患意识普遍存在。

指出汉语新文学中的忧患意识之外，夏志清本身也不无对于中国的忧患意识，这见于他对中华人文学术界过度崇洋趋新的风气，不止一次提出针砭的意见。评论余光中新诗时，他附带表示台湾新诗晦涩难懂的不满。他在耶鲁读博士学位时，“新批评”在美国君临天下，他受到这个派别的很大影响，因此非常重视作品的语言技巧。五十年代之后，各种文学理论批评新主义纷纷上场，那时台湾的年轻学者（包括在台湾的和留美的）好新骛洋，夏志清认为这是歪风，在《追念钱锺书先生——兼谈中国古典文学研究之新趋向》一文中，他推崇钱锺书《谈艺录》之余，斥责当时过度西化的文化现象。这可视为一个华夏子孙对中国文化的忧患意识。

学者作家的文化爱国、文化报国

夏志清身为华裔美国公民，他不激情数算、责骂中国的种种不是，而是以学者的身份做这方面的记述和诠释。钱锺书一生以读书著书为己任为乐趣，一方面又受制于特殊的政治环境，他成为一个有良知有爱国心的“明哲保身”者，对国家民族的苦难灾难不轻易、不直接抒发情怀。其“忧患意识”是一种“潜”意识，一种“钱”意识。我猜想，钱锺书把这种忧患转化为、升华为读书和著书的文化活动，而又通过“东海西海，心理攸同”的学说，让中国文化与西方“平起平坐”，进而为中国文化的价值发声。余光中的诗文，忧患意识表现得最深沉又最激越的，是第二度居于美国时期（1964—1966 年）及其后。拿美国与中国对比，对中华民族的爱恨交加、爱深责切，表现得淋漓尽致。和钱锺书一样，书生如何为国、如何报国呢？既不从政又不从军，更不革命，“国家兴亡，匹夫有责”；读书人的责任，在文化爱国、文化报国。

——写于 2020 年 12 月

附录

黄维樑著作目录

（一）学术论著

（1）《中国诗学纵横论》，台北，洪范书店，1977。

（2）《清通与多姿——中文语法修辞论集》，香港，香港文化事业，1981。又：台北，时报出版，1984。

（3）《怎样读新诗》，香港，学津书店，1982。增订新版，2002。又：台北，五四书店，1989。

（4）《香港文学初探》，香港，华汉文化事业公司，1985。又：北京，中国友谊出版公司，1987。

（5）《中国文学纵横论》，台北，东大图书公司，1988。增订二版，台北，东大图书公司，2005。

（6）《古诗今读》（学术随笔），香港，香港中文大学出版社，1992。

（7）《中国古典文论新探》，北京，北京大学出版社，1996。

（8）《香港文学再探》，香港，香江出版有限公司，1996。

(9)《文化英雄拜会记——钱锺书夏志清余光中的作品和生活》，台北，九歌出版社，2004。

(10)《中国现代文学导读》，台北，扬智文化，2004。

(11)《期待文学强人》，香港，当代文艺出版社，2004。

(12)《新诗的艺术》，南昌，江西高校出版社，2006。

(13)《从文心雕龙到人间词话》(《中国古典文论新探》增订版)，北京，北京大学出版社，2013。

(14)《中西新旧的交汇:文学评论选集》,北京,作家出版社,2013。

(15)《壮丽：余光中论》，香港，文思出版社，2014。

(16)《文心雕龙：体系与应用》，香港，文思出版社，2016。

(17)《文化英雄拜会记——钱锺书夏志清余光中的作品和生活》，香港，香港中文大学出版社，2018。

(18)《活泼纷繁：香港文学评论集》，香港，汇智出版有限公司，2018。

(19)《壮丽余光中》(与李元洛合著)，北京，九州出版社，2018。

(20)《海上生明月——谈金庸和胡菊人》，香港，独家出版有限公司，2021。

(21)《大师风雅——钱锺书夏志清余光中的作品和生活》，北京，九州出版社，2021。

(22)《文学家之径》(学术随笔)，杭州，浙江古籍出版社，2021。

（二）散文

（1）《突然，一朵莲花》，香港，山边出版社，1983。

（2）《大学小品》，香港，香江出版有限公司，1985。

（3）《我的副产品》，香港，明窗出版社，1988。

（4）《至爱：黄维樑散文选》，北京，中国文联出版公司，1995；又：香港，香港作家出版社，1995。

（5）《突然，一朵莲花》（新版），上海，上海人民出版社，1996。

（6）《苹果之香》，新加坡，SNP综合出版有限公司，2000。

（7）《突然，一朵莲花》（又一新版），香港，山边社，2003。

（8）《迎接华年》，香港，文思出版社，2011。

（9）《大湾区敲打乐》，香港，文思出版社，2021。

【黄维樑编著的书籍，以及未结集的单篇论文、未结集的单篇散文、单篇英文论文，都不在这里列出。】

博采雅集，文苑英华

《大观丛书》

第一辑

《活在古代不容易》（史杰鹏 著）

《快刀文章可下酒》（邝海炎 著）

《时光的盛宴：经典电影新发现》（谢宗玉 著）

《你不知道的日本》（万景路 著）

第二辑

《私家地理课》（赵柏田 著）

《壮丽余光中》（李元洛、黄维樑 著）

《一心惟尔》（傅月庵 著）

《悦读者》（祝新宇 著）

第三辑

《民国学风》（刘克敌 著）

《大师风雅》（黄维樑 著）